新 潮 文 庫

絶叫城殺人事件

有栖川有栖著

目次

絶叫城殺人事件

黒《こく》鳥《ちよう》亭《てい》殺人事件

影絵になった烏《からす》が数羽。ねぐらへ帰っていくところだろう。

日はすでにとっぷりと暮れ、空のどの方角にも青みは残っていなかった。京都を出るのが遅くなりすぎたためだ。途中のドライブインで夕食をすませた後、食事の用意はいらない、と天農《あまの》に電話を入れてあるものの、ステアリングを握った私は、いささか気が急《せ》いている。助手席の友人はというと、ラジオから流れてくるショパンのノクターンに耳を傾けているのか、腕を組んで瞑目《めいもく》していた。心から寛《くつろ》いでいる姿にも見えるし、神経科医の椅子で不安な気持で治療を受けている姿のようでもある。いずれにしても、夜が風景を塗りつぶしていくただ中、海沿いの国道をひた走っているこの状況に、そのノクターンはＢＧＭとして気恥ずかしいほどマッチしていた。演奏はハラシェヴィチらしい。

日が沈んでから、私たちは理由もなく無口になっている。いや、友人の沈黙には、論文の想を練っているとか、次週の講義の内容を確認しているとかの理由があって、頭が空っぽなのは私だけなのかもしれない。

人の心は真空になれないから、その空っぽの頭にも色んな想念のきれっぱしが横切る。そして、それらも無意味のままでいることに耐えかねて、これから訪ねようとしている天農と大学時代に交わした雑談やら、彼の結婚の通知やら、娘の誕生を知らせる年賀状やら、早すぎる妻との死別を報《しら》せる悲しい文面やらに、次第に収斂《しゅうれん》していくのだった。

——火村《ひむら》ときてくれないか。——一昨日《おととい》の深夜に突然かかってきた電話も。

ただごとではないのだ、と強調するのを聞くまでもなく、七年ぶりに耳にする彼の声には緊張感がにじんでいた。それだから、火村も私もすぐに駆けつけてやりたかったのだが、動かせない仕事があって、訪問が翌々日となってしまったのである。しかも、予定より五時間近く遅れている。

小さな漁港を抱きくるんだ町を通り過ぎた。国道は海と岐《わか》れて、丹後半島の奥へともぐり込んでいく。

「ドライブインから電話した時、どんな様子だった？」

目を開き、ヘッドライトで照らす路面をまっすぐ見つめた火村が話しかけてきた。

そして、黒いシャツの首にだらしなく締めていた灰色のネクタイをほどいて、ジャケットのポケットに丸めて押し込む。

「一昨日の電話と同じように、夜の海みたいに暗いトーンやった。後ろで女の子がたどたどしく絵本を読む可愛い声がしてたんやけど、それとえらい対照的にな」

「女の子か。なんて名前だったっけな？」

「真樹《まき》ちゃん。えーと、もう五つか」

同い年の友人の子供が、もうすぐ小学生という年齢なのだと思うと、老《ふ》けたなと感じる。下宿で馬鹿話に打ち興じ、でまかせ半分に野心と希望を語った日々は遠い。

「推理作家と犯罪社会学者と画家」と私は並べてみる。「青春の日に語った夢や。すごいな。三人とも曲がりなりにもそれに到達してるやないか」

私、有栖川有栖《ありすがわありす》も。

傍らの火村英生《ひむらひでお》も。

そして、天農仁《あまのひとし》も。

「あのな」火村は諭すように「青雲の志、ロマンチックな夢をかなえたのは君たちお二人だ。俺は、遠くをうっとり見つめながら、『いつか犯罪学者になってみせる』と誓ったわけじゃねぇよ。研究を進めただけなんだからな」

「犯罪学者になって、悪と戦うのが少年時代からの夢やったんと違うのか？　『ボクは、フィールドワークとして警察の捜査に加わって、名探偵の役を演じるんだ！』」

「そんなガキがいるかよ」

犯罪学者はキャメルを抜いてくわえる。狭い車内に煙を充満させて、私に意趣返しをしようとしているのだ。彼がライターを取り出すより早く、私は仕事を命じる。

「そんなもんを吸う前にちゃんと道を教えろ。このまま走ったら半島を一周して、城《きの》崎《さき》まで行ってしまうぞ」

火村は言われるまま道路地図帳を開き、火のついていない煙草《たばこ》をくわえたままナヴィゲーターを務める。なになに、もうすぐバス停がある。それを過ぎて間もなく右に分岐する道があるから、曲がれだと？　さっきバス停を通過したぞ、あれじゃなかったのか、と思った時、右に入る道が見えた。私は慌ててステアリングをきる。

「城崎温泉に寄るのは帰りでいい。——黒鳥亭まではこれを一本道だ」

火村は地図をグローヴボックスにしまい、うまそうにキャメルをくゆらせた。

＊

ドライブインやレストランを見なくなり、民家の明かりはぽつりぽつりと心細くなった。たかだか標高三百メートルほどの峠を越えているだけなのに森は暗く、空気は寂寞《せきばく》として、地の果てにきたのではないか、という思いにとらわれる。ラジオのプログラムはジャズに変わり、サラ・ボーンが魂にしみるような声で歌っていたが、この峠越えのバックにはムソルグスキーの『禿山《はげやま》の一夜』あたりが似つかわしい。

「すごいところに住んでるんやな、あいつ。想像以上や」

一人で運転していたら、くだらない怪談を思い出して、背筋がぞくりとしているかもしれない。

「大きなお屋敷を相続するのも考えものだな。こんな辺鄙《へんぴ》なところに住んだら、本を買いに出るのもひと苦労だ」

火村は口笛でサラのメロディをなぞる。こんな地獄の底みたいなところで口笛を吹くんじゃないよ、と臆病《おくびよう》な私は思う。邪悪なものを呼び寄せそうではないか。

頂上を越えたらしく、うねうねと曲がりくねった道はなだらかに下りだす。木々の梢《こずえ》をすかして、彼方《かなた》に小さな明かりがにじんでいるのが見えた。どうやら目的地らしい。

「黒鳥亭か。ミステリで連続殺人事件が起きる館みたいな名前やな。そんな名前をつけるから……」

「現実に殺人事件が起きたんだ、か？　しかし、最初の殺人があったのは天農が引っ越してくる前だ。その時は黒鳥亭なんて名前もついてなかっただろう」

しかし、主人が代替りした家で殺人劇が繰り返されるということこそ稀《まれ》なはずだ。言葉には呪力《じゅりょく》があるのだから、やはり、黒鳥亭というどこか陰気で不吉な字面《じづら》と響きが影響を及ぼしているのかもしれない。

黒鳥亭が建っている場所は国道から少し引っ込んでいて、ささやかな台地になっているらしく、そのおぼろげな全容のシルエットが現われてきた。背景は漆のように黒い闇だが、どうやらそれは夜空ではなく海のようだ。黒鳥亭からは海が望めるのだな、と思ったとたんに、耳に届くはずもない潮騒《しおさい》の幻聴が聞こえた。

国道をそれて、砂利道の登り坂を三十メートルほど進んだところで、私は車を停めた。大阪の自宅を出、京都で火村を拾ってから三時間。ようやく黒鳥亭に着いたのだ。

それはアメリカ映画でよく登場するリトルタウンに多く建っているような下見板張りの二階家だった。壁だけ見ると、古い木造校舎の面影もある。お屋敷や館というのはやや大袈裟《おおげさ》だが、大阪や京都の町中にあれば豪邸としか呼びようがないかもしれない。

何を気取って黒鳥亭などという名前をつけたのか、と訝《いぶか》ったものだが、その前に立って「黒」の字を用いた理由は判《わか》った。外壁がすべて黒一色に塗られていたのだ。暗くてよく見えないが、屋根のスレートもまっ黒らしい。家が何かを恐れ、夜の帳《とばり》にまぎれるために保護色を使っているかのようだ。

正面玄関に大小の人影があった。大きな方が手を上げて、救助を求める遭難者のように激しく振る。私たちは車を降りた。

久しぶりに見る天農は痩《や》せていた。頬が不健康そうにこけ、開いたシャツの胸許《むなもと》には鎖骨がくっきり浮かんでいる。腫《は》れぼったい瞼《まぶた》は昔からだが、これほど落ちくぼんではいなかったはずだ。

「よぉ」

火村は右手を上げ、軽く言った。

「よくきてくれた」

天農の第一声だった。ルパシカのようなだっぷりとしたシャツの裾《すそ》を、ぱっちりとした黒い瞳《ひとみ》を見開いた巻き毛の女の子がしっかり掴《つか》んでいる。訪問客に面食らっているようでもなく、はにかんでいるようでもない。ただ、子供らしい好奇心で、父親の友人というのがどんなものなのか観察しているのだろう。

少女は機械仕掛けめいた動きでぺこりと頭を下げ、顔を上げ終わってから「こんにちは」とあどけない声で言った。

「真樹だ。――真樹、ご挨拶《あいさつ》は？」

「こんにちは、真樹ちゃん」

火村と私はユニゾンで同時に挨拶を返す。スプーンを重ねたようにぴたりと一致していたのがおかしかったのか、少女は口許を押さえてうふふと笑った。可愛い。それにしても、自分は学生の頃から、女の子との会話においては、笑わせた回数より笑われた回数の方が多かったっけ、といじけたことを思う。

「火村さんと有栖川さんだ。有栖川って、『不思議の国のアリス』みたいだろ？　この人は、不思議なお話を書くのがお仕事なんだよ」

「アリス？　アリスは女の子だよ」

真樹は父親に抗議する。

「日本では、男の人にアリスという名前をつけることもあるんだ」

天農の答えは出鱈目《でたらめ》がすぎる。そんな名づけ方は普通ではないし、アメリカにだってアリス・クーパーがいる。

「まぁ、入れよ」と招き入れられた。

でかいだけのボロ屋だ、という主人の弁はあながち謙遜《けんそん》でもないことが、入ってみて知れた。築後半世紀ほど経ているらしく、板張りの床は一歩ごとに軋《きし》み、少しの風に窓がガタガタと鳴る。冬場は隙間《すきま》風《かぜ》に悩まされそうだ。老朽化の進行を阻止する措置は、ずいぶん長い間とられていないようだった。内装も黒で統一されているのだろうか、と思ったのだが、壁紙は落ち着いた薄菫色《うすすみれいろ》をしていた。ただ、広い家に父娘二人だけで暮らしているせいかがらんとしているのと、貧しげな調度のためか寒々しい。

海に向かった出窓に、大きな鳥籠《とりかご》が置いてあるのが目につく。籠の中に、黒い影がうずくまっていた。まさか、烏《からす》か？

「九官鳥だ」天農が私の視線に気づいて教える。「叔母が飼っていたのを、そのまま引き取ってやった。おっと、起きたか」

バサリと羽音がして、首が持ち上がった。

「この家は外観から烏屋敷って呼ばれてたんだ。実際、ここいらには烏も多くてな。よく屋根にとまってる。その名前のせいでもないだろうに、ここで縁起のよくないことがあったんで、叔母が改めて黒鳥亭と名づけたんだ。塗りかえて白鳥亭に仕立てるには、ペンキ代が惜しかったんだろう。それで、烏のイメージを払拭《ふっしょく》するために九官鳥を飼うようにしたんだとさ」

名前の由来は判った。

「こんばんは」

腹話術師の人形めいた声を作って私は呼びかけてみる。鳥は、こちらをまっすぐ見返したまま、うんともすんとも言わなかった。

「啼《な》かないよ、アリスさん。一回も啼いたことないもん」

真樹は申し訳なさそうだ。

「昔からそうらしい」天農が言う。「真樹と俺がどれだけ熱心にしつけようとしても、こんにちは、も覚えない。よほどひねくれ者か、頭が悪いんだ」

私のマンションの隣人は啼かないカナリアを飼っているが、こいつもその同類らしい。

「お父さん、キュウちゃんに頭が悪いなんて、かわいそうなこと言っちゃやだ」

真樹がふくれっ面をし、父親は「ごめんごめん」と謝った。火村は鳥籠の近くに寄って、キュウちゃんの後ろに回る。あいつ、九官鳥なんかを珍しがっているのか、と思っていると、突然、手を叩いて大きな音をさせ、私たちを驚かせた。

「何をしてんねん、子供みたいに」

呆《あき》れて私が訊く。

「見ろよ、キュウちゃんは俺を振り向きもしなかった。啼かないのはひねくれてるからでも頭が悪いからでもない。多分、聴覚に障害が——」と言いかけて、真樹が判る言葉に変える。「キュウちゃんは、耳が聞こえないんだよ」

「えっ！」

真樹が声をあげた。

「それで人の真似《まね》ができなかったの？」

「そう。どうして真似をしないんだろう、と考えるのと一緒に、啼けないのかもしれない、と考えなくっちゃね」

火村は腰を折り、目の高さを真樹に合わせて話した。少女は彼と九官鳥を交互に見て、

「私、ずっとキュウちゃんと一緒だったのに気がつかなかった。どうしてイムラさんは判ったの？」

「そのおじさんは探偵だからだよ。探偵はね、みんなが判らないことに、ぱっと気がつくんだ」

父親の解説を火村は止める。

「いいかげんなこと言うな。それより」

彼は真樹に穏やかに、

「イムラじゃなくて、ヒ、ム、ラなんだよ」

＊

「去年、俺を可愛がってくれた叔母が死んでね。相続したんだ。他の親族はこんな家、欲しがらなかったし、俺ならアトリエにでも保養のための別荘にでもできると思ったんだろうな」

リビングの冷たい革のソファに私たちを掛けさせてから、天農はキッチンで湯を沸かし、流し台に尻をのせて煙草をくわえた。巻き毛の少女は、背伸びをして食器棚からティーカップを取り出して、父の許へ運び始める。天農はその頭をよしよしとなでた。

「静かでいいところだと思うかもしれないけど、不便きわまりないよ。画家だって日常の買物はあるし、真樹が学校に上がったら通学が大変だな、と今から考えてるし」

「幼稚園、遠くて行けなかったもんね」

真樹は不平そうでもなく、いもしないのに、妹のことのように言う。

「ああ、そうだな。真樹には悪いことをした。でも、お父さんにいっぱいお金があったら何とかして行かせてやれたのに」

「いいよ、幼稚園ぐらい。行かなかったかわりに、お父さんが勉強を教えてくれたり、ご本を読んでくれたから」

「そうかい。——真樹、スプーンも出しておくれ」

そんな父娘のやりとりを眺めていて、私は知らず知らずのうちに目を細めていた。天農は来客用らしいフォートナム&メイソンの箱を開封する。

「犯罪捜査に加わる臨床犯罪学者に推理作家か。有栖川は火村の探偵の手伝いもしてるんだろ？　物騒な仕事を選んだもんだ。だからこそ、こうして知恵を拝借できるというもんだけどな」

「紙の上で犯罪の物語を書くだけやったら、物騒なことは何もない」と私は応《こた》える。

「そりゃそうだな。しかし、あんなしち面倒くさいものを書くのも大変だな。どうやったらこんな妙な話を思いつくんだろう、と感心することがあるぞ。俺はよくできた推理小説とマジックには無邪気に拍手してしまう」

これは推理作家に与えられる最大級のお世辞だ。益体《やくたい》もないことをようやるわ、という皮肉が込められている場合もある。

「有栖川は人を騙《だま》すより、騙されるタイプだと思っていたのにな」

いつもは、いやまぁ、と流してしまうのだが、たまにはきちんと応対したくなった。

「推理小説で人を騙すテクニックというのは、マジックと違《ちご》うて実用性がまるでないんや。作者だけが知ってる答えを『当ててみなさい』と問いながら、読者にわざと判りにくいヒントをばら撒《ま》いて混乱させるだけやから」

「マジックと似てるだろう？」

「ある部分だけ。推理小説に一番似てるものは、〈二十の扉〉や」

それはこの室内にありますか、それは身につけるものですか、といった質問を二十個しつくす前に、出題者が思い描いた品物が何かを当てるというあのゲームだ。質問の回答を集めれば集めるほど正解が判らなくなっていく、という局面のもどかしさと、正解を聞いて目から鱗《うろこ》が落ちるカタルシスがこの遊びの醍醐《だいご》味《み》であり、その味わいは推理小説の謎解きに酷似している。

「〈二十の扉〉って知ってるよ。やるの？」

真樹がうれしそうに訊いたので、「後で」と父親は穏やかに言った。

「絵の方はどうだ？」火村が尋ねる。

「ぼちぼちだ。楽ではないさ。金があったら、家賃ゼロだけが魅力の、こんな曰《いわ》く因縁つきの家に住んでないよ」

「好きな絵を好きなように描いてるんだろ？」

「そればかりでは食えない。写真立てに入れて卓上に飾る粗悪な油絵の下絵だとか、企業がＰＲ用に作った安っぽい絵本の挿画だとか、退屈な仕事もがまんしてこなしてる」

「でも、そんな仕事ばかりをしてるわけじゃないだろ？　絵が描けてるんならいいさ」

「まぁな」

彼と私は、大学の語学のクラスで知り合った。そのうち社会学部生ながら刑事訴訟法などの講義を聴講していた火村とも私を介して親しくなり、互いの下宿を行き来していたのだが、三回生の半ばで中退してしまう。理由は、子供の頃からの夢断ちがたく、絵の道に進むために美大に転入するためだった。彼にとって専制君主であった厳父が逝去《せいきょ》したことが決断の契機だったらしい。実直な地方公務員になれ、という呪縛《じゅばく》が解け、抑圧していた希望が目覚めて走りだしたのだ。以来、「また久しぶりに会いたいな」という言葉のやりとりを年賀状で繰り返しながら、なかなか実現しなかった。大阪と京都にいるのだからその気になればすぐ会える、と思っていると、えてしてそうなるものだ。

「イワクウ・インネンって何？」

また真樹が大人たちの話に割り込む。

「古くて大きいってことだ。——さぁ、紅茶が入ったぞ。真樹はミルク飲むか？」

「うん」

曰く因縁。それは、天農がこの家を相続する前の年、つまり一昨年の夏に起きた事件のことを指している。電話で聞いたところによると、当時はさる大手都市銀行の支店長夫妻がここを別荘として使っていたのだが、ある日破滅的な諍《いさか》いが生じ、夫が妻を殺害して逃走。その挙げ句に若狭湾《わかさ》に身を投げて自殺したのだ、という。

天農はそれぞれのカップにブランデーをたらし、盆にのせてこちらに運んできた。

「高浜の近くに音海《おとみ》断崖《だんがい》っていうすごい絶壁があるんだ。高さが二百六十メートルぐらいの。そこから投身自殺したらしい。崖《がけ》っぷちには脱いだ靴がきれいに揃《そろ》えてあって、直筆の遺書も残っていた。それで、その事件の結末は着いた……はずだったんだがね」

ところがそうではなかった。

「その男の変死体が、どういうわけか一昨日になってひょっこり現われた、ということやったな」

天農は、しっ、と人差し指を立てた。

「その件、真樹には話してないんだ。こわがるから」

「ああ、そら失礼」

詫《わ》びたとたん「ヘンシタイって何？」という質問が飛んできた。

「何でもいい。真樹、ミルクを飲んだら、今日はもう寝なさい。お父さんはお友だちと大事なお話があるから」

「眠たくないもん。全然、眠たくない」

「じゃ、テレビを観るか、何かして遊んでいなさい」

「こんな時間に面白いテレビやってないもん。外は暗いし、何して遊ぶの？」

父親は、ふぅ、と吐息をつく。

「じゃ、ご本を読んでなさい。この前買ってあげたの、まだ読んでないだろう？」

「あれはつまんなかったよ」

そう批評してから、真樹はリビングの片隅にとことこと歩いていく。そして、どうやら彼女専用らしい背の低い本棚から、迷うことなく一冊の絵本を抜き出した。

「本が好きなんだ。本を読んでる間は、邪魔しない」

「未来の有栖川有栖ファン候補だ」

女嫌いだが、子供は嫌いではない火村が言う。彼はまた煙草に火を点けながら、絨《じゅう》毯《たん》にぺたんと座り込んで本を開いた真樹を見て、微笑を浮かべていたが、ここへきた用件をすぐに思い出したようだ。

「その銀行の支店長と叔母さんはどういう関係なんだ？」

「関係はない。日本海が見える別荘を欲しがっていたので、売りに出された時に掘出物だと勘違いして購入しただけで。後になって曰く因縁を知って驚いたとさ。でも、この家の中で忌《い》まわしい事件があったのではない、とも聞いて、気にしないことにしたんだそうだ。俺も同じように自分に言い聞かせてここで暮らしている」

支店長が妻をナイフで刺し殺したのは、裏庭でのことだった。姑《しゅうとめ》や親族との不和、夫の浮気癖が原因で蟠《わだかま》りまみれだったその夫婦は、ここにきて静かな休日を送り、双方が心を一新して再出発するつもりだったのに、休暇の二日目にして大喧嘩《おおげんか》をやらかしてしまった。意図したことが、裏目に出てしまったのだ。妻は夫の全人格をなじり、大阪の自宅に帰ると叫んで飛び出した。おもむろに車に乗り込もうとしたところへ、砂煙をあげんばかりの勢いで夫が駈けてくる。ほら、慌てて止めにきた、と妻は考えたかもしれないが、理性を喪失した夫は、そんなのどかな夫婦喧嘩ができなくなっていた。彼は台所から持ち出した果物ナイフで、妻の腹を何度も刺したのだ。後に見つかった彼の遺書によると、「妻が車で帰ったら自分の足がなくなるので、力ずくで阻止しようとした」のだそうだ。そこまで逆上するとは。やはり俺は生涯独身で通そう、と決意したくなるほど悲惨である。

「事件の現場は裏庭だ。この家の中で血が流れたわけじゃない。それも、もう二年近く前の話だし、と思ってきたのに」天農は声を低くする。「死体が出てきたんだから、まいったよ」

支店長夫妻の名前は並木《なみき》将人《まさと》、峰子《みねこ》。

二年前の夏に峰子を刺殺して逃走し、音海断崖から投身自殺を遂げたはずの将人の死体が、一昨日、裏庭の片隅にある古井戸から発見されたのである。死後、わずか一週間ほどしか経過していない変死体だった。

「俺が見つけたんだよ」

＊

「お父さん。ご本、読んで」

真樹が甘えた声を出した。

「今、大切なお話をしているところだから、後にしなさい。もう一人で読めるじゃないか」

「読んで欲しいの。こっちきて。ねぇってば」

「うるさいな。お前はどうしてすぐそうやって駄々をこねるんだ。聞き分けのない子は嫌いだぞ」

真樹はほったらかしにされるのがひどく不満そうだった。諦《あきら》めようとはせず、本を手にこちらにやってくる。父親は本気で苛立《いらだ》ちかけていた。

「おじさんが読んでくれるよ。ご本を書いてる人だから、読むのも上手だよ」

火村が私の背中をどんと押した。少女はちょっと小首を傾《かし》げて「ほんと？」と私に訊く。そう言われては、拒むわけにいかないではないか。

「結論はともかく、やり方が強引すぎるぞ」

人差し指をつきつけてクレームをつけても、火村はまるで悪びれなかった。

「朗読しながらこっちの話も聞いてろよ。器用なのを見込んで頼む」

何か言い返したかったが、少女に本を差し出されたので、ごくりと呑み込んだ。かくして、私は児童図書館の司書の役をしながら、不可解な事件の概要説明に耳を傾けるという、かつて経験したことがない困難なことをしなくてはならなくなった。

「初めから読んで」

真樹は両膝《りょうひざ》を抱えて座り、期待に満ちた目でこちらを見上げた。いいかげんな読み方をしたら、たちまちこの子は傷つくだろうな、と覚悟を決める。私はその『イソップ物語』を開き、明瞭《めいりょう》な発音を心がけつつ、最初の『アリとキリギリス』の朗読を始めた。もちろん、可能な限り聴覚神経は天農と火村のやりとりに振り向けながら。

火村が尋ねる。

「つまり、並木将人は自殺などせず、生きていたんだな？」

「そうだ。警察は迫真の偽装工作にまんまといっぱい食わされていたのだよ。死体が上がらなかったのに死んだと決めつけたのは重大な落ち度だけど、おそらく、彼らには言い分があるんだろうね。並木がこの二年近い間、どこでどんな生活を送っていたのか、という点についてはまだ不明だ。失踪《しっそう》当時に交際していた女──部下だった行員なんだよ──が退社してからの消息を警察は調べている。二人で一緒に暮らしていた公算が大きいからな」

「女は、並木が偽装自殺をしてすぐに銀行をやめていたのか？」

「彼女との不倫が悲劇の一因だったんじゃないか、という噂《うわさ》が行内に流れたので、すぐにやめたんだそうだ。しかし、並木が実はどこかで生きていて、二人で新生活を始めるために退社したのではないか、と疑う者は周囲にいなかった。警察さえそこまで勘繰らなかったんだから、無理もないだろう」

「新生活のための金はどうしたんだ？　並木の預金口座から金が引き出されたりはしていなかったのか？」

「もちろん、死人の口座から金が動いたら警察は気がついただろうよ。しかし、金は一切、引き出されなかったらしい。妻を殺したのは突発的な犯行だったから、あらかじめ現金を出して手許に置いていた形跡もない。つまり、裸一貫で逃亡生活に入ったんだ。不倫相手の女っていうのは結婚資金にと貯金するのに熱心だったそうだから、そっちが当座の金を拠出したと思われる。まぁ、そんな金も底をつく頃だし、現に並木の死体はあまりいい身なりじゃなかった」

朗読がお留守になりかけているのに気づき、私は「『そして、寒い冬がやってきました。アリさんたちは、暖かいおうちで楽しく過ごしています。一方、夏の間に働かなかったキリギリスさんは』」とトーンを上げる。

「愛の逃避行については警察が調査中だそうだから、そっちに任せておこう。——で、古井戸で見つかった並木将人は、どこでどうやって殺されたんだ？」

「頭を鈍器のようなもので殴られていた。額の真ん中と後頭部に一撃ずつ。犯行現場は特定されていない。しかし、遠くで殺したのを、うちの井戸に棄てるためにわざわざ運んできはしないだろう。この近辺で殺されたんではないか、と刑事は言ってた」

「この近辺なら、それこそ死体を隠すのに好都合な場所がいくらでもあるじゃないか。ちょっと森の奥に入って穴を掘れば、まず見つからないだろう。それなのにこの裏の井戸に投げ込んだということは、犯行はこの家のごく近くなんだ」

「おっと、嫌な推論をしてくれるなぁ、さっそくに」

「気休めを聞くためじゃなく、真相を早く知るために俺を呼んだんだろ。——お前が古井戸に死体があるのを見つけた経緯を話してくれ」

機械的に読みながら、耳に注意を集める。

「いつから使っていないのか定かでないような井戸でね。蓋《ふた》をしてしまうか何かの処置をしないとな、と思っていたんだ。よその人間が立ち入ることはないし、周りに草が生い茂って蛇がいたりするんで、俺も真樹も近寄ることがないから、さしあたっての危険はないんだけど。それでも、放置しておくのは気持ちが悪い、と思いたって、ついに一昨日、使い古したでかいカンバスと金槌《かなづち》と釘を持って裏庭にいったのさ。井戸の中にはほとんど日が差さないんだが、覗き込むと黒い水面らしきものが微《かす》かに見えるぐらいだ。底はどうなってるんだろう、とふと思ってね。気まぐれに懐中電灯を持ってきて照らしてみたんだ。そうしたら……」

彼は娘の耳を気にしてか、そこで言葉を濁した。

＊

しかし、真樹は私の朗読に夢中で聞き入っていて、父親たちの話などまるで意識もしていない様子だった。

「『キリギリスさんは、さびしく冷たい風の中を歩いていきました』……おしまい」

私は、パタンと本を閉じた。聞き手は口をすぼめて何か思案の表情を浮かべてから、「ねぇ」と私に問いかける。

「このお話は、真面目《まじめ》に働いておかないと後で困るよって言いたいんでしょ？」

この話は何々と言いたがっている、とはませた口のきき方だ。私は「そう」と答える。

「お父さんはね、このアリさんは意地悪だって言うの。『キリギリスさんに音楽を聴かせてもらうかわりにご馳走《ちそう》してあげたらいいのに、追い返すのはひどい』って。アリスさんもそう思う？」

まいったな。

正直に本音を言っていいものかどうか迷う。イソップは子供の常識を豊かにすると同時に、道徳的な教訓を与えることを期待された童話だ。だから、「おじさんもお父さんと同じ意見だ。アリは料簡《りょうけん》が狭くて、芸術が理解できないつまらない奴らだ」と言うべきではない……と当惑しているのではない。「お父さんは間違っている」と弾《だん》劾《がい》したい気持ちを吐露するのはまずかろう、と躊躇《ちゅうちょ》したのである。

私はこの物語が好きではない。それは、アリが意地悪だからではなく、あくまでもキリギリスが卑劣だからだ。労働しなかったことが卑劣なのではない。労働だけが人生ではないと信じて音楽に生きたのは彼の自由だ。野垂れ死にしたってかまうもんか、と思っていたのか、そこまでの覚悟はなかったのか知らないが、夏場の彼は自由で、幸せだったであろう。それなのに、どうして冬になってアリの慈悲を乞《こ》いに行くのだ？「夏の間に僕はヴァイオリンの腕を磨いて、冬には美しい音楽を聴かせてあげましょう。だから、その時はご飯とベッドをちょうだいね」とアリと契約していたわけでもないのに。私はこんな奴を軽蔑《けいべつ》する。こんなふうにずるくて浅墓《あさはか》な奴は、どうせヴァイオリンの腕だって下手くそだったのに決まっている。だからアリは冷淡に接したのだ——という本音を吐くことは、真樹の父親を侮蔑することになる。

「アリさんは悪くないと思うよ」

苦慮した私はそれだけ答えた。すると、何故なの、と訊き返すことなく、真樹は大きく頷いた。素直に一般的解釈をしているのだろう。

「真樹ちゃんがアリさんだったら、キリギリスさんをおうちに入れてあげた？」

彼女はきつく目を閉じてかぶりを振る。わずか五年の人生の中で、保育園かどこかでずるい子供と出会ったのかもしれない。

「キリギリスさんが怠け者だから？」

「それは勝手だけど、アリさんのご飯を欲しがったのは嫌」

予期せぬ見解の一致だった。

「おじさんもそう思う」

見交わす少女と私の目に、連帯の光が宿った。

＊

「問題は、並木将人が誰によって何故殺されたのか、という以前に、どうして今になって、この烏屋敷《からす》あらため黒鳥亭にのこのこ舞い戻ってきたか、だな。彼が帰ってきた理由が判れば、犯人像も浮かび上がってくるかもしれない」

「そんな理由、俺には見当もつかないよ」

天農はお手上げだというしぐさをして、立ち上がった。

「水割りでも作ろう。——お守《も》りをすまないな、有栖川。飲むだろ？」

私は「もらう」と答える。

「真樹、もういいだろう？　そろそろ十時だ。ねんねしなさい」

「やーだ」

彼女はお尻を支点に半回転して、そっぽを向いた。

「アリスさんにもっとお話を読んでもらいたいもん」

「俺はかめへんよ。さぁ、次はどんなお話かな」

私はいいかげんなところで投げ出せなくなり、ページをめくって読み始めた。こんなことをしにきたのではないのだが、可愛い聞き手が喜んでくれているのが伝わってきて、こちらも楽しい。

天農が三杯分の水割りをこしらえ、私が『欲ばりな犬』——この話の一般的解釈については二人とも異論はない——を読み終えるまでの間、火村は煙草をくゆらせながら、鳥籠とその向こうの暗い窓を見やっていた。

「もうキュウちゃんはお休みだな」

彼の言葉に、真樹がぴょこんと立ち上がる。そして、白い布きれを取ってきて、背伸びしながらそれで籠を覆《おお》った。仕事をすませた彼女は、また私の前に座る。まるで小鳥だ。小鳥が部屋の中を飛び回っているようだ。

「もっと読む？」

訊くと、少女は首を振った。

「そしたら、他のことをして遊ぼうか？」

待ちかまえていたかのように返ってきた答えは、

「〈二十の扉〉」

さっき私が口にしたので、そのゲームがしたくなったのかもしれない。「やろう」と応じる。

「どっちが答える？　アリスさんに答えてもらおうかな。私、ヒントを出す」

「いいよ。——何か思い浮かべて」

真樹はえくぼを作りながらしばし天井を見上げてから、「考えた」と言う。

「よし、始めよう。質問していくよ。えーと、それはこの部屋の中にありますか？」

「いいえ」

「それは、お店で売っているものですか？」

「いいえ」

質問がすむたびに指を折っていく。当然、二十まで数えられるのだろう。

「それは、手で持てますか？」

「はい」

天農がグラスを差し出した。

「チビのお相手を押しつけて悪いな。あと少しで寝ると思うから、辛抱してくれ」

「まだ寝ないよ」と真樹が聞きとがめた。「今日はずーっと起きてるもん」

天農は肩をすくめて、ソファに戻った。火村の分を勧めながら、自分も飲む。

「波の音が中途半端に遠い。聞こえるような聞こえないような。真っ暗だから、ここから海までどれだけ離れているのか判らないせいかな」

火村は誰にともなく呟《つぶや》いている。

「波の音なら聞こえてるじゃないか。ずっとざわざわ聞こえてる、あれがそうだよ」

「ここで聞くと、潮騒まで黒くて昏《くら》いぜ。ぬば玉の昏き潮騒、だ」

「仕方がないさ、黒鳥亭だから。――おい、有栖川。黒鳥亭殺人事件ってのは小説の題名としてどうだ？　気に入ったら使ってもいいぞ」

残念ながら、私は〈殺人事件〉とつく題名をつけたことがこれまで一度もない。〈殺人〉や〈死〉でさえあまり使わないのだ。ましてや、この家で現実に二つも他殺死体が見つかったのだから、そんなお題を拝借する気になれるはずもない。

「アリスさん、次の質問は？」

真樹が急き立てる。

「じゃあ——それは、生きていますか？」

「いいえ」

＊

真樹とゲームに興じながら、再開された火村と天農の話を背中で聞く。

「死後およそ一週間ということだったな。死体が井戸に投げ込まれたのがいつかは見当がついているのか？」

「それもよく判らない。何せ親子二人の侘住《わびず》まいで、隣り近所というものがないからな。まぁ、真っ昼間に死体を担《かつ》いでやってきて棄てていったとは考えにくいから、夜中かな、とも思うが」

「それも妙だ。玄関先に明かりが灯《とも》っているから、ここが空き家でないことは、遠くから少し観察しただけでも判るだろう。それを承知していたら、夜中に物音をたてるのは危ない、と感じたんじゃないのかな」

「しかし、観察すれば、住人はどちらも昼間も家をほとんど空けないことが判ったはずだ。どうせやるなら、夜を選ぶんじゃないかな。どうしてここの井戸に死体を遺棄することにこだわったのか理解に苦しむけれど」

火村は質問を変える。

「井戸はどんな形状をしているんだ？」

「明日の朝に見てもらえばいいけど、ごく簡単な井戸だ。昔は屋根と釣瓶《つるべ》がついていた名残りがあるけど、壊れて今はない。直径は一メートル弱、深さはおよそ五メートルか」

「周囲に煉瓦《れんが》を積み上げた囲いみたいなのはあるのか？」

「ない。あったらしいけど、崩れてしまっている。今は穴がぽっかり口を開けてるだけだ。だから、近づいたら危険なんだ」

「犯人が井戸まで死体を運搬した形跡はどうだ。草の上に引きずった痕《あと》とかはなかったのか？」

「ああ、それはないみたいだ。だから、担いで運んできてドボンと投げ込んだらしい、と刑事が言ってた」

「ドボン。水があるんだな？」

「渇《か》れてはいないんだ。雨水も溜まっているし」

「水ね」

「意味があるのかね、火村。犯人は死体を水に沈めなくっちゃならなかったので、わざわざ井戸に棄てた、とか？」

「さぁ、それはどうかな」

背後のやりとりを興味深く聞きながら、私は十一個目の質問を繰り出す。真樹は、折った指を今度は一本ずつ立てていくことになる。

「それは、男の人が使うものですか？」

「いいえ。——男の人とか女の人とか、関係ありません」

十二個目。

「それは、子供がよく使うものですか？」

「いいえ。——大人、子供は関係ありません」

まだ答えの輪郭すらつかめない。

「真樹ちゃんを連れて買物に出かけたり、留守にしたことはあるだろう？」

「あるよ。一日中、この敷地から一歩も出ないことの方が稀だからな。まぁ、そのタイミングを見計らって死体を棄てたのかもしれないな」

「死体が見つかったことは彼女に隠してあるんだろ。警官がたくさんきただろうに、よくばれないな」

「あれは何でもないんだよ。お巡りさんは危なそうなところを調べて回るのも仕事なんだ、と説明してある。『どうして昨日も今日もきたの？』と鋭いことを訊かれもしたけれどな」

真樹は自分のことが語られているのにまるで気がついていない様子だった。私とのゲームにすべての注意を集めているからだろう。彼女が気をそらさないよう、質問を続けなくてはならない。

「それは食べられますか？」

初めて返事が遅れた。ほんの少し逡巡《しゅんじゅん》してから、彼女は言う。

「食べものじゃないし、汚いけれど……食べられるよ」

何だ、そりゃ？

「真樹ちゃんは食べたことあるの？」

「ある」

今のも質問のうちだよ、というふうに彼女はにやりとして指を立てた。

「食べものじゃないのに、どうして食べたの？」

それに対する答えは、私の意表を衝《つ》くものだった。

「おいしそうだったから。——これで質問は十五個すんだよ」

本来は食べるものではなく、汚いものだけど、おいしそうだから食べたことがある。汚いのにおいしそう？ 矛盾しているではないか。五歳の子供らしい事実誤認をしているのかもしれない。それにしても奇妙なヒントだ。わけが判らない。

「それ、おいしかった？」

「ううん、別に。——はい、十六個」

私はいつしかゲームに引き込まれ、事件の話をところどころ聞き逃していた。

＊

火村の煙草の煙が真樹の方に漂っていくので、私は手で散らしてやる。「失礼」と後ろで助教授の声がした。

「犯人が並木を遠くで殺しておいて、遠路はるばるここまで棄てにやってきたと考えるのは難しい。やっぱり、犯行はこの近くだ。井戸のすぐそばでことが為《な》された、とみるのが自然だろうな。それならば、死体を井戸に投げ棄てるのが何よりも合理的だろう。恒久的に隠せるわけじゃないけど、しばらくは見つからないだろうし、何よりも死体を担いでうろうろしなくてすむ」

「井戸のすぐそばでの犯行か。確かに、そう想定したら井戸に死体を棄ててたことは納得がいく。俺たちが留守の間にそんなことがあったのかねぇ」

「もしそうだったとすると、被害者と犯人は連れ立って黒鳥亭の敷地内に侵入したことになる。二人ともここにきたい、という意志を持ってやってきたのか、一方が一方を誘ってきたのか、あるいはおどして連れてきたのか、そのあたりは色々なケースが考えられる。もちろん、二人以上でやってきたのかもしれない」

「うーん。そんなに色んなケースがあるわけか」

「犯人と被害者は一緒にやってきたのか、別々に到着したのか判らない。どちらかがどちらかを尾行してきた可能性もあるぜ。はたまた、偶然に鉢合わせしたのかも」

「おい、そのすべての場合を検証しなくちゃならないのか？　面倒なもんだな、探偵というのも」

真樹が「質問」と迫る。

「十七個目か。そしたら……それは、よくレストランに飾ってある本物そっくりの見本のお料理ですか？」

「いいえ」真樹は笑った。「そんなもの、食べるわけないじゃない。食べられないよ。それに、もしも私が食べてたら『まずかった』ってはっきり言うもん」

もっともだ。では——

「それは、動物の餌《えさ》ですか？」

「いいえ。——動物の餌だって食べものは食べものでしょう？　真樹が言ってるのは、本当に食べるものじゃないの。私は食べたけれど」

少女は額に掛かるくりくりの毛を指に巻いて遊びながら、私の混乱ぶりを面白そうに見ていた。さぞや楽しいことだろう。『Yの悲劇』を執筆中のエラリー・クイーンもこんな笑みを浮かべながらタイプを叩いていたのかもしれない。

もうあと二つの質問しか許されないところまできてしまった。一体、彼女はどんなものを頭に描いているのだ？　まだ皆目判らない。小説を書いて生計を立てている人間が、五歳の子供相手の言葉遊びでこれほど翻弄《ほんろう》されるとは思ってもみなかった。だが、恥ずかしいとか照れくさいとかいう前に、正解が無性に知りたくなってきた。蠟《ろう》のサンプルでもキャットフードでもないとしたら、もう思いつくものがない。やむなく、手がかりを得るための質問をまた放たなくてはならなかった。高価なものですかと尋ねようとしたが、お店で売っているものじゃない、という答えを思い出してやめる。では——

「それは、堅いものですか？」

無駄弾だな。

ちなみに返事は「いいえ」だった。

私は両手を上げて降参のポーズをとり、休憩を要求した。ちょっと考えさせて欲しい、というのを、彼女は「いいよ」と鷹揚《おうよう》に認めた。そして、ああ愉快、というように含み笑いをしながら、家の奥に駈けていった。どうやら、しばらく遊び相手から解放されたようだ。自分の部屋に戻って眠ってくれたら拘束されずにすむだけでなく

——〈二十の扉〉の答えを考える余裕も得られるのだが。

それはさて措《お》き、事件の考察はどこまで進んでいたっけ、と大人たちのいるソファに戻った。火村が天農に訊く。

「警察は井戸をさらっただろう。何か出てこなかったのか？」

「ガスが底に充満していないか調べた後、若い刑事がドブさらいの恰好をさせられて、井戸の底までロープで下ろされてたよ。バケツで釣瓶を作って水を掻《か》き出して、何時間もかけて調べてたなぁ。いつ棄てられたとも知れないジュースの空缶やら、割れたビール瓶やら、ブリキの洗濯挟みやら、骨が折れたぼろぼろの蝙蝠傘《こうもりがさ》やら、がらくたが出てきただけだ。それ以外には、底に丸石がごろごろ転がってただけでな。そんなものを逐一見せられて、『お気づきになったことはありませんか？』って訊かれても、『ゴミですね』としか言えないだろう」

「凶器は見つかっていないのか？」

天農は二杯目を飲みながら頷く。

「井戸の底にあった丸い石の一つが凶器ということはないのかな？」

私が割って入る。天農は首を傾げ、火村は指を鳴らした。

「アリス先生、真樹ちゃんと付き合ったご利益《りやく》で頭が冴《さ》えてきたじゃないか。――可能性はあるぞ。死体と一緒にぽいしたのかもしれない。そうだとしても、血を流した死体と一緒に水に浸《つ》かってたんなら、凶器だと断定するのは厄介だろうけれど」

天農が腕組みをする。

「その丸い石っていうのは、井戸の周辺にたくさん転がってるんだ。それが凶器だとしたら、やはり犯行現場は井戸のそばで、しかも事件は無計画で発作的なものだった、ということになるな」

「石が凶器と決まったわけじゃないけどな。凶器についてはそれぐらいにしておこうぜ」火村が仕切る。「原点に返って、並木将人は何の目的があって黒鳥亭にやってきたのか、を考えよう。まさか、あの殺人現場は今、てな懐旧の念にかられてきたわけでもないだろうからな」

「ノスタルジーでなければ、何が被害者を引き寄せたんだ？」と天農が訝る。

「並木はここに戻ってきて、何かを確認する必要があったのかもしれない。あるいは、何か大切な忘れものか金目のものを取りに戻るとか。どうして今になってやってきたのかは判らない。それが入り用になったのか、これまでは戻ってきたくてもこられなかったのか、何か事情があるんだろう」

データが乏しいから、推測を重ねて進むしかないのが、ややもどかしい。やはり、警察から情報を提供してもらわなくては、火村先生といえども腕のふるいようがあるまい。明日を期して、今夜の捜査会議はお開きにするのがいいのではないか。今宵《こよい》は事件の話を離れて、近況報告やよしない雑談などで愉快にやるのが賢明だろう。そう提案しかけたのだが——

「待てよ」

天農がこめかみに右手を当てる。

「忘れものか。まさかとは思うが、気になることがある」

「警察に話していないことか？」と火村。

「ああ。今、思い出したんだ。一週間ほど前、真樹に留守番をさせて、一人で買物に行ったんだ。あいつを置いていったのは、見られたくない大人向きの本なんぞ買い込みたかったからなんだ。それで、帰ってみると、裏口のドアが開いたままだった。真樹に訊いたら、『知らない。私がおもちゃ箱をひっくり返したんで、その弾みでかも』と言っただけだ。鍵は掛けていかなかったので、風かなと思ってすませたけれど、考えてみると風ごときで重いドアが開くわけがない。もしかして、誰かが忍び込んだんじゃないかな」

「時期が合うな」

火村の目が光った。

「何かなくなったものは？」

「いや、それはない。俺がまだ気づいていないだけなのかもしれないが」

「あるいは、盗難は未遂だったとも考えられる。お前が出て行ったので、安心して忍び込みかけたところ、真樹ちゃんがおもちゃ箱をひっくり返したので、その音に驚いて飛んで逃げた。その、泥棒が並木将人だったと仮定してみようか。すると、だな……」

火村は唇を人差し指でなぞって、

「裏口と井戸はどんな位置関係にあるんだ？──いや、見せてもらおうか」

「ど、どうしたんだ？」

天農は面食らっている。

「思いついたことがあるんだ。現場を見てみよう」

真っ暗だぞ、と天農が言うのを火村が押し切り、私たちは懐中電灯を片手に裏口から庭に出た。

＊

腰の近くまで茂った雑草を掻き分けて、問題の井戸まで歩いた。裏口からの森の木立ちの際のそれまで距離は三十メートルほどある。案内する天農がおっかなびっくりなのもむべなるかな。それは、とぼけたようにいきなりぽっかりと口を開けていて、まるで地獄の罠《わな》だった。

「叔母が管理してた頃はここまで草が伸びてなかったらしいけどな。粗末に扱われてるうちに庭も荒れちまったんだ」

天農がしみじみと言うのを聞きながら、火村は周辺を照らして検分するが、意味がありそうな痕跡はない。このところの晴天続きのせいもあって、足跡のたぐいは警察も発見できなかったそうだ。

ふむ、と頷いた彼は、次に井戸に光を差し入れた。中腰になってその光の輪を目で追うと、怪物の喉《のど》を覗くような気分になる。淀《よど》んだ黒い水溜まりが見えるかと思ったのだが、警察が水を掻き出したため、石塊《いしくれ》がごろごろした泥濘《でいねい》があるばかりだった。

「大きな石は持ち出されたんだな？」

そう尋ねながら、火村は煉瓦で固められた井戸の内側を照らして調べる。

「そう」天農は細い木の幹を抱くようなしぐさをして「一個ずつは小さいんだけどね。全部まとめると、ひと抱え、これぐらいあったよ」

「どうして井戸の底にそんなに石が転がってたんだ。風に転がって落ちたりはしないだろうし、悪戯《いたずら》をする小さな子供とも縁がなかった井戸なのにな」

火村はまた唇を指でなぞる。

「真樹もここには近づかないし、子供のしわざじゃないだろうな。おい、そんなことが事件に関係あるのか？」

不審げな天農に、彼は「あるかもしれない」とそっけなく言って、井戸から明かりを引き上げた。

不意に背後の森で勢いよく傘が開くような音がして、私はびくりとした。どうやら安眠を妨げられて怒った烏《からす》の羽音だったらしい。

「家に戻ろうか」

収穫があった様子もなく、火村は捜査を打ち切った。私たちは一列になって、黒鳥亭へと引き返す。二階の窓に明かりが灯っていて、その中に巻き毛の女の子のシルエットが浮かび上がっていた。

「何してたのー？」

少女は大人たちに呼びかける。まだ寝てなかったのか、と父親は舌打ちする。

「何でもないよ。いつまで起きてるんだ。もうベッドに入りなさい」

「やだよー。〈二十の扉〉が終わってないもん」

「あいつ、無理やりにでも寝かせつけなきゃな」

ええやないか、と言う私を制して、天農は二階へ上がっていった。やがて、父娘がトムとジェリーのように追いかけっこをする音が階上から聞こえだした。

「天農画伯も手を焼いてるな」

私は笑いながら火村を見る。火村はにこりともしなかった。

「どうかしたんか？」

「並木将人が何かを持ち出すためにここに帰ってきたんだとしよう。そして、闖入《ちんにゅう》しかけたところで突然の物音に驚き、裏口から飛んで出たんだとしたら——森まで逃げ込む手前で、過《あやま》って井戸に落ちた可能性もある」

「急に飛躍した話をするなぁ」率直な感想だ。「並木が泥棒に入ったというのも仮説やのに。それに、かつてここに住んでた男が簡単に井戸にはまるかな」

「動転していたんだ。しかも、庭が荒れて昔と様子が違っていたから、見当が狂ったのかもしれない。だから、落ちた。死体の後頭部に残っていた傷は、鈍器で殴られてついたものではなく、井戸の内壁で痛打してできたものなんじゃないか？」

今度は考えてしまった。

「あり得るかもしれんけど……それも想像にすぎんな。証明するためには、警察に調べてもらわんと」

「調べてもらうさ」

殺人犯人なんか実は存在していなかった。『黒鳥亭殺人事件』はなかった、と火村は言うのだ。

しかし——

「後頭部の傷はそれで説明がつくとしても、額の真ん中の傷はどうなる？　それも、並木が複雑な転落の仕方をしたから、内壁で打ってできた傷やというのか？」

二階のドタバタが少しやんだ。

「そうかもしれない。あるいは……」

「あるいは？」

歯切れが悪いな、と苛立ってくる。

「ちょっと、こい」

どこへ連れていくんだ、と思ったが、さっきまでいたリビングに戻っただけだった。火村は床の上に伏せて置かれた『イソップ物語』を拾い上げ、ページをめくって何かを捜す。やがて、手が止まった。

「やっぱりな」

「やっぱり？」

彼は本を私に向けて差し出した。

「載っているんじゃないかと思った。この話を真樹ちゃんは読んでいたんだ」

それは。

『かしこいカラスさん』と題されたお話だった。幼い頃、誰もが読んだり聞いたりしたことのある話。

口が狭くて底が広い水瓶《みずがめ》を前にした一羽の烏。喉が渇いているのだが、大きな嘴《くちばし》がつかえて瓶の中に充分入らず、水が飲めない。しかし、思案のはてに烏に名案が閃《ひらめ》いた。小石をたくさん集めてきて、それを水瓶に投じたのだ。そうすれば水面が上昇して、嘴が届くようになる。かくして、賢い烏は知恵を働かせて水を飲むことができました。

「これがどうかしたのか？」

火村は苦い表情でソファに身を投げ、キャメルを抜いた。

「いや、どうもしないのかもしれないな」

「おい、言えよ。もったいぶってるのか？」

「違う。そんなんじゃない。ただ……根拠が薄弱で、面白くない想像なんだ」

しばらく静かだった二階がまた騒々しくなった。待ちなさい、と天農が叱る声がする。

「面白くない想像。この話を真樹ちゃんが読んでいたら、どうかするのか？　もしかして……」

私にも同じ想像が飛来したことを察知したのか、火村は「そうだ」と応えた。

「彼女は裏の井戸に何かが落ちるのを目撃したか、あるいは何かが井戸に落ちる音を聞くかしたんだ。何だろう、と好奇心に駆られた彼女は、父親の禁を破ってそろそろと井戸に近づいていく。井戸べりで四つん這《ば》いになり、中を覗きもしたことだろう。しかし、何か黒い影みたいなのがあるようだけど、暗くてよく見えない。そこで」

そこで近くにあった石を持ち上げ、次々に投じていったというのか？　童話に出てきたかしこいカラスさん——あの知恵者の黒い鳥に倣《なら》って、水面を上昇させるために？　そして、そのうちの一つが運悪く、頭上の丸く切り取られた空を見上げていた並木将人の額に命中したと？

垂直の幻が鮮やかに浮かんだ。闇を貫く石の軌跡だ。

「アホらしい。あの子はそれを黙ってるのか？　まさか。間違いでとはいえ、人の顔に石を落としておいて、それを平然と隠しているやなんてことがあるわけがない」

「並木が悲鳴もあげずに絶命したのなら、あの子は自分が何をしたのか自覚できなかったろうさ。しかも、死体が発見されて警察がやってきた時、『どうかしたの？』と訊いた彼女に、天農は『何でもない』と答えている。隠したわけじゃないのさ」

「……事故や」

私は言葉を絞り出した。火村はどなりつけるように、

「事故でもない。これは想像だ。あったとも、なかったとも知れない」

「あの子に訊いて……確かめるのか？」

火村はまだ火を点けていなかった煙草を折り、私に投げつけた。

「馬鹿野郎。そんなことを訊くもんか！」

誰かが階段を駈けおりてくる。トムとジェリーだ。

「こら、真樹。待ちなさい！」

「やだもん」

真樹は真っ白いワンピースのような寝巻きに着替えさせられていた。それでもなお抵抗して逃げ回っているのだ。天使のような白いワンピースの裾を翻《ひるがえ》しながら、彼女は私めがけて走ってくる。何て汚《けが》れのない笑顔を見せてくれるのだろう。この無垢《むく》な天使の手が血で汚れているなど、考えたくもない。黒い館の中で、彼女だけは純白だ。

真樹は私の前でぴたりと止まった。

「さぁ、アリスさん、二十個目の質問だよ。当たったら賞品あげる」

「賞品って何？」

訊くと、彼女はポケットから一枚のコインを取り出してみせた。精巧に作られたおもちゃの金貨らしい。

「こんなもの、どこで見つけたんだ？」

それをひょいと取り上げて詰問《きつもん》する天農の顔色が、さっと変わった。そして、その重さと手触りを確かめるように掌《てのひら》の中で転がす。――おもちゃではないのか？

真樹は自慢するように胸をそらしていた。

「屋根裏部屋。一番奥の壁の板がはずれて、中の箱から出てきたの。まだ何枚もあるよ。本物のお金じゃないから、真樹がもらってよかったでしょ？」

火村は天農から金貨を受け取り、小さく長い溜め息をついてから、私に握らせた。まぎれもない本物のクルーガーランド金貨だ。

おそらくこれだ。困窮した並木が危険を冒して取りにやってきたのは、何らかの隠し財産であり、妻を殺した混乱の中でよそに移しそびれたこの金貨だったのだ。

「さぁ、答えて。アリスさん」

火村も天農も、凍ったようにじっと私たちを見つめている。私とこの無垢な、純白の――

突如、答えが閃いた。

「それは……」

私は、ワンピースの天使に問う。

「雪ですか？」

少女の顔に、私を祝福する満面の笑みが広がった。

「はい」

壺《こ》中《ちゅう》庵《あん》殺人事件

1

ただごとではない、と狼狽《ろうばい》した田島絹子《たじまきぬこ》は、迷うことなく隣家に住む壺内宗也《つぼうちそうや》の許《もと》へと駈けた。電話を使えば労力と時間をいくらかでも節約できたことに気がつくのは、完全に落ち着きを取り戻してからのことだ。四十を過ぎてからいよいよ贅肉《ぜいにく》がつきだしたせいで、走るのはきつい。呼び鈴に応《こた》えて現われた宗也は、スラックスの太股《ふともも》あたりにパン屑《くず》をつけていた。もう十時を過ぎているのに朝食の最中だったのかもしれない。彼は「おはようございます。いい天気ですね」とのんびり挨拶《あいさつ》をする。この鈍感な人は、通いのお手伝いの私が朝っぱらから走ってやってきたことを不審に思いもしないのだろうか、と彼女は苛立《いらだ》ったという。

「旦那様がお部屋にこもったままで、いくら呼んでもお出にならないんです。ちょっときていただけませんか？」

荒い息をつきながら伝えると、ようやく目が覚めた、という顔になった。

「親父《おやじ》が出てこないって……病気で倒れるようなタマじゃないと思うけどな」

ふだんいがみ合っているだけあって、こんな危急の時でも素直に心配しないらしい。

絹子は思わず、宗也の二の腕をつかみ、「早くいらしてください」と頼んだ。

さすがに宗也も不安になってきたらしく、急いで靴を履く。二人は抜きつ抜かれつ競うように隣りへ向かった。早く早くと絹子は焦《あせ》ったが、家の前には何か大きなものがでんと居座っていた。〈旦那様の碁敵《ごがたき》〉の熊沢房男《くまざわふさお》だった。

「熊沢さん……こんな時間にどうしたんですか？」

急いでいることを瞬時忘れて、絹子は尋ねる。白いものが混じりだした口髭《くちひげ》をなでながら、熊沢はわけを話す。昨日の宵、碁を打ちに寄せてもらったのだが、その時に奥さんのために買ったプレゼントをうっかり忘れてきてしまったらしい。今日が結婚記念日なので、朝早くからで申し訳ないと思ったが、店に出る前に取りにきたのだ、という。店とは、彼が河原町《かわらまち》に出している小さなレストラン・バーのことだ。

「チャイムを鳴らしても誰も出てこないんで、どうしようかな、と突っ立ってたとこです。——何かお取り込み中でしたか？」

息子よりもこの大男の方が察しがいいわね、と絹子はちょっと感心する。いかにも取り込み中なのだが、手を貸してもらえるかもしれない、と思った彼女は、今度は熊沢の手を引いて門をくぐった。

三人は家の奥へとずんずん進み、〈旦那様のお部屋〉の入口までくると、絹子は扉を両の掌《てのひら》で強く叩いた。それと同時に「旦那様！」と大声で叫ぶ。そうしてからしばらく静かにして反応を窺《うかが》ったのだが、中からはうんともすんとも返事がなかった。

「親父がここにいるのは確かなの？」

宗也が尋ねる。絹子にとって、それは疑問の余地がないことだった。だってそうだろう。旦那様がこんな時間から外出することなんてない。家中のどこにも見当らず、この部屋だけは中から閂《かんぬき》が掛かっているとしたら、他にどう考えればいいというのか。

「いやぁ、言伝《ことづて》を忘れて出掛けたのかもしれない。閂なんか掛かってないんじゃないの？　どいてごらんなさいよ」

宗也は扉のくぼみに手を掛けて引いたが、「あれ？」とすっとんきょうな声を発する。そして、「手が滑ったかな」などと首をひねってから、後ろの男に「開けてみてください」と頼んだ。体を入れ替えて、熊沢が試みるが、見るからに腕力がありそうな熊沢をもってしても、扉はまったく動かない。ここに至って、宗也は初めて深刻な表情を浮かべ、腕組みをして唸《うな》った。

「扉を壊してみようか。修理するのに大して金がかかるもんでもないし。何もなければ幸いだ。——田島さん、大工道具の箱を持ってきてくれる？」

絹子は、「はい」と答えながらもう道具箱のある納戸《なんど》へと走っていた。椅子にのって、高い棚から道具箱を取り出し、そのまま運んで戻る。宗也と熊沢は、扉に向かって呼びかけ続けていた。

「サンキュー」と言いながら、宗也は箱を受け取り、バールを出す。そして、扉の中央からややはずれたあたりに、掛け声とともに一撃をくれた。穿《うが》たれた穴にバールがひっかかり、「くそっ」と宗也が毒づく。無理やり引き抜いて、さらに一撃すると、手首が入るぐらいまで穴は広がった。絹子が右手を伸ばしかけると、宗也が止める。

「ささくれで怪我《けが》をするよ」

彼は手首にハンカチを巻いてから、穴に手を入れた。しばらく閂をまさぐっている様子だったが、じきに「よし、はずれた」と言った。はずした閂を投げ捨てたらしく、床に落ちた何かがカランと大きな音をたてた。熊沢が扉を引くと、今度はちゃんと開く。

「旦那様は……」

絹子がまっ先に中を覗き込んだが、明かりが消えていた部屋はまるで洞窟《どうくつ》のようで、最初は床に転がった門ぐらいしか見えなかった。主人の姿は、と目を凝らして見渡した彼女は、やがて信じられない光景を目にして凍りつく。天井からぶら下がっているあれは何なのだ？　まるで、まるで――

「どうしたの？」と宗也に肩を叩かれた瞬間に、彼女は喉《のど》が張り裂けんばかりの悲鳴をあげた。

2

茶室よりわずかに広いぐらいの地下室だった。見たところ、形も正方形だ。

北と西の壁には天井まで書架が作り付けられており、ぎっしりと本が詰まっている。わずかな隙間《すきま》にも本を寝かせて収めてあるが、蔵書が棚からあふれるのは時間の問題だったであろう。

東の壁には故人が旅行先の骨董《こっとう》屋で求めたという掛け軸が掛かっていた。コンクリートの打ちっぱなしの壁に漢詩の掛け軸とは不似合いなはずなのに、無彩色の抽象画めいて映り、部屋になじんで見える。

南の壁には何の装飾もない。小さな文机《ふづくえ》が一つ、べったりと灰色の壁に向かっているだけで、机上にはペンの一本もない清々《すがすが》しい様だった。そして、その傍らには、一階に通じる鉄製の梯子《はしご》。

四方の壁のいずれにも出入口がない部屋というのは、やはり落ち着かない印象を与える。ましてこの狭いところに高い書架が二つも据えられているのだから、圧迫感も相当なものだ。何がうれしくて、故人はこんな部屋に閉じこもることを好んだのだろう。母の胎内への回帰願望である、と心理学者ぶって指摘することはたやすいが、ここに立った実感としては、やはり奇異だ。

「壺中庵《こちゅうあん》とは、よく名付けたもんだ」

火村英生は何もない南の壁を見つめたまま呟《つぶや》く。感心しているふうでも、呆《あき》れているふうでもない、感情のこもらないクールな口調だった。そして、手袋を嵌《は》めた手で、髪をゆっくりと掻《か》き回す。現場検証の際にいつもしている黒い絹の手袋だった。といっても彼は刑事でも監察医でもない。京都にある英都《えいと》大学に籍を置き、犯罪社会学の講座を持つ助教授だ。

「普通じゃない。蛸壺《たこつぼ》の中に入ってしまったような嫌な気分がして、閉口します」

本当に不快そうに言って広い額をなでるのは、柳井《やない》警部である。狭苦しいところが苦手なのかもしれない。

「亀岡の田畑と山を売った土地成金だったそうです。六十過ぎで、楽隠居同然というから羨《うらや》ましい。隣りにも息子が住んでいる家を所有しているし、駐車場も経営していた。新町《しんまち》のこのあたりでこの広さですから、一億円近くはしそうですよ。頭の上にちゃんとした部屋が五つも六つもあるというのに、わざわざこんなところで長い時間を過ごしていたというんですから、まぁ、数寄者《すきもの》ですねぇ。居心地がいい悪いは人によって感じ方が違うにせよ、出入りするのに、いちいちあんな梯子を使わなくてはならないというのは苦痛でしょう。三十代の半ばの火村先生や有栖川さんならいざ知らず、ここの主《あるじ》は還暦を過ぎた年配だったんですから」

私は、机の脇《わき》の垂直の梯子に目をやった。ひい、ふうと数えて全部で十二段ある。目で追った先の天井には、撥《は》ね上げ式の扉がついていた。先ほど、私たちも唯一の出入口であるそこからこの部屋に下りてきたのだが、まるでマンホールに入るような気がしたものだ。――その扉の中央近くには、バールで叩き割られた穴が開いている。

扉の両脇には閂を受けるがっちりとした金具がついている。まるで馬小屋の扉のようだ。閂は部屋の一隅に立てかけてあった。

「おかしな人もいるもんです。おまけに、本人の名前が壺内っていうんですから、下手な洒落《しやれ》ですよ。壺内刀麻《とうま》。そんな名前だから、こんなユニークな自分の城を持ってみたくなったのかもしれませんね。——それにしても壺中庵だなんて、ものは言いようです。私だったら、蛸壺ルームなんて命名しかねないところです。ここの息子から聞いたんですが、中国の故事からきてるんですってね、有栖川さん？」

「そうです」

警部がこちらに話をふったのは、単に私が小説を書くことを生業《なりわい》としているからだろう。中国文学の素養など、そこいらの受験生ほども持ち合わせていない男なのだが。それでも、壺中天の話ぐらいは知っていた。

『後漢書』に記された事跡だ。ある市場の役人が奇妙なことを目撃する。壺を一つだけ置いて商いをしている薬売りの老人が、市場が終わると、ひょいと壺の中に飛び込んでしまうのだ。役人は不思議でたまらず、再拝の礼をしにいくと、老人は彼を壺の中に案内してくれた。壺の内部には厳麗な御殿があり、二人はそこで美酒に酔い、美食を貪《むさぼ》ってから、また外へ出た、という。一種のユートピア譚《たん》だ。

「そこから命名して壺中庵。私からすれば地下牢《ろう》ですが、ここがお気に入りだった当主の身になったなら言い得て妙、ということですか。——えー、ところで」

警部は頭上の電灯を指差す。和紙を張った提灯《ちょうちん》風のペンダントライトで、これまた壺に見えなくもない。本来は和室向けのものだろう。ひんやりと殺風景なこの地下室のムードが、その照明のおかげで少し暖かく、柔らかくなっていた。

「ホトケがぶら下がっていたんです。照明を吊《つる》すために、ごつい金具が天井に打ちつけてありますでしょう。そこにロープを通して——こんな具合です」

警部がポケットから取り出して見せてくれたのは、六時間ほど前までそこにあった遺体が写った写真だった。現場に下りる前にあらかじめ様子は聞いていたものの、私は写真を見てその奇怪さにあらためて嘆息する。これまで火村の〈助手〉として数々の殺人現場を見てきたが、その中でもこれは屈指の異様さである。

電灯の真下に小柄な男の縊死体《いしたい》らしきものがぶら下がっている。ロープは一重だけで、電灯を吊っている金具に結びつけられているところも鮮明に写っていた。それだけならば、驚くことはない。奇妙なのは、首をくくった男の頭部に、すっぽりと大きな壺がかぶさっていることだった。険峻《けんしゅん》な岩山が描かれた中国風の壺だ。そんなものをかぶっているため、遺体からは変死の凄惨《せいさん》さや死そのものが持つべき厳かさが損なわれ、かわってグロテスクな滑稽味《こっけいみ》が感じられた。

「一課の飯を食って二十年になりますが、こんなおかしな首吊りは見たことも聞いたこともありません。火村先生なら外国の文献で読んだことがある、とおっしゃるかもしれませんけれどね」

犯罪学者、火村は写真を見つめたまま「ありませんよ」と答える。

「死は、どんな人間にとっても一度きりのものです。その晴舞台にあたって、壺をかぶって首吊り自殺なんていうコメディを演じたい人間はどこにもいないでしょう」

「おっしゃるとおり。ですから、本件は他殺なわけです」

「ですからって……そんな馬鹿なことをする奴はいないから他殺だ、と警察が判断したわけではありませんよね？」

私はつまらないことを訊いてしまう。

「もちろんですよ、有栖川さん。こいつは典型的な偽装縊死で、細工としてはかなり杜撰《ずさん》です。ほら、火村先生が今ご覧になっている頸部《けいぶ》の拡大写真によく顕《あらわ》れている。ロープで絞められた跡が二種類ついていますね。一つが絞殺《こうさつ》犯人によってつけられた絞溝。もう一つが死後に天井から吊されてできた縊溝です。さらに、喉仏のあたりに、苦悶《くもん》してロープを引き剝《は》がそうとした被害者自身の爪《つめ》による防禦創《ぼうぎょそう》がついています。そして、次の写真をよく見てください。今度はうなじが写っていますけれど、こんなところに体重がかからないはずなのに、見事な絞溝が遺《のこ》っています」

火村は黙って頷いただけだった。プロの目からすれば、一目瞭然《いちもくりょうぜん》に近いらしい。断っておくと、火村は社会学者ではあるが、法医学の心得がある。犯罪が顕現《けんげん》する現場でそれとじかに相対することをフィールドワークとしている彼にとって必要な知識だからである。心理学にも明るい。法医学と心理学に精通した犯罪社会学者、などというと、いかにも器用が売り物のようだが、彼を〈探偵〉と呼ぶことでそれらの能力のすべてが包含できるのではないだろうか。あるいは〈臨床犯罪学者〉と呼んでもいい。火村が犯罪捜査の現場――フィールド――で事件の解決に多大の貢献をしてきたことは各地の警察の知るところであり、しばしば馴染《なじ》みになった捜査官から捜査に立ち合わないか、というオファーを受ける。そして、彼から連絡が入れば、名目ばかりの〈助手〉の私、有栖川有栖も出動ということにあいなるのだ。

私は助教授から写真を一枚受け取り、被害者の顔を見る。地肌が透けて見えるほど薄くなった頭髪の初老の男。壺の中から現われたその顔は鬱血《うっけつ》し、少量の鼻血が垂れていて無残ではあったが、表情は比較的穏やかだった。生前にどんな顔で笑い、泣き、怒っていたのかはうまく想像できない。薄い眉と薄い唇からどことなく酷薄げな感じを受けるのだが、デスマスクになって印象が歪《ゆが》んでしまったのかもしれない。

「しかし、他殺だとしたら厄介な点があるんでしたっけね。有栖川にとってはいたって日常的な問題ですが」

火村は柳井に向き直る。私にとっては日常的、とは推理作家へのあてこすりだ。

「はい。何者かが壺内刀麻を絞殺した後、縊死に見せかけるために天井から吊したことは疑問の余地がありません。問題なのは、その犯人がどうやって現場から立ち去ったか、です。一階に通じる撥ね上げ式の扉には、こちら側からしっかりと閂が掛かっていたというんですから」

つまり、現場は密室状態だったことになる。警部が火村だけでなく、今回はじきじきに推理作家の私にまで電話をかけてきた理由はそこにあるのだろう。しかし、現場を観察し、事件の概要を聞いた現段階で、まだ私には密室の謎を解く糸口さえ見つけられていない。判ったことは、これだけだ。

壺内刀麻が殺された。壺中庵の中で。壺をかぶり。

3

ショッキングな死体発見までの経緯を話し終えた田島絹子は、嫌な記憶を払うように二、三度かぶりを振った。

「私は腰を抜かしてしまいました。宗也さんと熊沢さんが下りていってたんですけど、交替で旦那様の手に触れてみたら、もう冷たくて人形みたいにかちかちだったそうです。それで、すぐに上がってきて、宗也さんが警察へ電話を……」
「一つ質問してもいいですか?」火村が穏やかに言う。「首を吊ってぶら下がってい
た死体は頭から壺をかぶっていましたね。その状態では、壺内刀麻さんかどうか確認
できていなかったんではありませんか?」
「服装で判りました。壺をはずしてさし上げたいのはやまやまでしたけれど、高い場
所だったので簡単に取れそうにありませんでしたし。でも、そんなことは問題ではな
いでしょう。警察の方が壺を取って旦那様のお顔を確認するまで、ご遺体は動いてい
ないんですから」
そこで絹子は鼻で溜め息をつく。
「旦那様も宗也さんも変わった人でしたけれど……。こんな恐ろしい事件に巻き込ま
れてしまうなんて。寿命が縮んでしまいました。いつもと同じ時間にお宅に伺って、
いつもと同じ平凡な一日になるはずでしたのに……」
「災難でしたね」火村は同情を示してから「あんな壺みたいな部屋を作ってこもるの
が趣味だったんですから、確かに壺内さんは変わっていたんでしょうね。息子さんと
も常識はずれに仲が悪かったということですが」
そのあたりのことは、もっと詳しく話したがっている様子だった。案の定、立て板

に水とばかりに状況を説明してくれる。

「私が六年前にこちらに雇われた時には、もう奥様はとうにお亡くなりになっていて、父一人子一人でした。息子の宗也さんは三十前で、まだ独身。これだけの家をお持ちなんですから、同居すればよさそうなものなのに、お互いに全然そりが合わなくて別居。いえ、どちらも大人ですから別居は自然ですよ。普通じゃないのは、何だか敵同士みたいに嫌い合っていたことです。『あんなカスをこの世に生んだのは不覚だった』と旦那様がぼやくのを聞いたことがあります。何故そうなってしまったのかはよく知りませんけれど、どうやら旦那様が亡くなった奥様をあまり大事にしていなかったことが原因のようです。母親が虐待《ぎゃくたい》されるのを見て育った宗也さんは、旦那様を憎らしく思うようになっていったんでしょう。だから旦那様も宗也さんを嫌う。まぁねぇ、血がつながっている者が憎み合いだすと、他人同士よりもどろどろになる、という話はよく聞きますけれどねぇ。こちらのお宅もひどい有様でしたよ。それは理解できます。理解できないのは、宗也さんがこの隣りに住んでいたことです。あちらも壺内家のものなんですけれどね。でも、父親とそれだけ激しくいがみ合っているのなら、宗也さんもどこかよそに家を探せばよさそうなものじゃありませんか？　それを、隣りが空いてるからそこに住むっていうのは、どうもやることが生温《なまぬる》くて……。旦那様もそれを許していたわけですから、もしかすると心のどこかではお互いに頼り合っていたのかもしれませんね。宗也さんも、『親父のことで困ったことがあったら相談してくれ』と前からおっしゃっていたし。人間って、複雑です」

「ええ、複雑ですねぇ」

火村が賛同したので、絹子はうれしそうに微笑《ほほえ》んだが、警部から昨夜の行動について尋ねられると、急にむすっとなって「夫が入院中なので、家で一人でした」と短く答えた。

最後に気分を害した彼女を解放し、次に宗也から事情を聴取することにした。壺内刀麻の生前の写真も先ほど見せてもらっていたのだが、その父親と彼の顔立ちはまるで違う。刀麻は下駄《げた》と綽名《あだな》がついていいほどの四角ばった顔だったのに対し、息子の顔はラグビーボールを連想させた。骨相だけでなく、刀麻は目鼻立ちがはっきりとして眉も濃かったのに、宗也の方は造作のすべてがこぢんまりとしていて、眉も女の子のようにか細い。それでいて、両者はどこか似た雰囲気を発散させていた。ずばり言って、どことはなく酷薄げな感じ。――もちろん、単なる錯覚のせいかもしれなかったが。

柳井警部が、火村と私を紹介し終えると、彼は待ちかねたように口を開いた。

「親父は他殺だということですが、信じられません。僕たちが親父を発見した時、あそこの部屋は内側から閂が掛かっていたことはお話ししましたね。警察は、それでも自殺じゃないとおっしゃるんですか？　あの状況で他殺ということはない。犯人が部屋から抜け出す道がありませんからね。それを承知の上で父が殺されたと断定なさるということは、ひょっとして僕たちに嫌疑がかかっているんでしょうか？」

すねた子供のような目で私たちを見返している。警部は「そういうわけではありません」とひとまずなだめて、今朝のことを訊いた。彼の舌の動きは滑らかで、絹子から聞いたとおりの話をなぞっていく。細かな箇所で警部や火村が質問を挟んでも、矛盾した答えは返ってこなかった。

「お仕事はフリーライターだそうですね」

火村の問いに「ええ」と頷く。

「京都じゃ食えない商売です。大阪のタウン誌から継続的に仕事はもらっていましたけれどね。きっかけをつかんで東京へ出て、コラムニストになりたいというのが夢です」

彼がライターとしてどれだけのことをしているのか知らないが、東京へ出てコラムニストになるという夢にリアリティはあるのだろうか？　表現が幼くて、漠然とスーパーモデルに憧《あこが》れる女子高生の話を聞いているような感じがする。

「親父と不仲だったってことは、田島さんからお聞きでしょうから、隠しません。え

え、いけ好かない野郎だとお互いに思っていましたけれど、そんなことで殺すわけが

ない。一つ屋根の下で罵《のの》り合っていたんでもありませんしね。それより、本当に他殺

だとしたら怪しいのはあの熊沢って人ですよ」

名前のところだけ声が低くなった。どうしてです、と警部が尋ねる。

「碁会所で知り合った碁敵とか言ってますけど、気心の合う友人なんてもんじゃあり

ません。あれはね、親父が資産家なのを小耳に挟んで、借金目当てに近づいてきてる

んですよ。どうして隣りに住んでる僕が知っているのかって？　噂を聞いたんです。

熊沢さんを知ってるある親切な人が、そっと注意を促してくれたんですよ。役には立

ちませんでしたけれどね。僕の忠告なんて親父が聞くわけないから、放っておきまし

た。だから、借金のことでもめてたって可能性もある。それって殺人の動機になるで

しょう。そもそも、田島さんや僕が異変に気づいて慌ててるところへ、のっそり現わ

れたのがタイミングとして不自然きわまりない。真犯人は現場に戻る、というやつか

もしれませんよ」

「現場で熊沢さんの言動におかしなところでもあったんですか？」

火村が訊くと、にわかに元気がなくなって、「いや、そういうわけでは……」と口ごもりながらも、苦々しげに唇を歪めた。昨日の行動について尋ねられると、PR誌の取材で神戸に行ったが、早く帰宅してすぐ寝た、ということだった。アリバイはないわけだ。

そして、最後に熊沢房男である。上背は優に一メートル八十を超え、体重は百キロ近くあるだろうという巨漢は、終始、紳士的にことの経緯を語った。これまた絹子、宗也の証言と食い違うようなことはしゃべらない。前日に置き忘れたという妻へのプレゼントの箱もリビングで見つかった。さて、宗也の言ったことに信憑性《しんぴょうせい》はあるのか、と訊いてみると、彼は壺内刀麻から二百万ちょっとの借金があることをあっさり認めた。調べれば簡単にばれることだからであろう。

「来月には返済する予定になっていました。まさか、それっぽっちの金が原因で人を殺すだなんてことはないでしょう。よしんば返済不能に陥ったとしても、店をたたんであれこれ処分すればすんだことです」

「今朝のあなたの訪問のタイミングが絶妙だったものですからね」

警部の言葉も、「まったくの偶然です」とやり過ごすので、追及のしようがない。

柳井は質問を変える。

「生きている被害者を最後に見たのは、昨日の午後八時から十時前までここにいらした熊沢さんです。その時の壺内さんの様子に変わった点などありませんでしたか？」

「いいえ。ただ、私が帰ったすぐ後で首吊り自殺をするような気配は微塵《みじん》もありませんでした。といって……私が見た状況では、他殺とも考えられないんですけれどね」

　そこで彼は、ふと何かを言い出しかねているそぶりを見せた。警部がすかさず「お気づきのことがあればどうぞ」と促す。

「告げ口みたいで嫌なんですけど、壺内さんと田島さんの関係をお調べになるのもいいんじゃないですか。田島さんって、糖尿病で入院中のご主人がいらっしゃるんでしょう？　それなのに、壺内さんを見る目つきが、妙に艶《なまめ》かしいことがあったんです。ひょっとするとひょっとするな、と……まぁ、邪推かもしれませんが。家の鍵も預かってて、一番身近にいた人ですしねぇ」

　痴情のもつれを疑え、と言いたいらしい。警部はとりあえずその助言にも礼を述べてから、最後にアリバイを問うた。「愛妻が証人です」と答えて、彼は下がった。

「いかがですか？」

　第一発見者たちの話をひととおり聞いた感想を警部に求められる。火村は人差し指で唇をなぞりながら黙っているので、「そうですね」と、不束《ふつつか》ながら私が応じることにする。

「疑問点を整理してみたいですね。第一には、推理小説にいう密室の謎でしょう。内側から閂が掛かった地下室の中で殺人が行なわれたのなら、犯人はどうやって脱出できたのか。第二に、何故、死体は壺をかぶらされていたのか。絞溝からみて、明らかに壺内氏の死亡後に壺はかぶらされていましたから、犯人のしわざなのは間違いなさそうです。それから……えーと。第三に、熊沢氏があのようなタイミングでやってきたことは本当に純粋な偶然だったのか。合理的な説明は聞きましたけれど、心から信じるには躊躇《ためら》いがあります。そして……」

「割り込ませてもらうぜ、アリス」

唇の端に人差し指を押しあてたまま、火村が言った。

「俺の疑問はこうだ。——犯人は、何故、壺中庵の明かりを消していたのか。他殺を自殺に偽装しようとたくらんだ犯人には、そんなことをする理由がない。普通の部屋じゃないんだから、ドアの脇のスイッチをうっかり押して消した、なんてことはないだろう。梯子を上がる時に暗くて仕方がないからな」

「どういうことや？」と私は戸惑う。警部も怪訝《けげん》そうだった。

「犯人が電灯を消したことに、俺は合理的な理由をつけられる」

実はこの時、火村はすでに謎を解いていたのだ。

4

翌日、午前十時。

場所は壺内刀麻宅のリビング。警部に集められた三人の関係者を前に、火村は確信に満ちた声で告げた。

「これから皆さんに、昨日の朝と同じ経験をしていただきます。恐ろしいことを再現して心苦しいのですが、ご辛抱ください」

絹子がつらそうな表情を見せ、あとの二人は緊張の面持ちだった。

「昨日の朝、今とほぼ同じ時刻に皆さんは家の前で顔を合わせて三人のグループになり、中に入った。その時と同じ様子で、これから壺中庵に行っていただけますか？」

三人は愚図りながら腰を上げ、廊下に出た。そして、ひそひそ小声で相談をしてから、絹子を先頭に奥に向かう。狭い廊下なので、その後ろに宗也、熊沢と列《つら》なり、さらにその後方に火村や警部と二人の刑事、最後に何が始まるのか見逃したくない私が続いた。火村は警部としか打ち合せをしていないのだ。

床の扉を三人が囲んで屈《かが》み込み、後方に私や他の刑事が立つ。バールで破られた部分は、ガムテープで紙を貼ってふさいであった。

火村は「さて。まず、田島さんが扉を叩いたり、下に呼びかけたりしたんでしたね。それから宗也さんと熊沢さんが扉を開こうとしたけれど、どうしても開かなかった。

——同じようにやってみてください」

男二人は素直に従う。扉のくぼみに指を掛け、本気でひっぱり上げようとしたが、びくともしない。誰かが下にいて閂を掛けているのだろう、と思ったのだが——

「開かないのは閂が掛かっているからではありません。閂は——ここにあるんですから」

火村は壁際に敷いてあった布をめくる。見覚えのある閂が現われた。

「壺中庵の内側から閂は掛かっていません。別の方法で開かないように細工されているだけなんです。どういう細工が施されているかは、扉に貼ってある紙をはがせば仕掛けをご覧になれるんですけれど、それはすぐ後でご説明します」

三人のうちの一人の顔から、さっと血の気が引いた。遅ればせながら、それを見て私にもピンときた。

そうか、畜生。彼か。彼ならその細工を——

「ただ紙をはがすのではなく、昨日の再現を続行しましょうか。田島さんが大工道具の箱を取りにいく場面は省略して、もうここに道具箱があるとします」

火村は蒼《あお》い顔の人物に向き直る。

「宗也さん、あなたがバールで扉を破ったんでしたね。バールの代わりに、手でその紙を剝いでいただけますか？」

彼は黙ってこっくりと頷き、一歩前に出る。そして、両膝《りょうひざ》をついて扉に貼られた紙に手を伸ばし、爪をたててガムテープをはがした。拳《こぶし》が入るだけの大きさに開いた穴が現われる。

「そこまでで結構です。下がってください」

火村が片膝を突いて、自分に注目するよう一同に促した。彼はジャケットの袖《そで》を肘《ひじ》のあたりまでまくり上げてから、右手を穴の中に入れる。少しの間、何かをまさぐっているようだった。何をしているのか、私にはおよその見当がついている。それは、多分、細くて丈夫な――

「よし。――幻の閂ははずれましたよ」

彼が二本の指を掛けて引き上げただけで、扉は開いた。

「昨日の再現といっても、もちろん壺内さんの遺体はここにありません。ここからでは暗くてよく判らないし、一度に一人しか穴を覗けませんね。下りてご覧いただくことにしましょう」

まず火村が。続いて宗也、熊沢、絹子。それから警部、私の順に梯子を下りた。狭い地下室は、それで立錐《りっすい》の余地もなくなる。二人の刑事が上に残って、穴から壺中庵を覗き込んでいた。

「明かりを点けます」と断わってから火村が点灯する。と、まず目についたのは、電灯の真下にぶら下がった土嚢《どのう》だ。十文字にロープで縛られた上、天井の金具から吊されているようだ。

「あれが遺体の代わりです。刀麻さんの体重プラスアルファの重量の砂が詰めてあります。——昨日、皆さんが目撃されたのは、こんな光景だった。そうですね？」

三人は、ぶら下がった袋を薄気味悪そうに見上げつつ、「はい」と答えた。

「大変結構です。——閂は外にあったことは、さっきご覧いただきましたね。けれど、内側から何か物理的な力が働いて壺中庵の扉は開かなかった。扉に穴を開けてその力を取り除き、中に入ってみると縊死体がぶら下がっていた。昨日と同じことが再現されたわけです。問題は、どうして扉は開かなかったのか。物理的な力とは何か、ということです。さぁ、よく見てください。電灯と土嚢を吊してある金具から何か細い紐《ひも》のようなものが垂れ下っているのがお判りになるでしょう」

絹子が「眼鏡がないと駄目だわ」などとぶつぶつ言い、熊沢にも火村の指摘するものが見えていない様子だ。私は目を細めて見ているうちに、半透明の紐が光を反射するのを認めた。視線でたどると、それは土嚢の脇に垂れて床に達している。その先端を発見した私は、屈んで拾い上げてみた。

「これは釣り糸……テグスやな」

「ああ。そのテグスは強度をつけるために二重になっているんだ。ほら、ここにもう一つの端がある」と火村はそれを取り上げ「非常に丈夫な糸。これが手品のタネですよ。二重になったテグスは土嚢を縛ったロープに結んであったんです。土嚢は今、ロープで吊された形になっていますが、さっきまではテグスに吊されていました。ロープで吊られた土嚢を、テグスがさらに数センチ上にひっぱり上げていたんですよ。そして、テグスは支点となる天井の金具をくぐってから、あそこにつながっていた」

彼は穴の開いた扉を指差した。よく見ると、中央からずれた一点に釘が打ってある。

「テグスは、あの釘に巻きつけてあったんです。判りますか？　今さっき扉が開かなかったのは、門のせいじゃなくて、土嚢が錘《おもり》になっていたからです」

扉に打たれた釘に巻きついたテグス。それが天井を這《は》い、電灯の金具をくぐって下に垂れて土嚢をぶら下げていた。だから、扉は開かなかった。その情景を私は頭に描く。

「よろしいですか？　昨日の朝、壺中庵が密室になっていたのは、土嚢ではなく刀麻さんの遺体が錘になっていたからです。犯人は、被害者を錘にした。そんなふうに重力を利用できたのは、この部屋の扉が、地面と平行という常ならざる位置にあったからです」

「あ……あんな釘は、昨日は扉についていませんでしたよ。それに、閂は床に落ちていました。落ちる音も聞きました」

熊沢が言う。

「ええ、あの釘は私が昨日の夜に打ちました。犯人が取りつけたものは、今、穴が開いている部分にあったんでしょう。犯人は、釘を打ちつけた裏側にマーキングをしておき、正確にそこをバールでぶち破ったんです。釘を取りつけた部分が破壊されれば、扉を閉ざしていた力は働かなくなる。もちろん、釘が打たれた板の破片やテグスは床に落ちますから、回収しなくてはなりません。犯人は、地下室に下りた際、薄暗い中でそれをポケットにねじ込んだんだ」

火村は断定的に話す。熊沢は「いや、しかし」と納得しない。

「昨日は閂が掛かっていたはずです。扉の真下に閂が転がってたし、それが床に落ちるカランという音も聞いたんです」

「熊沢さん、あなたは人を疑うことが下手です。そんなことは、閂が実際に掛かっていたことを、何ら証明していない。扉の裏に何らかの方法で取りつけてあったのを、さも閂をはずすふりを装って犯人がはたき落としたのかもしれないでしょう。それなら床に落ちて、カランと音をたてもする」

「釘を打った部分の裏側をバールで叩いたり、掛かってもいなかった閂をはずすふりだけして床に落としたって……それはつまり、宗也さんがやったとおっしゃるんですね？」

絹子は両手で口許を覆い、声を絞り出す。

「そうです。彼にだけできた手品なんですよ。扉の所定の場所をバールで破ることでテグスがはらりと垂れ、遺体をぶら下げることをやめたのですが、わずかに高さが下がるだけで遺体は床に落ちはしません。テグスから解放されて、今度はロープで天井の金具から吊された形に変わるだけだ。かくして、インチキな縊死体が完成するんです。

私は、犯人がこの部屋の電灯を消して立ち去った理由がなかなか判らなかった。しかし、手品を解いたら理解できました。明るくてはテグスや床に落ちた釘が目撃者の目につくおそれが大きかったことと、もう一つ。遺体がぐんと下がる時の軽い衝撃を受けた電灯がぶらぶら揺れてしまうのを、目撃されたくなかったんです。夜のうちに首吊りした遺体を朝になって発見したのに、遺体の上の電灯が揺れていたら絶対におかしい。だから、明かりを点けるまでに間をとって、揺れが治まるのを待ったわけです」

「ちょっと失礼しますよ、火村先生。閂を掛ける代わりに遺体を錘にして扉を閉めたら、犯人はやっぱり中から出られないんではありませんか?」

熊沢が頭を抱えながら尋ねるのに、火村は面倒がることもなく答える。

「脱出は可能です。閂を掛けたらそれまでですが、遺体を錘にして閉めた扉ならば、頭や肩で押し上げれば内側から開くではありませんか。それがきつそうならば、扉に何かを嚙《か》ませるか、つっかえ棒をしておけば脱出口を確保しておけます。——そうですね? 反論があればおっしゃってください、宗也さん」

呼びかけられた相手は眦《まなじり》を上げて火村をにらみ返したが、その目はおびえていた。

その宗也を見据えて警部が言う。

「あなたには二千万円を超す借金がある。非合法のギャンブルで作ったものだ。昨日、一日の調べで判りましたよ。それを早急に返済するため、父親の命を奪ったんですか？　ちなみに私たちは、あなたがテグスや瞬間接着剤を購入したことも確認ずみです。そんな買物を町内ですませていたとは意外でした。大胆というか、うっかりしているというか」

「火村さん、あなたは――」

言ったきり、彼の言葉は続かない。混乱して筋の通った反論ができなくなっているのだろう。

絹子は飛びのいて、彼から離れる。刀麻が壺中庵から出てこなければ彼女は自分を呼びにくる、と宗也は正しく読んでいたのだろう。絹子は用意された証人だったのだ。

「何て恐ろしいことを。ギャンブルの負けを清算するために実の父親を殺したただなんて、ぞっとします。しかも、殺した上に遺体を品物のように扱えるというのは、どういう神経なんでしょう」

「みんな判っちゃいない」

宗也はパニックをきたし、呂律《ろれつ》が回らなくなっている。それは理不尽な言い掛りに周章狼狽しているとは見えなかった。だから、絹子も決めつけてしまったのだろう。

「それに、それに」絹子は涙目になっている。「遺体の頭から壺をかぶせるというのは、どういうことです。そこまで旦那様を愚弄《ぐろう》したかったんですか？」

偶然のなせる業で偽装縊死の証人にされかかった熊沢が額の汗を拭《ぬぐ》う。

「いや、そこまでは考えたくないな。もしかして、偽装工作をしている自分を見つめているお父さんの目が恐ろしかったから、ではありませんか。きっとそうでしょう」

火村はゆっくりと首を振った。

「私の想像はもっと冷酷です。おそらく彼は、小柄な刀麻さんの体重だけでは心配だったんでしょう。外から引いて扉がほんのわずかでも開けば、閂が掛かっていないことがばれてしまいますからね。そうなれば計画は完全に破綻《はたん》する。あってはならない」

「判ってないんだ」

「彼はとことん父親から人間の尊厳を剝奪《はくだつ》し、その死を喜劇的なものにした。母親の仇《かたき》を討つ意味もあったんでしょうか？　底なしに深い悪意と憎悪を感じます。それがどんなに不自然な自殺体であるかを考える理性もなくして、彼は父親の遺体に壺をかぶせた」

宗也は虚空《こくう》を見つめている。

「あいつがどんなに愚劣な男だったか……」

火村は不快そうだった。

「壺は、錘の錘だったんですよ」

月《げっ》宮《きゅう》殿《でん》殺人事件

1

車は、とある県境を越えた。

友人のおんぼろベンツには厳しい箇所もあったが、どうにか乗り切れた。右手に続いていた小さな渓谷の底からしだいに川がせり上がってきて、流れが穏かになっていく。やがて白い砂利の岸も現われだしたかと思うと道は川から離れ、役場のある小さな町の中に入ったが、ものの数分で町を過ぎると、また右手からするりと川が近づいてくる。

私は車窓に鼻先を押しつけるようにしたまま、あるものを捜し求めていた。たしかこのあたりだったはずなのに、なかなか見つからない。

「このへんの川原に面白いもんがあるはずなんや」

左の運転席でステアリングを握る火村英生に言うと、彼は退屈そうに、

「面白いといっても、色々ある。どんなもののことを言ってるんだ？　お前のことだから、どうせ文法がユニークに乱れた標語の看板とか、異常に野暮《やぼ》ったい名前の店とかだろう」

「この前あったラット食堂っていうのは常軌を逸してたな。――ああ、いや。そういうのと違うんや。かなり奇抜な建築物がここらにあるはずなんやけど……もしかしたら撤去されたんかなぁ。まぁ、それも無理はないけど。うーん、それにしてもなぁ」

「何をごちゃごちゃ言ってるんだよ」

どういうものなのか説明しようとしたところで、それは私の目に飛び込んできた。それも変わり果てた姿だったので、私は「あらら」と嘆息する。

「あららって、何だよ。――もしかして、あれか？」

火村が指差したのは、無残に焼け落ちた建物の残骸《ざんがい》だった。そう、あれを捜していたのだ。

「燃えちまってるぜ。しかし、あんなところに家が建ってたなんておかしいな。そんなもの、違法建築だろう」

「ああ、立派な違法建造物や。ホームレスの親父が勝手に建てて住んでた家やからな。よくまぁ、あんなことをしていて許されるもんやなぁと感心してたんやけど、さすがにお上も見過ごせんようになって撤去されることになったらしいな」

前方のそれが近づいてくると、付近に人影がいくつか見えた。警察関係者らしい制服もまじっている。焼け残りの処分の打ち合せをしている現場のようであった。ということは、もう一日でも早くここを通りかかれば、まだあれが建っているところを拝めたのかもしれない。惜しいことをした。

「そうかな」

火村は首を伸ばして川原を見ながら、車のスピードを落としていく。

「撤去するために燃やしたにしては、焼きかげんが中途半端でおかしい。事件か事故で燃えたのかもしれないな。いや、そもそも焼き払ったりはしないだろう。延焼の危険がある。……おい、待てよ」

さらに速度が落ちる。友人は、ただならぬ事実に気がついたのだろう。

「ホームレスが建てたって言ったな。どんな変わったデコレーションだったのか知らないけれど、掘っ立て小屋にしてはでかすぎないか？　焼け残ってる廃材の量がとんでもないぞ」

「でかかったんや。三階建ての上に、塔を兼ねたペントハウスまでついてたぐらいやからな。てっぺんまで高さ十メートルはあったやろう」

「豪邸じゃねぇか」

　火村は車を路肩に寄せて、ついに停めてしまった。彼なら面白がるだろう、と期待していたとおりだ。サイドブレーキを引いて「下りよう」と言う。せっかく興味を抱いてもらったのに、肝心の建物が焼失してしまっていたことが残念だ。ちょう五メートルほど下の河川敷を見下ろしながら、火村はキャメルをくわえる。ちょうどいい休憩だ、と思っているのかもしれない。

「拾い集めてきた材木やらベニヤ板やらトタン板でできた豪邸だったらしいな。一人で造ったんだとしたら、すごい労力だ」

「呆れるぐらいの労力だったやろう。不法占拠して建ってたものとはいえ、もったいない」

　もったいない、というのは実感である。その建物はがらくたでできたものにしては驚くほどの大きさだったというだけでなく、非常に魅力的な佇《たたず》まいをしていたのだ。県道からよく見えるところに建っていたから、大勢のドライバーが目を見張ったに違いない。テレビや雑誌で取り上げられてもおかしくない代物だと思うのだが、ひょっとすると私の知らないところで紹介されていたのかもしれない。

　何が魅力的だったかというと、まずはグロテスクの美というべきものだろう。どこからどう運んできたのか知れぬがらくただけを建材にしていたため、外観はいたって醜い。その醜さがいきつくところまでいって反転してしまったのである。大袈裟《おおげさ》にいえば、この世の常ならざるものが持つ聖性すら帯びていた。そう説明しても、理解してもらうのは難しいだろう。醜悪なだけの〈ごみの城〉と言って片づけられかねない。それがそうならないのは——前言を翻《ひるがえ》すように聞こえるかもしれないが——ごみの城の造形から、設計建築した人間のたしかな美意識が感じ取れたためだ。がらくたのそれぞれは意図的に布置された気配が濃厚だった。外壁に採用されたベニヤ材の隙間《すきま》から極太のゴムホースがにょろりとのたくり出していたり、形も大きさもまちまちなガラス窓が心地よくアトランダムに配置されていたり、無意味な竹竿《たけざお》が城の一角を力強く貫通していたり。建設された当時パリで物議をかもした現代芸術の殿堂ポンピドー・センター前の広場に持っていけば、作品として立派に成立したのではあるまいか。

——が、それより何より、私が最も感嘆したのは塔の部分の美しさだった。

「以前、ここを通ったのも五月やったかな。一年前か。日程のきつい取材旅行の帰りで、夜の十時頃に通りかかったんやけど、あれが視野に飛び込んできた時はびっくりしてハンドルを切りそこねかけたわ。先を急いでたのに車を停めて、ちょうどこのへんからしばらく見とれた。月が皓々《こうこう》と明るい夜でな。ごみの城のペントハウスの上にそびえた尖塔《せんとう》の先端が月光を反射してキラキラと光ってたんや。キラキラ、という音が聞こえてきそうな妙《たえ》なる光やったな」

夜の帳《とばり》の底でそれが月光に照らされている情景は、さながら稲垣足穂《いながきたるほ》の幻想的な掌編から抜け出してきたようだったのだ。

「家の近くまでいって見上げてみたら、塔の先によく磨かれたブリキの板らしきものが巻きつけてあった。とても丁寧な仕上げで。もちろん、そんなもんに実用性はないから、単なる装飾や。それは太陽の光もまぶしく反射させたやろうけど、主《あるじ》は月の光こそを集めて、散らせたかったんに違いない」

力説する私だが、焼け跡しか見ていない火村にはどれほどのことも伝わらないだろう。百聞は一見に如《し》かないのだから、やむを得ない。

「うちの近所の寺も顔負けだな」

京都の北白川に住む火村が言う近所の寺とは、銀閣寺こと慈照寺《じしようじ》だろう。その庭には白い砂を盛ってできた銀沙灘《ぎんしやだん》と向月台《こうげつだい》があり、月待山から昇った月の光を反射させて、銀閣を照らす。

「しかし、お前も大したもの好きだな。夜道を急いでる途中で車を停めてのこのこ川原まで下っていくだなんて」

「小説家らしい旺盛《おうせい》な好奇心と評価してくれてもええんやないか。家のそばまで行ったおかげで孤高の建築家の顔も見られたし、わくわくしたぞ」

ごみの城を建てた男の顔を思い出す。そのとたんに、彼の安否が気になりだした。焼け城がどうして焼け落ちたのか事情が判《わか》らないが、彼は無事だったのだろうか？　焼け跡の周りにその姿は見当たらない。怪我《けが》をして病院に収容されたのかもしれない。

「その偉大な建築家の身に何かあったのかもな。刑事課の人間の匂《にお》いをさせてる男がうろうろしてる」

大学で犯罪社会学の講座を持っているだけでなく、実際の犯罪の現場に飛び込んでしばしば刑事らと捜査をともにする彼には、そんな匂いが嗅《か》ぎ分けられるらしい。フィールドワークに何度も助手として加わったことがある私には判らなかったが――実は、今もとある事件のフィールドワークの帰りなのだ――なるほど、よく観察してみると、火災の後始末にしては付近に緊張した空気が漂っている。

私は焼け跡のそばまで行って、何があったのかを、誰かに尋ねてみたくなった。今はまだ陽が高く、さほど急ぐ道中でもない。火村は、もの好きの私に付き合ってくれた。

砂利を踏み鳴らしながら、焦《こ》げ臭い風が吹いてくる方へと歩いていく。近づいてみると、現場で作業をしている人々の作業服の背中には、警察と消防署と村の消防団のネームが印されていた。野次馬まるだしの私たちが、声をかけるのがはばかられる。と、焼け落ちた建物の陰に見覚えのある顔を発見した。以前にここへきた時に話をしたことがある初老の男。ごみの城主の仲間のホームレスだ。長い髪を頭の後ろで束ねた彼は、呆然《ぼうぜん》とした表情でわずかに焼け残った城の上部を見上げていた。その両目には、深い哀しみの色が浮かんでいる。それがひどく不吉だった。

「あのぅ……」

私は、腫物《はれもの》に触るように穏やかに声をかけた。それでも相手はよほど驚いたらしく、びくりと肩を顫《ふる》わせた。

「な、何や?」

警戒で全身を針鼠《はりねずみ》のようにしている。

「つかぬことを伺いますが、ここにあった建物はどうして燃えてしまったんでしょうか?」

「見たら判るやないか。火事や」

「出火の原因は判ってるんですか?」

「そんなこと、なんで訊くんや。あんたらには関係ないやろう」

男は不機嫌そうだった。

「関係ないやろうと言われたらそれまでなんですけど……。一年ぐらい前にここを通りかかって、見事な家やなぁ、と感心したことがあったんですけど、それが今見たら焼けてしまってるんで、どうなったんかなぁ、と。——一年前のその時もここまで下りてきて、近くから月宮殿《げっきゅうでん》を見せてもらいました」

「月宮殿って……土地の人間でもないのに、そんな名前、よう知ってるな」

男が私の顔を見返してきたので、チャンスとばかりに言ってみた。

「私のことを覚えてませんか？　その時、少し話をしたんですよ。月宮殿の名前を教えてくれたやないですか」

「わしと話をした？——あんた、ひょっとしたら、小説家の？」

枯れ枝のような指が鼻先に突き出された。

「そうですそうです。思い出してもらえましたか？」

「ああ、ああ。突拍子もない名前やったな。忘れてしもうたけど。それで、わしが『筆名か？』と訊いたら『本名です』って言うて。たしか一年ほど前やったわ。夜も更《ふ》けてたのに、がらくたの山を見に下りてきたんやったな」

「粋狂な奴や、と言われました」

「言うたな。言うたわ。そうか、久しぶりやな」

「浜《はま》さんでしたっけ？」

浜という姓なのか、浜田や浜井の愛称なのかは判らないが、そう聞いた記憶がある。もちろん、本名でも何でもないでまかせなのかもしれないが。

「ほぉ、覚えてくれてたか。わしは名乗ったことも忘れてたわい」

浜さんは急に打ち解けた態度になり、私の手を握らんばかりになった。存在を無視された火村は、黙って立ったまま私たちのやりとりを聞いている。

「いやぁ、恐ろしかったで。子供の頃に近所で火事があって、火の粉をかぶったことがあったけど、それ以来のことや。火事はこわい」

「ご無事でよかったですね」

何故か浜さんの表情が曇った。

「ちょっと手に火傷《やけど》をしたぐらいや、わしはな」

「わしはな、って」ピンときた。「もしかして、月宮殿にいたあの人は……」

さすがに、ごみの城の主人の名前までは思い出せない。

「高《たか》さんや。高岡《たかおか》いうたんやけどな。あの人は、助からんかった」

「えっ」と声を出してしまった。一年前の月夜に邂逅《かいこう》したもう一人の世捨て人の顔が脳裏に鮮やかに浮かぶ。哲人めいた顔をした、偉大な建築家は焼け出されただけでなく、死んでしまったのか。通りすがっただけで、言葉もかわさなかった男なのに、知己を亡くしたような胸の痛みを感じた。

「酷《むご》いで。酷いことや。放火されて家をなくすだけやったらまだしも、命まで落としてしまうやなんてなぁ。ほんま、人生は無情なことばっかりわしに見せよる」

放火というのが聞き捨てならなかった。

「寝煙草《ねたばこ》やら火の不始末で出火したんではないんですね?」

浜さんは弱々しく頷いた。

彼の目に、薄く涙があふれた。

2

一年前の月の夜。

川原の異形の建物を見下ろしながら、私はしばらく立ち尽くしていた。不意に出現した前衛芸術めいたごみの城。まるで夢を見ているような心持ちだった。こんなものに化けて悪戯《いたずら》をする狐《きつね》か狸《たぬき》が落語に登場しなかっただろうか、と見当はずれなことを考えたり、幼い時読んだ童話の本にこんな挿し絵があったんではないか、というノスタルジックな気分が込み上げてきたりして、なかなか立ち去りがたい。このままでは家に帰りつくのが明け方になる、とさっきまで気を急《せ》かしながら車を飛ばしていたのに。

風に流されたちぎれ雲が月を隠し、建物のてっぺんに屹立《きつりつ》するブリキの塔に反射していた光が弱まった。私は雲が通り過ぎるのを待つ。やがて再び月光が下界に注ぎだすと、塔は歌うようにまばゆく輝きだした。

あれがどんなふうにできているのか、そばに寄ってもっとよく眺めたい。できるなら、これが夢でない証拠に手で触れてもみたい。衝動にも似たそんな思いに駆られて、川原に下りる道はないかと捜すと、少し先に獣道に近いものが見つかった。私はふらふらとそれを下っていく。

砂利が多い川原に下りると、川のせせらぎがにわかに近く聞こえるようになった。同じレベルに立って見上げると、建物は廃物でできているものにしては壮絶なまでに大きく見えた。のしかかってくるような威圧感さえある。

これは誰が造ったのか？

どうしてこんなに大きいのか？

ここに住んでいる人間はいるのか？

様々な疑問が浮かんできた。違法建築であることは明白だから、造ったのは大方ホームレスの人間だろう。それにしても、どうしてここまで大きなものを建てる必要があったのかが判らない。何かただならぬ情念に衝《つ》き動かされて、ホームレス製バベルの塔の建築に挑んだのであろうか？

人の気配を窺《うかが》ったが、中からは何の物音も聞こえてこない。家の周囲をぐるりと回ってみたが、どの窓にも明かりは灯《とも》っていなかった。

無人なのか？　もしそうなら、黒く汚れた引き戸を開けて中に入ってみたい。足を踏み入れたとたんに崩れ落ちるほど危なっかしいものでもなさそうだ。しかし、内部は真っ暗に違いない。しまった、車にあるんだから懐中電灯を提げてくるんだった。

そんなことを考えているところへ、後ろから呼びかけられた。

「あんた」

背後に人がいるとは思っていなかったので、少し驚いたが、他人の地所に無断で侵入しているわけではないから、おどおどする必要はない。

「こんなとこで何してるんや？」

振り向くと、一瞥《いちべつ》しただけでホームレスと知れる男が、十メートルほど離れたところに立っていた。話しかけるにしては不自然に遠い。ははぁ、彼の方が私を警戒しているんだな、と察した。そうと判れば、愛想笑いのひとつでも見せるのがいいだろう。

「こんばんは。いい月夜ですね」

「何してる？」

柿渋色《かきしぶいろ》の丸首シャツを着た彼は、棘《とげ》のある口調で重ねて尋ねてきた。

「ただの通りすがりの者です。ほら、あそこに車があるでしょ」と指差して「大阪のうちに帰る途中なんですけど、ここまできたらこんな変てこなものが目についたので、何かと思って見に下りてきたんです」

「粋狂な奴やな」

男はいかにも胡散《うさん》臭げにこちらを見つめていた。警戒を解いてもらうために、私からもっと話してみることにする。実は自分は小説家なのだ。だから、話のタネになりそうなものを見つけたら、いつも車を停めて調べずにはいられないのだ。それは職業意識プラス無邪気な好奇心の発露でしかなく、決して怪しい者ではない、と。ホームレスを相手に怪しい者ではない、と釈明するのはふだんはないことだが、相手の領分に入っているのだから、不合理なことではない。訊かれたので名乗ると、「筆名か？」と追及してくる。「本名です」と答えたら「筆名は何や？」と、しつこい。

「有栖川有栖という名前で書いてるんです。本名で小説を書いてる人間は、『筆名は何や？』と訊かれたらみんな傷つくんですけれどね」

「……それは失礼した。本なんか読むことがないんで、わしが小説家の名前を知らんだけや。気を悪くせんといてくれ」

人がいいのか、えらく恐縮しだした。私の名前を知っている人間はごくごく限られているのだ、と言って安心させてから、

「ここは、あなたの家なんですか？」

「あなたやなんて呼ばれたんは久しぶりやなぁ。わし、浜さん浜さんて呼ばれてたんやけどな。──いいや。わしはもうちょっと上流のこんまい掘っ立て小屋に住んどる。人間なんちゅうもんは『立って半畳、寝て一畳』。こんな大きな家はいらん」

「はぁ。──とすると、ここは空家ですか？」

「違う。偏屈者がおるんや。一人で建てて、一人で住んでる。変わった奴やで」

「たしかに変わった人のようですね。こんなものを造るのは大変だったでしょうに」

「頭がいかれた奴ではないんやで。それどころか、なかなか学のある男や。話してたらそれぐらいは判るからな。なんでこんな川原で暮らすようになったんか、それが理解に苦しむわ」

大いに興味が湧《わ》いた。できれば会って色々と話を聞いてみたい。しかし、浜さんは「あかんあかん」と首を振った。

「あきませんか。明かりが消えてますもんね」

「いや、電気がきてないんやから明かりはいつも点いてない。蠟燭《ろうそく》も危ないから使《つこ》てない。まだ寝てはおらんやろう。そやけど、起きてても見ず知らずの人間と心安うに口をきいたりしよらへんわ。ほんまに偏屈者なんや」

とすると、彼はこの家を訪ねてふらふらやってきたのでもないらしい。

「あなた……浜さんは何をしてたんですか？」

「わしか？ わしは夜の散歩と洒落《しゃれ》込んでただけや。あんたがさっき言うたとおり、ええ月夜やからな。——煙草、持ってたら一本くれるか？」

あいにくと吸わないのだ、と言うと、「そうか」と残念そうだった。彼は近くに転がっている大きな石に腰を降ろして、よれよれのズボンのポケットから吸い殻を取り出し、百円ライターで火をつけた。

「これな、月宮殿っていうんやそうや。月の宮の御殿と書くらしい」

「これって、このごみの家ですか？ これが月宮殿……」

「はは。町の連中もみんなそう呼んどるけれど、ごみの家が月宮殿やなんて、おかしいわな」

「いいえ」と私はかぶりを振った。「うまいネーミングだと思いますよ。きれいやし、月明かりの下でこんなに映えてるんやから、ふさわしい名前でもある。——建てた偏屈者がつけた名前なんですか？」

「ああ、そうや。いつぞや、『あんな豪勢なうち建てて、何かお宝を隠してるんやろう？』て訊いたら、『他人にとって値打ちのあるもんなんぞない』ってどなりよってな。『俺は月宮殿があったらええ』と言うとったわ。命の次に大切なんやそうな」

「命の次に大切、とは恰好のいいこと言いますね」

「ええ恰好しすぎやわ。——まぁ、これだけのもんやから、自慢なんやろうな。自慢なんはええとして、しょせんは不法占拠して建てた家や。いつ、お上ににらまれて潰《つぶ》されるやもしれんのにな。川がよっぽど増水せんことには、流されてしまうことはないにしても」

「材料はどこから運んできたんでしょうか？」

浜さんは「さぁな」と短く言った。彼がこの地にやってきたのは二ヵ月前。月宮殿はその時、もうすでにそびえていたのだ。

「五年かかったんやと、五年」彼は節くれだった五本の指を開いて見せた。「川上から流れてきた倒木を集めたり、町のごみ捨て場をあさったり、とり壊された家の廃材を抱えてきたり。建材になるものを集めながら、少しずつ大きな家にしていったんやそうな。どうしてそこまでしたのかと訊いても、『他にすることもないしな』てな適当な返事しかしよらへん。『そのうち一族郎党を呼ぶつもりやないのか？』とふざけて言うたら、『俺は天涯孤独や』。こうやもんな。けったいな人間や。けれど、それがまた面白うてな。向こうも、わし以外にお仲間がいてるわけでもないからか、話をしかけたら相手をしてくれるんや」

おそらく、その男には建築の魔物が取り憑《つ》いてしまったのだろう。普請《ふしん》道楽で身上《しんしょう》を潰してしまう人間というのがいる。稼ぎのほとんどを家造りに使う者。強迫観念めいた使命感に駆られてお稲荷《いなり》さんの社だの観音堂だのを建てることに人生を費やす者。そんな人種がいる。金がなければないで、建築に命を捧《ささ》げる方法はある。彼のようにがらくたばかりで大きな家を建ててしまった廃品回収業者や、拾い集めた石ころや貝殻で宮殿を建てたフランスの郵便配達夫のことを、本で読んだことがある。建築とは、形を得て、むっくりと立ち上がった観念そのものなのかもしれない。ささやかな例はこの月宮殿、極端な例はヒトラーの大ベルリン計画。憑きものと言うのが大袈裟ならば、病と呼ぼうか。時に哀しく、時に甘美な建築という名の病。

「天涯孤独ですか。どんな経緯でここに住むようになったんでしょうね」

「無口な男やから詳しいことはしゃべらんけれど、色々あったんやろう。大きな保険会社に勤めてたんやそうや。それが職場の派閥争いに巻き込まれたり、奥さんを事故で亡くしたり、嫌なことばっかり続いたんで世の中に愛想が尽きたらしい」

「浜さんも……色々あったんですね？」

力ない笑顔が返ってきただけだった。

雲が流れたのか、月の光がまた一段と強くなった。

窓が——開く。

私は、はっとして見上げた。

ライオンの鬣《たてがみ》のような蓬髪《ほうはつ》の男の姿が窓辺にあった。年齢は五十代半ばというところか。月光に照らされて、その彫りの深い顔をはっきりと見ることができた。たしかに、涼しげな目許《めもと》と引き締まった口許に理知の影がある。人生レースの落伍者《らくごしゃ》でも人嫌いの頑固者でもなく、世を捨てた哲人といった印象を受ける。

窓枠にサボテンの鉢がのっていた。部屋の中の様子は暗くてさっぱり判らない。昼間だったとしても、この角度では天井しか見えはしないだろうが。

「おーい、高さんよ」

浜さんが手を振りながら呼びかけた。窓辺の人物は無言のままこちらに目をやる。

「まだ寝てなかったんやな。月見もええけど、たまにはよそからきた人と話をしてみんか？」

浜さんは親切心を起こしてくれたのだ。私を指して、こんなことを言う。

「この人が、あんたのお城を気に入ったそうや。中を見せてやってくれんかな」

私はぺこりと頭を下げた。

「よろしかったら、お願いします」

高さんは、ろくに私を見もしなかった。ぷいと横を向いて、欠伸《あくび》をする。人を小馬鹿にした態度にもとれたが、単に眠いだけなのかもしれない。

「上がっていってもかまわんか？」

浜さんが言うと、低い声が降ってきた。

「見世物やあるまいし、誰も上げん。もう寝る」

彼はすっと奥に引っ込んだ。窓がするすると閉まる。月明かりを取り込もうとしてか、わずかに隙間を残して。

「やっぱりあかんか。ま、ああいう男や。悪う思わんといたってや」

とんでもない。立場が反対ならば、私だって予期せぬ夜の客など拒んだだろう。ただ、こんな奇天烈なものを造っておいて、見世物ではない、というのが何だかおかしい。外から眺めて感心してろ、ということか。
「浜さんも上げてもらえないんですか？」
「いやいや。わしはしょっちゅう入れてもろてる。手土産を提げてって、一献《いっこん》傾ける
こともあるんやぞ」
「中は……どうなってるんですか？」
「空っぽや。なーんにもない。ただ、色んな写真がぺたぺた貼ってあるわ。そうせん
とあんまりにも味気ないからやろうな。カレンダーやら駅のポスターやら、日本や世
界の風景が壁だけやなしに、天井にもたくさん貼ってある。『もっと色気のあるもん
貼れよ』って、わしがきれいなお姐《ねえ》ちゃんのポスターを拾うて持っていってやっても、
そういうのは貼りよらん」
　浜さんは、ぶるっと肩を顫わせた。
「お話を聞かせてもらって、ありがとうございました。そろそろ行きます」
　いつまでもここにいても仕方がないので、私は御輿《みこし》を上げることにした。夜気が少
し肌寒く感じられてもきた。
「どういたしまして。そしたら、気をつけてお帰り」

浜さんは石に腰掛けたまま私を見送ってくれた。車のところに戻り、最後に振り返った時も、石の上の人影は動いていなかった。

3

回想からわれに返る。

浜さんは親指の付け根あたりで目尻を拭っていた。

「放火だということですが、犯人は捕まったんですか？」

火村が尋ねる。不審げに彼を見返す浜さんに、私は火村のことを犯罪学者と紹介した。浜さんは敬語になって答える。

「捕まったそうです。まったく、恐ろしいガキどもで……」

「子供のしわざなんですか？」

火村は眉間《みけん》に皺《しわ》を寄せた。

「子供というても高校生ですよ。人が中にいてる家に火をつけたんですから、悪戯なんていうもんやない。れっきとした殺人です。あいつら、人の心をなくした奴らや」

「犯人の高校生をご存じなんですか？」

「名前までは知りませんけど、顔はよう知ってます。元気が余って無茶をするやなんて可愛らしいガキどもやないんですよ。鬼です、あいつら。これまでにも色んな悪さをされました。高さんは手強《てごわ》いとみたのか、もっぱらわしを標的にしてたんですけどね。石をぶつけられたこともありますし、犬の死骸《しがい》を寝床に投げ込まれたりもしました。それを高さんがわがことのように怒って、あいつらをどやしつけたもんやから、それを逆恨みしたんです。きっと体に爬虫類《はちゅうるい》みたいな冷たい血が流れてるんでしょう」

話しているうちに興奮してきたのか、彼は拳《こぶし》を固く握って憤激をこらえているようだった。そして、今度は悔し涙を目ににじませる。

彼の言うことが正しければ、たしかに殺人に匹敵する行為、いや、殺人そのものかもしれない。心がささくれた人間が野宿するホームレスを空気銃の的にしたり、狩りと称して集団で殴る蹴るの暴行を働き、ひどい場合は死に至らしめるという陰惨な事件がこれまでにも時々報じられてきたが、都会を離れたこんな鄙《ひな》でもそれに優《まさ》るとも劣らない事件が起きてしまうとは。暗澹《あんたん》たる気分だ。

「昨日の放火が、その悪ガキどもの犯行だという証拠が見つかったんですか？」

「いいえ、そんなものは必要ありませんよ、先生。わしが見てたんですから。あいつらがガソリンを撒《ま》いて火をつけて、逃げていく現場を目撃していたんです」

「ああ、そうだったんですか。それは、さぞ……」と言った私は、うまく言葉が続かない。「ショックだったでしょうね」

浜さんは、がっくりと首を折る。

「わしが機敏に動いてたら、高さんは死なんですんだかもしれん。最初は、月宮殿の横手に黒い人影らしいもんが四つ見えただけで、誰かが悪さをしとるとも思わんかったんや。バケツなんか持ったのがおるけど、川で水でも汲《く》んどるんやろか、と思ただけで。放火をしてるところやと気がついたのは、そいつらが逃げだして、その後でぱっと火の手が上がるのを見てからです。火に照らされて、逃げていくのが見覚えのある悪タレ四人組やと判りましたが、そっちを追い掛けるどころやありません。慌てて月宮殿に走っていきました。『高さん、火事や。逃げろ！』と叫びながら、全速力で」

「どこからですか？」

火村が質問を挟む。そんなことを逐次確認するのが、この犯罪学者の半ば習性になっているのだろう。

「あそこです」と浜さんが示したのは、直線距離にして五、六十メートルほど上流——川がゆるく蛇行しているので、流れに沿って測れば百メートル近くあるか——の掘っ立て小屋だった。それが彼の住みかだという。

「戸も閉まらないあんなボロ家ですから、寝床に横になっても外が見えるんです」

「夜というと、何時頃？」

「時計を持っていませんので、はっきりした時間は判りません。まぁ、十一時前後だったんやないですかな」

「暗かったでしょう。よく見えましたね」

火村がどんなつもりでそんなことを言ったのか判らない。しかし、浜さんはあからさまに不快の念を表情に顕《あらわ》した。

「ええ、暗かったですよ。せやから、火の手が上がるまでは、何をしてるところか判らんかったって言うたやないですか。合点がいかんと言うのなら、今晩、同じ時刻に自分の目で確かめたらどうです？　わしの家から見て、ここらにバケツを持ってうろうろしてる人間が見えるもんか見えんもんか、はっきりしますよ。言うときますけどな、わしは当年とって六十三やけど、視力は衰えてません。ちゃんとした眼鏡をかければこそですけどね。両腕をまっすぐに伸ばして持った新聞が読めるんです」

「すみません。お気を悪くなさらないでください」火村が詫《わ》びる。「お話の中に、何も不自然なところなどありませんでした。職業柄、ささいな点でもひっかかったことを口にして質《ただ》すというのが癖になっているだけですので」

浜さんは気分を害したままのようだった。人に気兼ねしない生活をしているためか、自分の感情を押し殺すことなく、唾《つば》を吐いて態度で示す。

そんな彼の顔に、不意に緊張が走った。警察の捜査官らしき男が一人、ゆっくりとこちらに向かってきたのだ。

「浜さんよ。火をつけた高校生らと会《お》うて話してもらえるかな」

その四十過ぎぐらいの受け口の男が浜さんに言う。頼むというより、命令する口調だった。

「気が進みませんね、刑事さん。あんなガキらの面《つら》、見とうないですから」

「気が進むとか進まんとかいう問題やない。彼らの話とあんたの話に齟齬《そご》があるから、ほんまのところがどうなんかを知りたいんや」

「ソゴ？」

「食い違いっちゅうことや。これまで嫌がらせをされて胸くそが悪いんやろうけど、がまんしてくれ。事件の真相究明のためやからな」

「この人の話と高校生の話と、何がどう食い違っているんですか？」

火村が口を挟むと、刑事は下唇を突き出して彼を睨《ね》め上げた。

「あなた、誰ですか？」

「通りすがっただけなんですが、少年犯罪の研究をしているものですから、関心を抱きまして」

火村は名刺を取り出して渡した。県警本部の人間ならピンときたかもしれないが、さすがにこの田舎までは彼の名前も知れ渡っておらず、相手はまぶしげに目を細めただけだ。私は友人とだけ紹介される。

「ふぅん、大学の先生ですか。研究材料にしたくなるような事件かもしれませんな。十六、七の高校生が不法占拠していたものとはいえ他人の家に火をつけて、その結果、死人が出たんですから」名刺を内ポケットに収めて、「放火そのものは、少年の側も認めておるんです。問題になっているのは、火をつけた時に、家の中には誰もいなかったはずだ、と彼らが主張していることです。ただ一人の住人であるうるさいオヤジが外に出たことを確認してから放火したんや、と。放火殺人なんて恐ろしいことをしたつもりはない、と四人は涙ながらに訴えています」

浜さんが息巻く。

「刑事さん。あんな奴らの言うこと、信じたらあきません。自分らの行ないがどんなに恐ろしいことか気がついて、びびってるんでしょう。嘘《うそ》ばっかりつきくさって。どこまで腐った奴らや」

「彼らの素行に多少の問題があったことはわれわれも知っとる。しかし、放火殺人まですするとは考えにくいんやがな。最近、高さんとの間に大きなもめ事があったわけでもないんやろう？」

「あいつら、高さんのことをこわがっとったんや。それで、寝首を掻《か》こうとしたんやないか。中に人がおらんかったから火をつけたんやて？　ふん」

「まぁ、それだけでもひどいことやがな」

「それだけやないがな。現に高さんは死んだ。消防車がきて火を消した後、焼け跡から見つかったやないですか。嘘をつくんやったら、もうちっと辻褄《つじつま》が合う話をこしらえろっちゅうねん」

「激昂《げっこう》しなさんな」と刑事は浜さんをなだめてから私たちに「死因は一酸化炭素中毒。検視の結果、不審な点はないんです」

「ほれ、みろ」

「浜さん」

刑事は彼の両肩に手を置いた。浜さんは目にたじろぎの色を覗かせる。火村と私は、二人のやりとりを見守っているよりなかった。

「あんた、高さんが家の中にいてるのを見たんか？　ほんまのことしゃべってくれ」

「しゃ、しゃべっとるやないか」

「高さんは、外におらんかった言うんやな？」

「ああ、そうや。わしを疑ってどうするんや。嘘をつく理由なんかないぞ」

「吸えや」

煙草を勧める。自分は吸わず、箱ごと浜さんに渡した。

「実はな、あんたの話と食い違う証言をする第三者が現われたんや。その人物は上の道から様子を目撃した、と言うてる。今、車が駐《と》まってるあたりを歩いとったんやそうな」

「あんな遅い時間に歩いとった？　怪しいな。それはどんな人間です？」

「役場の直井《なおい》さんや」

「あのやもめか、知ってる。町の者がなんでそんな時間にあそこを歩くんです？」

「車の中で喧嘩《けんか》して、隣りの町のはずれで車から降ろされたんやそうや。相手が誰かはデリケートなことなんで、内緒にしとく」

「亭主持ちの女と遊んどった、とでも想像したらええんですな。そんなとこでしょう。──それで、あの女たらしは何を見たってぬかしてるんです？」

「高さんの家がみるみる炎に包まれていくところ。それと、燃える家に向かって狂ったように駈けていく高さんや」

浜さんは短くなった煙草を指に挟んだまま、体を硬直させた。

「高さんはな、あんたの小屋のある方角から走ってきたそうや。『俺の月宮殿に何をする！』と、悲鳴のような声をあげながら。そして、高さんは燃える家に飛び込んでいった。——あんたはそんな話をしてないな」

「そんなことは見てないし、聞いてもおらんわ。嘘八百や！」

浜さんの顔に朱がさした。

「刑事さん。あんたかて嘘やと判ってるはずやないですか。直井は、あの悪ガキらの一人の叔父でしょう。わしかて、それぐらいは知ってる。せやから、そんな嘘を言うて甥《おい》っ子をかばうんや。『甥たちは月宮殿の中に人がいてないのを見て火をつけたんです。決して高さんを殺害しようとしたのではありません』というわけか。茶番やな。ほんまに燃えてる家に高さんが飛び込むのを見たんやったら、なんで助けようとせんかったんです？」

「火の海に助けに入るほど無鉄砲なことはようせんかったし、その道を歩いてた事情が事情やから、思わず逃げた、と話してる」

「信用できませんな」

「信憑性《しんぴょうせい》はある。直井さんは、町の手前まで逃げたところで、公衆電話から一一九番したと言うてるんやが、その時間と通報内容が消防署の記録と一致してる。浜さん、あんた自分が電話をしたんでもないのに、消防車がすぐきたんで驚いたって言ってたな。直井さんが連絡したからなんや」

「スカみたいな男やな。ほんだら、直井はなんで今頃になって、そんなことを刑事さんに話すんです？」

「それはもちろん、高校生たちに放火殺人の嫌疑がかかっていることを聞きつけたからや。重大な事実誤認を糺《ただ》すため、恥を忍んでしゃべった、と」

浜さんはフィルターだけになった煙草をまだ手にしたままだ。しばらく何ごとか考えているようだったが、やがて――

「直井が言うとおりやとしたら、わしが理由もなしに嘘をついてることになりますな」

「理由はある。あんたは、虚偽の証言をしてあの悪ガキ四人に殺人の罪を着せようとしているのかもしれん。彼らのことを、あんたがそれぐらい憎んでても無理はない、と思う」

「アホらしい。考えすぎですわ、刑事さん。わしがそんな理由で嘘をついてるやなんて、証拠あるんですか？　宿なしやと思うて妙な言い掛りつけたら、人権侵害とかいうのになるのと違いますか？」

「いやいや」と逆襲されて刑事は少しひるむ。「言い掛りをつけたつもりはない。その……証拠がないからな」

「疑うんやったら直井が先でしょう。甥っ子らが放火してる現場にひょこひょこ通りかかったやなんてできすぎもええとこや。だいたいやね、高さんが狂ったように走って、火の海に飛び込んでいったやなんて変やないですか。そんな自殺行為をする理由がない。月宮殿の中に金目のものがあったんやったら、話は別ですけどね。そんなものはなかった、とわしは知ってる。焼け跡からも何も見つかってないでしょう？」

「……まだ調査中やけどな」

「なんぼ探しても札束の燃えかすも金の延べ板も出てきませんよ。そんなもんはなかったんやから」

刑事は浜さんの剣幕に押され気味だったが、かろうじて言い返す。

「金目のものとは限らんやろう。先立った奥さんの写真とか、何か想い出のこもった品を取りに戻ったのかもしれん」

「奥さんの写真は肌身離さずやった。遺体を見てみてください。他にそれらしい品物もなかったな、あそこには」

「あんたが知らんかっただけかもしれんやろう。壁にべたべたポスターが貼ってあったそうやけど、そのうちのどれかが宝物だったという可能性もあるし」

「ふん、想像で言うても埒《らち》があきませんよ。高さんの霊でも呼んで尋ねてみんことには、判らん」

浜さんの言うとおりだと思ったか、刑事は苦笑した。

「とにかく、署まできてあの四人と話してみてくれ。直井さんにもきてもらう。尻込みはせんやろう？」

「そんなことはしませんよ。しかし、水掛け論になるだけやないですかね。まったく公正な第三者の証人でも出てこんことには」

刑事は私たちを見た。そして「こんな様子ですので」とだけ言う。

「お邪魔しました。もしも、研究のためにお聞きしたいことができたら、どちらに連絡すればいいですか？」

火村の問いに、刑事は所轄《しょかつ》署が書かれた自分の名刺を差し出した。

「さようなら、粋狂な大学の先生と小説家さん。あんまり寄り道せんと、気をつけてお帰りよ」

浜さんは手を振りながら、刑事とともに去っていった。最後に聞こえたのは、「どうせ水掛け論やのに」とぶつぶつこぼす声だった。

車に戻り、運転を交替して再び帰途につく。私が一年前に見た月宮殿や高さんについて話すのを、火村は黙って聞いていた。放火事件についてもしばらく話したが、川原で得た情報だけでは真相を推理できるわけもなく、話題は他の方に移った。

途中、国道沿いのファミリーレストランで、夕食をすませて、大阪の私のマンションに着いたのが七時頃。火村は「疲れたな」と欠伸をしてから、京都へと帰っていった。

4

翌日の昼下がり。

メールボックスの郵便物を取って部屋に戻ってみると、電話と切り替え式のファクシミリが何かを受信しているところだった。九割方は出版社からのものなので、原稿の依頼かな、と思いつつ見てみる。と、そこには宛名《あてな》も発信者の名前も記されておらず、意味不明の短い言葉が並んでいた。

土蜘蛛《ぐも》
星恋
狼煙《のろし》台

——何だ、これは？
機械はロールペーパーを吐き出し続ける。
九尾《きゅうび》の狐
魔法の卵
世界ノ図

「拙者が推理作家と知っての狼藉《ろうぜき》か？」

私は馬鹿なことを呟《つぶや》いた。

——待てよ。

銀世界
夜の女王
鎧《よろい》武者

この筆跡は火村のものだ。あいつがこんな悪戯をするなんてどういうつもりだろう、と怪訝《けげん》に思った時、サイドボードの上に置いてある携帯電話が鳴った。ファックスを受信中なので、急ぐ用事の誰かがそちらにかけてきたのか、と思って出てみると――

火村だ。

「今、おかしなものが流れているだろう？」

挨拶《あいさつ》も抜きに彼は言う。

「ああ、きてる」

土星冠
奇想柱

「『どせいかん』に『きそうちゅう』って読むのかな。いったい、これは何なんや？」

「もう少しで送信終わりだ。ちょっと見てろ」

白妖閣
恐怖閣

無気味な言葉だ。

宇宙殿
月宮殿

——え？


送信が終了した。

「見たな、アリス？」

火村が落ち着き払った声で訊いた。

「見た。最後が月宮殿やな。——これが何なのか、教えてくれ」

「全部に共通点があるんだ。大学の図書館で調べて判った。月宮殿というのは、高さんのごみの城の名前じゃなかったのさ。『月宮殿があったらええ』『月宮殿が命の次に大切』『俺の月宮殿に何をする！』という彼の言葉の意味を、みんな誤解していたんだ」

「せやから、月宮殿ていうのは何なんや？　お前が送信してきたおかしなリストは何や？」

「それはみんなサボテンの種類だ」

私はロールペーパーを見返した。

土蜘蛛……狼煙台……魔法の卵……夜の女王……奇想柱……恐怖閣……月宮殿。

これがすべてサボテンだというのか？

「園芸にこれっぽっちも興味がない俺だけじゃなく、お前も唖然《あぜん》としてるらしいな」

「いや、興味がないのは俺も同様やけど、それにしても奇抜な名前ばかりやな、と」

「本当にものを知らない小説家だ」

何とでも言え。うちのリビングのポトスも知らなかった火村センセに比べれば若干はましだ。

「待てよ。高さんはサボテンを持ってた」

「ああ、窓辺にサボテンの鉢が見えた、とお前の一年前の話に登場してたな」

「もしかして、あれが月宮殿なのか？　あのサボテンから高さんは自分の城の名前をとった——」

火村は確信に満ちた声で否定した。

「いいや、そうじゃないんだ。あの家には気取った名前なんかついていなかった。名前なんかないんだ。月宮殿というサボテンがあっただけ。彼が命の次に大切にしていたものはそのサボテンであり、炎上する家に飛び込んだのもそのサボテンを持ち出すためだったのさ。町の人間もみんな勘違いをしていたらしいけれど、高さんが曖昧《あいまい》な言い方をしたのが間違いを招いたのかもな。高さんはそれに気がついてなかったのかもしれないし、わざわざ訂正する必要はないと感じていたのかもしれない」

しかし、ごく身近にいた浜さんも月宮殿と呼んでいたではないか。

「みんなが勘違いしていることを、浜さんは知っていたんだよ。彼は『俺の月宮殿に何をする！』と悲鳴をあげながら高さんが炎の中に突入していくのを見た。そして、それが大事なサボテンを持ち出そうとしたのだ、と理解していながら、白《しら》を切ろうとした。そうすることで真相をねじ曲げ、人間として大切なものを損なった高校生たちに殺人の汚名をなすりつけ、復讐《ふくしゅう》しようとしたのさ」

「待て」と私はまた言う。「そんな断定的な言い方はできへんやろう。彼に確かめたのか？」

「浜さんは、正直にしゃべったよ」

私は絶句する。

「昨日、名刺をくれた刑事を通じて質すと、すぐに認めたそうだ。『あのガキどもをこらしめてやりたかった。理由もなく他人につらくあたる者は、後ろから殴られても文句は言わせない。仕返ししてやりたかった』と、悔し涙を流していたらしい」

「それはやりすぎや。やり方がまずい」

火村は「もちろんだ」と言う。

もちろん、まずい。しかし、それでもやはり、私には浜さんの気持ちが判るような気がした。

「『仕返ししてやりたかった』という浜さんの言葉を鵜呑《うの》みにするのも、おそらくは正しくない。彼は自分が受けた嫌がらせの報復がしたかっただけやなくて、高さんが心の支えにしていたものが踏みにじられたことにがまんができんかったのかもしれない。たとえ、あそこにサボテンの鉢があって、それを命の次に大切に思っている人間がいることを、高校生たちが知るよしもなかったとしても」

私は小さく溜め息をついてから尋ねる。

「月宮殿がサボテンの名前かもしれへんやなんて、どうして気がついたんや？」

「『俺の月宮殿に何をする！』と叫びながら、高さんは家に飛び込んだ、というのが腑《ふ》に落ちなかった。命の次に大切な家だったのなら、何はともあれ消火しようと試みるはずじゃないか。何か器に川の水を汲んでかけるとか、浜さんに頼んで消防署に連絡に走ってもらうとか。恐慌《きょうこう》をきたしていたとしても、燃えている家の中に入っても仕方がないだろう。人がそんな行動をとるのは、大切な金や家財道具を運び出そうとしたか、あるいは中にいるはずの家族を救出しようとする場合だけだ。ところが、浜さんの証言によると、家の中は空っぽだった、という。では、何を持ち出そうとしたのだろう、と考えているうちに、お前が帰りの車中でした話にサボテンが出てきたのを思い出した。そこに鍵が隠されているんじゃないか、とサボテンについて調べていて、月宮殿という名前に行き当たったのさ」

なるほど、それは納得がいった。

「それにしても、どうして高さんはひと鉢のサボテンを持ち出すために、そんな無茶なことを……」

「亡くなった奥さんが一番大切にしていたものだったんだよ。酒に酔った時に、ぽろっと洩《も》らしたんだとさ」

ああまで大仰で馬鹿馬鹿しい家を建てた高さんの心情が、判ったような気がした。あのごみの城の建設に没頭している間だけは、色んなことが忘れられたのかもしれない。

火村の声がする。

「月宮殿っていうのは、赤いきれいな花をつける、春咲きのサボテンなんだそうだ。——仕事中だったかもしれないのに、邪魔したな」

電話を切ってから、真っ昼間なのにもかまわず、薄いウィスキーソーダを作って飲んだ。仕事をする気になどなれそうもなかった。

5

それから、さらに一年後。

私は偶然にも、また一人であの川原を通りがかった。今度は月の夜ではなく、太陽が頭上高くにある時間だ。

月宮殿と呼ばれていた建物の痕跡はどこにもなかった。浜さんはまだ元気でいるのだろうか、と気になって川原に下りてみたのだが、彼の小屋はひしゃげて潰れ、住人の姿もない。

町の雑貨店でよけいな買物をしながら尋ねてみると、彼は喧嘩をしていた家族と和解して、蟬《せみ》がうるさく鳴く夏の日に、息子の車に乗って去っていったのだそうだ。

雪《せつ》華《か》楼《ろう》殺人事件

1

白衣の医師が問いかける。

「今朝の気分はどう？」

だぶだぶのトレーナーに身を包んだ娘は、上目遣いで質問者を見返した。まだ少女と呼んでもいいような面立ちをしている。感情のない蒼白《あおじろ》い顔に、斜めに光が当たって、細い顎《あご》のあたりが金色に輝いている。窓から朝日が差し込んでいるらしい。赤茶色に染めた髪は、もともとはショートカットだったのが、伸びるにまかせているうちに肩まで届きかけている、といったふうだった。どうやら、染め直す機会を二ヵ月ほど逸しているように見える。

「まぁまぁ、かな」

十七歳という年齢にしては幼い声が答えた。投げ遣《や》りというのでもないが、気の抜けた力のない調子だ。彼女は長い睫毛《まつげ》をした目を伏せ、人差し指の先で机にぐるぐると円を描いた。

「よく眠れるようになったみたいだね。食欲もあるし」

ビデオカメラは質問者の斜め後方に据えられていて、彼の背中や机の上で組んだ両手だけが画面に映っている。声から推して、おそらくは、彼女の父親ぐらいの年嵩《としかさ》の男なのだろう。

少女は医師を見上げる。相手が言葉を継ぐのを待てばいいのか、相槌《あいづち》の一つも打たなくてはならないのか、と戸惑っているのかもしれない。

「あたしが寝てるとこ、隠しカメラで覗いてるの？」

少女は不信感と不快感をあからさまに込めて逆に尋ねる。決してそんなことはしていない、と医師は穏やかに答えた。彼女は黙る。そして、信用したわけでもないが、どうでもいいや、と言いたげな冷ややかな目をして、また指でゆっくりと円を描きだす。

「何か欲しいものとかないかな。こんなことがしたい、ということでもいい。あれば相談して」

「お寿司」すぐに答えが跳ね返った。「お寿司が食べたい」

「ああ、そう。じゃあ、近くにおいしい店があるから、そこのを取ってあげよう。ここの病院の先生方にも評判がよくて——」

「ねぇ、なんで、そうやってあたしの機嫌をとってくれるの？　そんなことをしたら、あたしの気持ちが和んで、大事なことを思い出すかもしれへん、ということ？」

医師の言葉を遮って、少女は言う。それは抗議と皮肉なのだろうが、声にはやはり抑揚が乏しい。

「機嫌をとっているわけではないよ。ただ、みずえ君がにっこりと笑う顔が見たいな、と思っただけだ」

「そういうのを機嫌をとるって言うんでしょ。ぶすっとしてて悪かったわね。それに、みずえ君やなんて馴々《なれなれ》しく呼ばれるのは嫌。だいたい、そんなん変や。倉田さん、倉田君とか、みずえさん、みずえちゃんって呼ばれたことはある。倉田、みずえ、と呼び捨てにされたこともある。けど、みずえ君やなんて呼び方、気持ちが悪いわ」

医師は苦笑まじりに詫《わ》びた。そして——

「みずえ、と呼び捨てにするのは、お父さんとお母さん？」

「そう」

「他にいた？」

彼女の声が細くなる。

「……涼《りょう》」

「最上《もがみ》涼さんのことだね？」

倉田みずえは、こっくりと頷いた。目に悲しげな色が浮かび、唇が固く結ばれる。

「彼のことが聞きたいんでしょ？　どうして彼が死んだんか、それを調べて警察に報告したいだけなんでしょ？　ふん、おせっかいなこと。刑事に頼まれてあたしの記憶をひっかき回そうとするのはやめてよ」

医師は、そうではない、と諭そうとするのだが、うまくいかない。みずえは「正直に言うたらええやないの」と食ってかかり、中腰になって机をバンバン叩きだした。こうなってはヒアリングもカウンセリングも続行は不可能である。

「落ち着きなさい。もう、あれこれ尋ねたりしないから。昼食はお寿司にすることは約束したから」

「いらへん。お寿司なんか、もういらんわ。何もいらんから、あたしをしばらくほっといて。ほっといてくれたら、そのうち元に戻るから」

みずえの目尻に涙がにじんでいた。モニターの画面を観ながら、私は痛々しくなってくる。医師はどんな表情で彼女を見ているのだろう？

「では、部屋に帰っていいですよ」と言われて立ち上がった彼女は、人差し指で右の鼻の穴を押さえる。そして、「あの鏡が怪しいわ」と言いながら正確にビデオカメラのある方を向くと、顔を歪《ゆが》めて鼻水をひっかけるふりをした。

録画されているのは、そこまでだった。

「とまぁ、こんな具合です」

柳井《やない》がリモコンでスイッチを切った。そして、福助のように広い額をした警部は、椅子を回転させて私たちに向き直る。

「今の映像は、今日の午前九時半に府立東山病院で録画されたものです。担当医師は、神経科の木下《きのした》先生。倉田みずえは、一昨日の事件直後と比べるとだいぶ落ち着いてはきましたが、まだまだ情緒不安定な状態が続いています。記憶の欠落についても、回復の兆候はないということです」

「かわいそうですね」

感じたまま言うと、クールな柳井警部は、わずかに顎を引いた。頷いたらしい。

「ええ、かわいそうなものです。しかし、事件が起きずにあのままの生活を続けていたら、シンナーと覚醒剤《かくせいざい》の中毒でさらに悲惨なことになっていたでしょう」

「記憶の欠損は、薬物の影響もあるんでしょうか？」

「木下先生の診断によると、それはあまり関係がないのではないか、ということです。

彼女の薬物使用歴はまだ浅くて、深刻なダメージを受けてはいないそうで」

「事件については、思い出せなくて苦しんでいるようでもあるし、思い出すことを恐れて拒絶しているようでもありますね」

だらしなく結んだネクタイをいじりながら、私の傍らで火村英生が言う。たしかに、そんな印象を受けた。こちらは臨床犯罪学者の彼と違って、心理学の心得などありはしないが。

「私も同感です」柳井は言う。「恋人のただならぬ死に直面したわけですから、ショックのあまり精神に変調をきたした、ということは理解できます。できますけれど、あの反応はひっかかる。最上涼がどのようにして命を落としたのか現時点では不明ですが、彼女はその死に直接関与しているのかもしれません」

「端的に言うと、彼女が最上を殺した、ということですか？」

私には、警部がそう言ったも同然に聞こえた。しかし、柳井はそこまで拙速ではなかった。

「いえいえ、有栖川さん、それは何とも言えません。可能性は留保しますけれどね。彼女は、最上が死ぬ瞬間を目撃したのかもしれない、と考えているだけです。その死ぬ瞬間の模様がいかなるものであったのかを、ぜひとも思い出して語ってもらいたいんです。現場にいたもう一人の男が捕まらない今、あの娘だけが唯一の証人なんですから。それにしても、どうにも不可解な状況ですよ。このままでは有栖川さんのお書きになる小説もどきの——」わずかに間を置いて「密室殺人事件ですね」

ドアがノックされた。「失礼します」とかしこまって入室してきた五分刈りの瘦身《そうしん》は、柳井班で最古参の梅津《うめづ》警部補だ。

「もう一人の男が出頭しました」

「何？」と警部は勢いよく顔を上げた。

2

事件が起きたのは二日前の二月十日。

ほとんど終日降りしきった雪があがった後の、星も凍えるような寒い夜のことだ。悲劇の現場となったのは、鞍馬山《くらまやま》のふところ深く。鞍馬川の渓流を見下ろしながらたたずむ鉄筋コンクリート七階建てのその細長い建物は、雪華楼《せっかろう》と呼ばれていた。

午後十一時近くに、ぞっとするような女の悲鳴が夜の空気を引き裂いた。それにびくりとしたのは、現場から百メートル近く離れた一軒家で暮らしながら木彫りの民芸品を作っている男だ。声がしたのは雪華楼の方角からだった。未完成のまま廃屋となり、怪しげな男女が棲《す》みついている曰《いわ》くつきのあの建物でただならぬことが起きた、と感じたが、とてもではないが一人で様子を窺《うかが》いにいく勇気はない。それでも放っておくわけにもいかず、近所で何かあったようなのだが、と一一〇番通報をした。

連絡を受けた警察では、もよりの派出所から金井《かない》、戸塚《とつか》の二人の巡査を差し向けた。山道に積もった雪をさくさくと踏みしめながら現場に到着した彼らがまず目にしたのは、建物の入口から出ているひと筋の足跡である。中で事件が発生したのだとしたら、これはその犯人が逃走した痕跡かもしれない。巡査らは足跡を踏まないようにしろ、と注意を促し合う。そして、緊張で身を固くしながら、怪物の口のように大きく開いた真っ暗な玄関から中に入っていった。

雪華楼がいかなる建物なのか、彼らはよく承知していた。温泉と川魚料理を売り物にした旅館になるはずだったのだが、開発業者が倒産したため、工事半ばにして打ち棄てられたビルなのだ。銀行の管理物件になったまま、不景気のせいで買い手はついていない。地元でこれを雪華楼と呼んでいるのは、もし旅館として開業していたならばそういう名前がつくことになっていたためだ。

五日ほど前、雪華楼に浮浪者めいた男女三人が棲みついているが、放置しておいていいのか、という電話が鞍馬署に入っていた。ちなみに、その通報者も今回と同じ民芸品作家だ。一番近くで暮らしているので、平素から気味悪がっていたのだろう。無視もできないと思いながら、緊急を要するようでもなかったため、様子を見に寄るのが後回しになっていたのだ。そのことを非難されるような事態が起きたのでなければいいが、と巡査らは祈った。

懐中電灯で照らし出された建物内は、コンクリートが打ちっぱなしになったままで、内装はまるでなされていなかった。ところどころに、建築資材が転がっているだけで、日常の生活に供せるようなものは何もない。ここにフロントができる予定だったんだな、あそこがロビーか、とぼんやりと想像できるだけだ。

巡査らは耳を澄まして、気配を窺った。しんと耳鳴りがするような静寂の中に、微《かす》かにすすり泣きのような声が聞こえた。階上に誰かいるらしい。油断するな、と目顔で伝え合って、二人はエレベーターホール脇《わき》の階段を上る。カツコツという靴音が、冷え冷えとしたあたりの空気を顫《ふる》わせた。

雪華楼は中央の階段とエレベーター――もちろんまだ設置されていないが――を客室がぐるりと取り巻くような構造になっていた。二階の客室は六つ。廊下を一周して各部屋を見て回ったが、どこにも人の姿はなかったので、また耳を澄ませる。声の主は女で、もうワン・フロア上にいるようだった。

彼らは、まるで正反対の情景を想像したそうだ。金井が脳裏に描いたのは、何者かの暴力を受けて傷つき、痛みに耐えかねてすすり泣く女。戸塚の方は、同居していた男と喧嘩をしたあげくに刃物で刺してしまい、自分のしでかしたことの重大さにおののく女。互いに食い違った想像を抱えたまま、二人は三階へと進んだ。

「おい、誰かいてるのか？」

戸塚が廊下から呼びかけてみると、ドアが半開きになった階段近くの一室ですすり泣きの声が高くなる。二人は警戒しつつ、頭の横で構えた懐中電灯を向けた。

若い女がいた。

明かりもない部屋の真ん中で、ぺたんと床に座り込んだまま、両手で目をこすりながら子供のようにしくしく泣いている。顔を照らしてみると、まだ高校生ぐらいの齢《とし》のようだ。黒い革ジャンパーをはおり、ジーンズにスニーカーという恰好をしている。ストーブもない部屋では、かなり寒かっただろうに。

ざっと見渡すと、部屋の真ん中に焚火《たきび》が消えた痕《あと》、壁際に段ボールを何枚も重ねてこしらえた寝台らしきものがある。コンビニの弁当やジュースやビールの空缶がいくつか散乱していて、人間がここで居住していたことは明白だった。その他に目についたのは、荷物を詰め込んでふくらんでいるピンク色の旅行鞄《かばん》が一つだけ。だが、巡査らが気になったのは、そんなものではなく、つんと鼻を衝《つ》くシンナーの刺激臭だった。丸めた銀紙が転がっているところをみると、覚醒剤も吸っていたのかもしれない。

「君、どうしたんや？」

金井が声をかける。返事はなかった。

「こんなところで何をしてるんです？　怪我《けが》でもしてるんですか？」

戸塚が問うと、あうあうと赤ん坊のような声がよだれとともに洩《も》れた。意味のある言葉ではない。ただ、金井には「リョウ」と聞こえた。

「リョウって、何や？　人の名前か？」

「涼が……涼が……。なんでや。なんであそこに……」

女はつらそうに顔を歪めたまま、窓を指す。開き切ったその窓から、寒風が吹き込んでいた。

窓の外を見ろ、ということらしい。窓辺に寄ろうとした戸塚の靴の底で、ジャリッと小さな音がした。砕けたウィスキーボトルの破片を踏んだらしい。

窓の向こうには、星明かりで渓谷がぼんやりと見える。川のせせらぎが聞こえてくる方から、水の匂いが漂ってくるようだ。二人は懐中電灯を真下に向けて、渓谷と建物との間の敷地を照らしてみる。すると、雪で一面が純白になった中に、何か大きな黒い塊があった。どうやら人間のようだ。男だ。うつぶせになって、万歳をするように両腕を投げ出している。

「あれか」金井が女に振り向く。「ここから人が落ちたんやな？」

しかし、女は錯乱したままで、相変わらず涙ながらに譫言《うわごと》を繰り返すばかりだった。埒《らち》が明かない。

「俺が見てくる。署への連絡と、この娘を頼む」

「了解」

金井が下りていき、戸塚が残った。相棒の靴音が階下に消えていくのを聞きながら、彼はそっと女に訊く。

「あなたのお名前は？」

「みずえ。倉田……みずえ」

まともな答えが返ってきた。ぼろぼろと流す涙が、床に点々と穴を穿《うが》つように黒い染《し》みをつける。

「いくつ？」

「十七」

「下に横たわっている男性が、リョウというのかな？」

答えるかわりに、嗚咽《おえつ》が激しくなった。どうやら、そうらしい。事情を聴取するのは容易ではなさそうだったので、署への連絡を優先した。鞍馬署の捜査員がただちに向かうので、現場を保存せよ、という短い指示を受けて無線を切る。刑事たちがくるまでに、少しは状況をつかんでおきたい。彼女の隣りに屈《かが》み込むと、ジャンパーのポケットに携帯電話が見えた。それで助けを呼ぶことも思いつかなかったのだろうか。

「ねぇ、倉田さん。彼はこの部屋の窓から転落したんですか？」

何か言ったが、聴き取れない。動転しているというより、精神の均衡が崩れてしまっているようだ。薬物も影響しているのかもしれない。それでも、時折、理解できる言葉も混じるので、戸塚は懸命にそれをつなぎ合わせようとした。かろうじて判《わか》ったのは、窓の外を彼が落下していくのを目撃した、ということだけだ。

「すっと……窓の向こう……彼が……リョウが……すぅっと……リョウが……あんなこと……」

むやみに同じ言葉を反復するばかりで、もどかしい。

「窓の向こうをリョウさんが落ちていくのを、あなたはここで見たのか。すると、彼はもっと上の階から転落したわけですね？」

　イエスともノーとも答えない。根気が続かなくなって肩をすくめたところで、下から「おーい」と呼ぶ声がした。

「おぅ、どうや？」

　窓から顔を突き出して叫ぶと、男の体の傍らに立った金井は、両腕を交叉《こうさ》させてバツ印を作った。無言のままなのは残された少女を刺激しないための配慮なのだろう。脈がない、という身振りをして見せる。

「このままにしといて、上がるわ」

　金井は、自分がつけたばかりの足跡をなぞるようにして引き上げる。雪のただ中に、うつぶせの亡骸《なきがら》が淋《さび》しく遺《のこ》された。戸塚が明かりを当てて目を凝らすと、後頭部に裂傷らしきものが認められた。

　妙だな、と彼は思った。リョウが自分の意思で身を投げたのか、過《あやま》って転落したのか判らないが、後頭部にあんな形で傷がつくものだろうか、と疑問に感じたのだ。うつぶせに倒れているのに。――しかし、そんなことはとりあえずどうでもいい。与えられた任務は、現場の保存だった。

戸塚巡査が抱いた違和感は、やがて京都府警本部捜査一課の柳井警部も、いや捜査員全員が共有することになる。そして、司法解剖の結果が出ると、その疑問は医学的な根拠をも得るのだ。

3

英都大学社会学部の火村英生助教授の許《もと》に、「あなたの興味を惹《ひ》きそうな事件が発生したのですが、おいでになりませんか？」という電話がかかってきたのは、翌々日の十二日——今日——になってからだった。火村は犯罪捜査の実地に加わることをフィールドワークとし、探偵の才能を発揮することで警察のよき協力者となっているため、そんな連絡が入るのだ。そして、彼と学生時代から交友がある推理作家の私、有栖川有栖は、彼の助手としてそれに同行することを認められていた。ほとんど名目だけの助手なのだが。

大阪に住む私は、車を京都に走らせた。そして、講義を終えた火村を大学の門でピックアップしてから、教えられた現場に向かう。ケーブルの駅を左手に見ながら通り過ぎ、鞍馬の集落を抜けて警部が待つ雪華楼に着いたのは、そろそろ午後三時を回ろうかという頃だった。

黄色いテープで封鎖してはあったが、寄りつく野次馬もいないような場所である。奇怪な事件の舞台だという雪華楼は、そんな鄙《ひな》には場違いに立派な建物だった。たかだか七階建てにすぎないのだが、木立の間から聳《そび》えた様は、ちょっとした塔のようだ。しかも、その意匠がなかなか凝っている。外壁にコリント風の装飾が施してあるので、古い写真で見た浅草十二階——凌雲閣《りょううんかく》——に似たレトロな雰囲気を醸《かも》しているのだ。いや、関東大震災で崩壊したかの摩天楼を連想したのは、安っぽい装飾のせいではなく、建物そのものが多角形をしているためのようだ。凌雲閣は八角形、こちらは六角形だが。

「そうか、それで」

私が見上げながら呟《つぶや》くと、「どうした？」と火村が訊いてくる。

「この未完成の建物の名前の由来が判った。雪華というのは、雪の結晶のことや。建物が六角形なんで、それを雪華に見立てて命名したんやろう」

「さすが。素晴らしいアシスタントぶりを、早々に発揮してくれるな」

おだてられたというより、役に立たないことばかり口にしやがる、と皮肉を言われたようだ。おお、そうなのか、と素直に感心すればいいものを。

私たちの到着はすぐに柳井警部に報《しら》せられ、彼はコートの裾《すそ》を翻《ひるがえ》しながら「いやいや」と出てきた。

「寒いですな、今日も」と手袋を嵌《は》めた両手をこすり合わせて「ユニークな事件現場でしょう。状況も奇怪ですよ。当初はありふれた自殺か事故だと思われたので、先生たちにご連絡を差し上げなかったんですが、昨日一日調べてみて、気が変わりました。

——まぁ、どうぞ」

すれ違う捜査員らに会釈《えしやく》をして、私たちは中に入った。警部は私たちを三階の一室に案内してくれる。ここが駈けつけた巡査らがすすり泣く倉田みずえという少女を発見した部屋だ、と説明を受けた。そこがどんな様子なのかは前述のとおり。焚火を燃やしたとしても、こんな氷室《ひむろ》みたいなところには半日もいられたものではないな、と思う。

「遺体が見つかったのは、そこの窓の真下です」

下を覗いてみる。各階の天井が高いせいか、たかが三階なのに地面が遠く見えた。雑木を払った空き地。旅館が完成したら、ここに庭園ができたのだろう。

「こんな状況でした」

警部はコートのポケットから茶封筒に入った現場写真を取り出す。捜査員が到着直後の室内の模様や、雪の上で万歳をしてうつぶせになった死体を、色々な角度から写してある。雪がクッションの作用をしたせいか、遺体の顔面の損傷はさほど惨《むご》たらしいものでもなかった。横顔だが、シャープで整った顔立ちの青年だったらしいと判る。まだあどけなささえ残っていて、頬のあたりの肉など女性のようだ。

後頭部の傷がアップになった写真もあった。フィールドワークの助手を務めるうちに、少しはそんなものも見慣れてきた。

「変ですね。うつぶせなのに、こんな部位に傷がある。誰かが動かしたんですか？」

火村の問いに、警部は首を振った。

「動かした人間はいません。いないはずです。現場保存にあたった巡査らの報告によると、遺体の周囲には足跡のたぐいはまったくなかったんですから」

「では、遺体が転落の際に跳ねて……というのも不自然だな。まして、こんな雪が積もった平坦《へいたん》なところに落ちたのなら」

「火村先生は即座に訝《いぶか》しがられましたけれどね。単純な転落事故か、あるいは飛び降り自殺だろう、というのが所轄《しょかつ》の刑事の第一印象でした。ところが、検視の段階で今おっしゃったような疑問が呈されました。最上涼の後頭部の傷が、地面に激突した際にできたものとは考えられない、というんです。それは鈍器のようなもので強く殴られてついた傷だ、という。そして司法解剖をしたところ、最上涼は地面に落下する前に受傷していた、という結論が出ました。建物から突き出したものはまったくなかったので、庇《ひさし》などで強打したのでもない。——つまり、他殺だということです」

「何者かが被害者を殴打《おうだ》し、昏倒《こんとう》させてから地面に放り投げた、と？」

それだけなら驚くようなことはないぞ、と思いながら私は尋ねる。

「後頭部の傷からみて、最上涼は即死である、という結論でした。殴り殺されてから、投げ捨てられたんです。実は、それが腑《ふ》に落ちなくて困っているんですが、どう悩んでいるのかは、ちょっと後回しにさせてください。関係者の説明を先にしてしまいます」

よろしいですか、という顔をするので、火村が無言のまま、どうぞ、と片手をかざす。

「倉田みずえをすぐに保護しまして、少し落ち着くのを待ってから神経科の医師の許に送りました。健康状態に問題はなかったのですが、どうも記憶に障害が出ているようでしたので。ショックが原因の一時的なものだろう、ということなんですけれど」

倉田みずえの身元は、本人の口から明らかになった。半年前に大阪市内の高校を中退し、それ以降、飲食店でアルバイトをしていたのだが、二週間ほど前に家を出たっきり、帰っていなかった。何週間か家に戻らない、ということがこれまでにもあったので、両親——夫婦仲が極端に悪く、娘にもまるで無関心だったらしい——は警察に捜索願いを出しもせず、大して心配するでもなかったのだが、同居している祖父だけやきもきとしていた。そこへ、京都府警から連絡があったもので、慌てて飛んできて面会をしたという。

「もちろん、祖父が誰だか判らない、ということはありませんでした。『おじいちゃん、心配かけたね』なんて殊勝なことも言っていました。しかし、一昨日の夜、ここで何があったのかについては皆目しゃべれないんですな、これが。——ちなみに、彼女は暴走族に入っていたことがあり、十六の時に一度だけ補導されていますが、大きな問題を起こしたことはないようです」

一方、死んだ最上涼の身元は、彼が身につけていた原付免許から割れた。こちらは長岡京市に住む大手メーカー会社役員のひとり息子で、浪人中の十九歳。昨春から遠い大阪の予備校に通いだしたものの、夏前から出席しなくなって名門国立大学出身の両親を当惑させていた。幼い頃から教師らが口にするのを何百回と聞いてきた「力をつける」という言葉が死ぬほど無内容であることを、ようやく悟ったのだという。テスト処理能力がつくよう調教されるうちに、心身の力が減退していくようで、大学受験などする気がなくなったのだ、と。そう言いながらも別の進路を探すでもなく、ふらふらとしていた涼は、年が明けてから家にいる時間がほとんどなくなる。この二週間はまったく寄りつきもせず、二度ほど「友だちのところにおる。心配いらん」という電話がかかってきただけだった。

「つまり、倉田みずえと最上涼は、この二週間、ここ雪華楼で一緒に過ごしていたんですね？」

私が言うと、警部は頷いた。

「ええ、同棲《どうせい》していたんです。近所の住人の証言もありますし、倉田みずえ自身もそう話しています。二人が交際を始めたのは去年の十月。最上が街で声をかけたのがきっかけです。それからだんだんと親密さが増していって、ついには揃《そろ》って家を出た。この建物については、バイクで走り回っていた時に最上が見つけて知っていて、あそこならば二人だけで住める、と言い出したんだそうです。凍えるように寒い愛の巣ですが、お互いの体で暖め合っていたんでしょう」

警部の口から愛の巣ときた。そう聞くとロマンチックなようだが、下手をすれば凍死していたかもしれない。若いとはいえ、無茶なことをしたものだ。

「どんな生活をしていたのか、彼女は口をつぐんで詳《つまび》らかには話そうとしません。最上が銀行預金を下ろして所持していた金が尽きるまで、いちゃいちゃしているつもりだったんでしょう。二日に一回ぐらいのペースで町まで下りていって、コンビニで食糧を買い込むことがあったようです。それ以外はどこで調達して持っていたのか、シンナーや覚醒剤を吸引して、自堕落なことをしていたのはここの様子を見れば見当がつきます。『よく喧嘩もした』と彼女は言っていますから、楽しいだけの暮らしではなかったのかもしれませんがね」

警部の話を聞いただけでは、二人がどうしてそんなに刹那《せつな》的に生きていたのか理解できない。彼と彼女をつないでいたものが愛なのか、退屈なのか、絶望なのかも判らなかった。あるいは、それらのうちのいくつかが溶け合っていたのか？

「電話で事件の概要を伺った時、三人の男女がいた、ということでしたが」火村が言う。「もう一人の男とは、どんな人物なんですか？」

警部は、渋い顔をして顎を掻いた。

「事件の直後に現場から逃走して、まだ見つかっていません。いえ、逃走と言ってもその男が犯罪を犯した、と決めつけているわけではありませんよ。一義的には、重要な証人として行方を探しています。ただ、姿をくらましたっていうのは、どうしてもひっかかりますよ。近所の人の話によると、年齢は五十歳前後。血色の悪い髭面《ひげづら》で、背は低いががっちりとした筋肉質の男だったということです。その男について倉田みずえに尋ねても、彼女は返答を拒絶します。名前を訊いても、『オヤジ』と吐き捨てるだけでして」

「二人の愛の巣に、どうしてそんなオヤジがまぎれていたんですか？」

大いに気になるところだ。

「それなんですがね、有栖川さん。彼女がしゃべってくれないことには、よく判らないんです。三人揃って移り住んだわけではないでしょう。どちらが先にいたのかも、今のところ不明です」

浮浪者なのか？　ままごとみたいな同棲をしていたなら、その髭の男の存在はさぞや邪魔だっただろう。倉田みずえが「オヤジ」と吐き捨てるのは、そういうことだと察する。

「最上涼が殺された時、この雪華楼にいたのは三人だけだったんですね？」

私はその点が確認したかった。警部は「おそらく」と慎重な答え方をした。

「そうだったと思われますが、断定はできません。第四の人物がいたかもしれませんからね。いったい何があったのか、そのオヤジを見つけて訊いてみたいものです」

「最上が他殺だという剖検《ぼうけん》に戸惑う理由は何なんですか？」

後回しにされた疑問について、火村が尋ねる。警部は「ご案内します」とだけ言って、部屋を出た。彼を先頭に、私たちは上へ上へと階段を上る。

「最上は、屋上から墜落したようです。その痕跡が遺っています」警部は息を弾ませながら話す。「屋上には、何もありません。手摺《てす》りも、柵《さく》もなし。私など、高所恐怖症の気味があるので、仕事でなければ、上がりたくも、ないんですけれどね」

五階を過ぎると、風の音が聞こえてきた。ドアがついていないので、踊り場からどんよりと曇った空が見える。

寒風に吹きっさらしの屋上に出てみると、この建物が雪華の形をしていることがよく判った。大きな六角形のステージに立ったような気になる。そのステージは、一面、白いシーツが掛ったように薄く雪で覆われていた。

「この足跡を踏まないように」と警部は指を差す。「これは、最上涼がつけた足跡なんです。それを避けて右手についているたくさんの足跡は、すべて捜査員がつけたものです。スタンプで押したみたいに、きれいに遺っているでしょう。火村先生、有栖川さん。ほら、よく見てください」

彼に促されて足跡を目で追うと、それはほぼまっすぐに西の方に進み、縁でぷっつりと途切れていた。まるで、足跡の主がそこから鳥になって飛び立ったかのように。

「最上は自分の意思であそこから身を投げた……としか思えないでしょう？」

警部が言うので、私は「飛んだのでなければ」と返す。

「彼の背中に翼はありませんでしたよ。——これだけ見ると、自殺したとしか思えない。それなのに、検視結果は殴殺です。頭が痛くもなるじゃありませんか」

そうか？　犯人は最上を殴って殺害し、あそこから投げ捨てただけではないか、と思いかけて、はっとした。何と迂《う》闊《かつ》なのだ、私は。そんなことはあり得ない。——捜査員がつけたものを除くと、この屋上に遺っている足跡は、最上のものだけなのだから。

「犯人がいた痕跡がどこにもありません。屋内で殺した後、最上と同じ靴を履いて体を担《かつ》いであそこまで運んで捨てたのだとしても、引き返した足跡がつくはずです。ところが、ないんです」

ない。どこにも。

なるほど奇怪だ、と唸《うな》りながら火村を見ると、小鼻にわずかに皺《しわ》を寄せていた。

「この状況だけを見ると、どう考えても自殺ですね」私は腕組みをする。「この足跡が偽造されたものだという可能性はないんですか？」

「偽造……と言いますと？」

「え、つまりですね。遺体を投げ捨てた後、犯人が行きしな自分がつけた足跡の上をたどってバックで戻った、とか。そうすることによって、最上が自殺をしたようにみせかけることができます」

警部は、たちまち否定する。

「有栖川さんもよく見分なさると納得していただけるでしょう。そのような形跡はありません。足跡は、往《ゆ》きて還《かえ》らず、です」

「そうだとすると……」

私はいつもどおり下手な鉄砲を連射することにした。

「これは、あくまでも最上自身がつけた足跡なんでしょう。どういう気の迷いでか、彼は冷たい風が吹く屋上に一人で上がって、あの場所まで歩いていった。もしかすると、シンナーで酔っ払いのようになっていたかもしれない。犯人は、そんな彼について上がってきて、何らかの方法でその頭を殴りつけた、ということになりますね」

「ええ、ええ。――それで、どんな方法で殴打したとお考えですか？」

当然の質問だ。そして、それに答えるのは難しい。ここから足跡の終点までは、直線距離で二十メートル以上ある。凶器を投げつけて、うまく頭にヒットできるとは思えない。それに、よしんば命中したとしても、その凶器がどこかに遺っていなくてはならないはずだ。だが、それらしいものはこの屋上にはないし、写真で見た遺体の周辺にも見当らなかった。あらかじめロープで結んでおき、犯行後に手繰って回収したのか？　いや、そんなことをしたらば、凶器が引きずられた痕が遺らないはずがない。手繰らなかったとしたら？

「重たいものをロープに結んで、振り回したということは……」

口にしたとたんに、馬鹿馬鹿しくなった。二十メートルのロープの先に凶器をつけて振り回す犯人。想像したら、笑うしかないではないか。百歩譲って、犯人がそんな荒業を試みたのだとしても、屋上の中央に立たなければ最上を殴り倒せなかった。階段室が邪魔になり、長いロープを振り回すことは物理的に不可能なのだ。

「ロープは駄目ですね。では……投げたら返ってくるもの。ブーメランはどうでしょう？」

「有栖川さんはファンタジックなことを考えますね」警部に苦笑いされる。「さすがにブーメランを持ち出した刑事はいませんでした。しかし、アボリジニについて修業した覚えがある犯人だったとしても無理ですよ。事件があった時間、雪はあがって月や星が覗いてはいたものの、雲が多くて、ここも暗かったはずです。二十メートル向こうの人間の頭を標的にできたとは……」

「思えませんね。長い棒で殴りつけた、というわけでもないでしょうし。うーん」火村を見る。「どう考える、先生？」

助教授は若白髪の多い前髪をひょいと掻き上げて、四方を見回していた。付近には、この雪華楼と比肩《ひけん》するものは何もない。だから、犯人が高い木によじ登って、そこから最上に攻撃をしかけることもできなかった。

「最上があんなところまで歩いていったのが自分の意思だったのかどうか、それも倉田みずえは話さないんですか？」彼は足跡を目でたどり「高所恐怖症でなかったとしても、あんなところに立ちたくはないでしょう」

「話さないというより、話せない様子です。肝心のところが聞き出せないので弱っています。よほどショッキングなことがあったんでしょうか。逆にいうと、そここそが事件の核心なのかもしれません」

「薬物のやり過ぎかも」

私は先ほども口にしたことを言う。火村はそれに応じず、捜査員らが踏み荒らした痕をたどりだす。警部と私も、彼に続いた。

縁までくると火村は片膝《かたひざ》を突き、首を伸ばして下を見た。高いところが苦手だという警部は、それを傍《はた》で眺めるのも耐えられないらしく、そっぽを向いてしまった。火村より少しばかり度胸が欠ける私は、雪の冷たさをがまんしながら、四つん這《ば》いになった顔を突き出す。——地面がはるか遠くに見えて、寒さのせいでなく、ぶるっときた。

「この下に何があるわけでもないな」

そう言いながら、火村は手を伸ばして壁をなでたりしている。秘密のメッセージが書いてあるのでは、とでも私の友人は考えたのかもしれない。それこそファンタジックではないか。落書き一つなく、灰色の壁がすとんと垂直に落ちているだけだ。

「犯人はここから遺体を投げた後、ロープを垂らして、七階の窓から建物の中に戻ったんやないか、とも思うたけれど……」

私が呟くのに火村が続けて、

「できねぇな。そんな忍者ごっこをしようにも、どこにもロープを結びつけられない。道具を使わず、ここからぶら下がって体を振って窓から飛び込む、という芸当も不可能だ。七階の窓は飛び込めるような角度じゃない」

火村は体を起こし、膝の雪を払った。私も立ち上がる。警部は、まだ背中を向けていた。彼は振り向かないまま、

「まるで、犯人は空からやってきて、最上に一撃くらわせて空に帰っていったみたいでしょう。場所が場所だけに、天狗《てんぐ》のしわざではないのか、と冗談を言う者もいます」

「鞍馬山の天狗、ですか」

私はあらためて白い六角形を見渡す。

この雪華の形をしたステージで、何が起きたというのか？

4

建物内をぐるりと見て回った後、私たちは特別捜査本部が置かれている鞍馬署に赴いた。そして、倉田みずえの今朝の様子を収めたビデオを観せてもらったのだが——それを観終えたところで、捜査に大きな進展があった。現場から姿をくらましていた男が出頭してきたというのだ。

「どんな男だ？　どこにいたんだ？　何をしにのこのこやってきた？」

部下の梅津警部補は冷静で、柳井警部が連発した質問に要領よく答えていった。

男の名前は伊地知《いじち》一夫《かずお》。四十九歳、現在無職で住所不定。正月明けまでは大阪市西《にし》成区《なり》の愛隣《あいりん》地区に居住して建設作業員をしていたのだが、不況で仕事にありつけない日が続いた上、知人と諍《いさか》いをしたために愛隣を離れた。若干の土地勘があったこのあたりに流れてきて雪華楼なる廃ビルを発見し、これ幸いと棲みついたそうだ。彼の方が、みずえと涼より二週間早くにあそこの住人になっていたわけだ。一昨日の夜、何があったのかはこれから聴取するので判らないが、警察に関わりあいたくなかったので思わず逃げてしまった。逃げて、転がり込んだのは、数年前に同棲していたことがある女性の家だ。かくまってもらっていたのだが、事情を話せと求められて説明したところ、「すぐ警察に行きなはれ」ということになり、しっかり者の女性に付き添われて出頭してきたのだ、という。

「私が殺しました、と自首してきたわけではないのか？」

「自首ではなく、見聞きしたことを証言したい、と言っています。取調室に控えさせてありますが」

「火村先生たちと行く。君もいてくれ」

出ていこうとする警部補を柳井が止める。

「付き添ってきた女性には、落ち着ける部屋で待っていてもらえ。お茶の一杯も出してな」

伊地知一夫は背中を丸め、畏《かしこ》まって待っていた。髭面に太い眉はいかついのだが、外見ほど剛胆ではないのかもしれない。あるいは、よほど警察官が苦手なのか。清潔そうな新しい服を着ており、浮浪者暮らしをしていたとは見えないほどこざっぱりしている。昔馴染みの女性に、かなり世話になったようだ。

「最上いう男の子の死について不審な点があるので、現場からおらんようになった男のことを警察が探してる、とニュースで聞いてきました。お手間をとらせて、すみません」

頭を下げる男に警部は、私たちが何者であるかも説明した上、あったことを包み隠さず話して欲しい、と丁寧に頼んだ。どうして逃げたりしやがった、と一喝されなかったことに伊地知は安堵《あんど》したようだ。

「あなたがあそこに棲みついたのは、一月の上旬だそうですね。そして、それから二週間ほどして最上涼と倉田みずえがやってきた」

警部の言葉に伊地知は頷く。

「先住者のあなたは『どうぞどうぞ、空き部屋はたくさんあります』と彼らを迎え入れたんですか？」

「いえいえ。あの二人がきた日、わしは食べるもんを漁《あさ》りに町に下りて、長いこと留守にしてたんです。それで、夜になって帰ってみたら、二人がおって……。悪さをしそうでもなかったし、行き場がのうて困りきってるみたいやったし、『わしが気にならんかったら、おれや』と言いました。自分のビルでもないのにね、へへ」

「共同生活のような感じになったんですか？ それとも、互いに干渉せず、ですか？」

「初めのうちは、わしの方からちょっかいを出したりもしたんです。女の子に『酒の酌してくれ』言うてみたり、からんで男の方をからこうてみたり。せやけど、そのうちやめました。あいつらがシンナーやら何やら吸うてるのを知ったからです。ただでさえ近頃の若い奴は、キレたら何をしでかすか判らんでしょう。おまけにクスリまでやってるとなったら、これは危ない、と思うたんで、距離を置くようにしました。そうしたら、向こうも喜んでたみたいです」

「あまり接触はなかったということですか？」

「一日に一度も顔を合わさないこともありました。そうしていたら、向こうも気持ちに余裕ができたのか、階段や廊下で会《お》うたら『こんにちは』てな挨拶《あいさつ》をしてくれるようにもなりました。たまにですけど、余分に買《こ》うてきたお茶をくれたこともあります」

奇妙な同居生活だ。相手が疎《うと》ましかっただろうが、と同時に、行き場のない者同士のささやかな連帯感が生まれていたのかもしれない。

「二人の印象については、また後ほど伺いましょう。――一昨日の夜、最上涼が死んだことはもちろんご存じでしょうね。その時の模様を話してもらいたいんです」

ゆるみかけていた伊地知の表情が、たちまち引き締まる。

「本題に入るんですね。それですけど、何があったのか、わしにもさっぱり判らんのです。女の子がキャーとすごい悲鳴を上げて、何ごとやと見にいったら男の方が転落しとった。『どないしたんや？』と訊いても、女は答えられんので、自殺したんか、うっかり落ちたんかは判らん。とにかく、『携帯電話を持ってたな。あれで誰か呼び。ええな？』と言うといて、わしは消えることにしました」

しかし、みずえは、どこにも電話をかけなかった。精神状態が普通でなかったためだが、そうでなかったとしても、彼女の携帯電話はとっくにバッテリーが切れていたのだ。

「申し訳ありませんでした。指名手配されてるわけでもないし、叩いてほこりが出る身でもないんですが、どうもガキの頃からゴキブリと警察が苦手なもんで……」

伊地知は愛想笑いを浮かべたが、警部は機械のように淡々と質問を繰り出す。

「悲鳴が聞こえた時、あなたはどこにいたんですか？」

「わしですか？　自分の部屋です。というても、勝手にそう決めて使《つこ》うてただけですけど。五階の部屋を使うてました。七階の方が眺めがええんですけど、上り下りが大変ですからねぇ」

ついさっき、私たちはそこも見分した。みずえが見つかった部屋以外で、人が生活していた形跡があるのはそこだけだったからだ。身の回りのものは持って逃げたらしく、インスタント食品や菓子を食い散らした痕があっただけだが。

みずえたちがいた部屋が西向きだったのに対して、伊地知の部屋は東を向いていたことを覚えている。つまり、涼が落下したのとはちょうど反対側だ。

「キャーという声を聞いて、まずどうしました？」

「声がしたのが階下《した》からだったんで、三階へ様子を見にいきました。もしかしたら、やばいことになったんやないか、と心配して」

「やばいこと？　何がどう心配だったんですか？」

伊地知は顔の前で両手を振って、

「いやいや、心配いうても漠然としたもんですよ。階下の二人が喧嘩をしてるうちに加減が狂うて、どっちかがどっちかを怪我さしたんやないか、と思うたんです。よう喧嘩してましたからなぁ」

「よくとは、どれぐらいの頻度です？」

「ようていうのは……まぁ、二日にいっぺんぐらいですか。きゃんきゃんと、やかましく言い合いしてましたわ。殴ったり蹴ったり、取っ組み合ったりというのはなかったな。せやから喧嘩というても、口論かな」

「原因はどういうことでしたか？」

「よその男と女の喧嘩なんぞ犬も食わんもんやけど、聞こえてくるんですわ。たいがい、しょうもないことです。弁当の卵焼きを床に落としやがって、と男がどなったり、さっさと火を熾《おこ》せ、と女がわめいたり。小学生の兄妹喧嘩です。寿司が食べたい、と女の子が言うたのに男が腹を立てたこともありましたな」

滑稽《こっけい》なのか哀れなのか、判断ができない。

「喧嘩が収まれば、けらけら笑いながらいちゃついていましたけれどね。夜中に悩ましい声が聞こえてきて往生することもありました」

「つまり、二人はままごと遊びを楽しんでいたんですね？」

伊地知が黙り、哲学者めいた顔で考え込む。とても誠実な回答者だ。この男が最上涼の死に深く関与しているかもしれない、という可能性を、私はしばし忘れた。

「そうですね。そうではあるんですけど……どうなんかなぁ。ままごと遊びは、そんなに長く続くもんやないでしょう。乳繰り合って楽しんでただけでもありません。夜中にきゃっきゃと子供みたいにはしゃいでたかと思うと、寒い寒い、と泣いてましたわ。他人様のビルに無断で上がり込んでとんでもない、とお思いでしょうけど、とにかく寒いんです。特に夜は。『あんた、なんで涼てな嫌な名前なん？』『お前のみずえっていう名前こそ寒いわ』と言って、怒りながらじゃれてるの聞いて、こっちも泣き笑いしました。『家に帰る』と女の子が飛び出していって、男がつれ戻したことも二、三回あったな。あんなことにならんかったとしても、限界がきてたと思います。女の子だけやのうて、男もだいぶ参ってましたから」

破局寸前だった、というのが彼の観察だ。そういう時に、男が不審な死を遂げた——ということは？　それに、あの取り乱しよう。倉田みずえに、疑いの目を向けてみたくもなる。

「倉田みずえの悲鳴が聞こえた時、あなたは部屋で何をしていたんですか？」

「うとうと眠りかけてました。起きてても寒いだけですから」

「悲鳴の前に、何か気になったことはありませんか？　おかしな物音を聞いただとか」

「まどろんでる時に、階下でまた喧嘩をしてる声がしてました。女の方が『愛想《あいそ》が尽きた』とヒステリックに叫んでいたみたいです。それから、誰かが階段を上がっていく音を聞いたような気するなぁ。二人ともスニーカーを履いてましたから、どっちの足音かは判りません」

「悲鳴があがる直前に屋上に上がっていったんだとしたら、最上涼の足音ということになりますね」

随分と歯切れが悪い言い方だな、と思って、私は口を挟んだ。伊地知の答えは慎重だ。

「おそらくは、そうでしょうなぁ。けど、半分眠ってましたから、時間の感覚があんまりないんです。その足音と悲鳴の間が、はたして三十秒やったんか、五分やったんかは何とも……。そんなわけで、話をしにきたものの、あそこで何があったのやら、さっぱり判りません」

さっぱり判らない、という台詞《せりふ》は二回目だ。半睡だったと言われたら、追及するのが難しい。本当にそうだったのかもしれないし、のらりくらりと言い逃れをされているのかもしれない。

「あなたが、うとうとする、以前に」警部が一語一語区切りながら「誰か、屋上に上がったりは、しませんでしたか？　雪が降りやんだ後のことです」

「いいえ、するもんですか。風邪をひくだけです」

伊地知は、きっぱりと言い切った。それから「あのぅ」と遠慮がちに訊いてくる。

「女の子……みずえちゃんは、どうしてますか？　元気なはずはないやろうけど」

記憶障害を起こしている、と柳井に聞いて、伊地知は「そうですか」としょげた。

「かわいそうに。二人がかりで『オヤジ、どっか行け』と言われて頭にきたこともあるけど、半月ほど同じ屋根の下で暮らしてたからか、何とはなしに情が移ってるんですな。なんでこんなことになったんやろう。あの男も二十歳前で死んだりして、かわいそうやし、何やもったいないわ」

悄然《しょうぜん》として首を折った男に、火村が質問を投げる。バリトンの声が部屋に響いた。

「少し伺いたいことがあります。事件があった当時、二人が薬物で理性を減退させてたかどうか、判りますか？」

伊地知は顔を伏せたまま答える。

「さぁ、どうかな。夜になると、へろへろになってることはありましたよ。わしは、あんなんは嫌いやった。気色が悪いですもん。未成年やからビールやウィスキーもほんまはあかんけど、まだ、アルコールやったらねぇ」

「最上涼の死について不審な点がある、と報道されているのはご存じだそうですが、実は他殺の疑いもあるんです。彼は、頭を強く殴られていたんですよ」

伊地知が「えっ？」と面《おもて》を上げる。そして、さも意外だと言いたげに私たちを見た。

「わ、わしは関係ありませんよ。あの子を殺す理由なんかないし、そんなことやってたら警察へのこのこ出てくるもんですか。わし、自首しにきたんと違いまっせ」

「ええ、判っています。——ところで、あなたが彼を殺害したのでないならば、事件当時、あの雪華楼にいたもう一人の人物、倉田みずえさんが彼の死に関係していると思わざるを得ない」

「まさか」伊地知は唇の端を曲げた。「喧嘩はしてても、そんなことするわけがないでしょう。それも言うに事欠いて、女の子が男を殴り殺したやなんて。殺した後で、男の体を担いで屋上から投げ捨てたとでも言うんですか？」

「あなたが犯人でないのなら、そう考えるしかなくなります」

柳井が割り込んだ。伊地知は、ちっと舌を鳴らした。

「アホらしい。六十キロはあるやろう男の死体を、三階から屋上まで担いで上がれるわけがないわ。だいたいやね、キャーていう声を聞いてわしが三階に下りてみたら、あの子はそこにおったんですよ。屋上から走って下りてきて、わしを追い抜いたりはしてへんのです」

「いや、それはですね」と私が口を挟む。「こうも考えられるやないですか。つまり、彼女は伊地知さんが眠っているのを確認して、こっそりと遺体を屋上に運んで投げ捨て、三階の部屋に戻った。そして、それから、いかにもたった今、事件が起きたというように悲鳴を上げた——」

相手は、私の顔をまじまじと見返した。

「あんた、ようそんなひねくれたこと考えますな」

呆れられてしまった。しかし、自分が言った仮説がまったく脆弱《ぜいじゃく》なものであることは承知している。彼女に遺体を運び上げる体力があったかどうかは棚上げしたとして、苦労してそんなことをしてもアリバイ工作としての効果はあまり期待できず、メリットが小さすぎる。それに、彼女が犯人だとしたら、錯乱状態も記憶障害も芝居ということになるが、そんな高度な演技力を彼女が持っているか疑問だ。また、屋上の足跡の謎は依然として遺る。

「彼女も伊地知さんも犯人でないとしたなら、他に誰かが雪華楼にいたということになるのかな……」

私は独り言のように言う。伊地知は、すぐに否定しようとしなかった。五階にいたので、その可能性はゼロだと断言することができないのだろう。しかし、火村が「違う」と言う。

「警察が現場に到着してすぐに撮られた写真を見ただろ。雪華楼から出ていった足跡は、伊地知さんのものしか遺っていなかった。もしも第四の人物が現場にいたのなら――伊地知さんより早かったにせよ、遅かったにせよ――、そいつが出ていった足跡がどの時点かで必ず遺ったはずじゃないか。それとも、犯人は今現在も建物の中に潜んでいるとでも言うつもりか？」

警部が私を見て、黙ったまま首を左右に振った。当然、そんな人間はいないのだ。だとすると、やはり犯人は倉田みずえか伊地知一夫のいずれかということになる。さっきビデオで観た彼女の言動が演技だとは私には信じられなかったが、かといって目の前の伊地知が怪しいとも思えない。本人の弁にもあったとおり、彼が犯人なのだとしたら、懇《ねんご》ろにしている女性に勧められただけで、警察に足を運んでくるはずがないではないか。そして――

どちらにしても、足跡の謎は解けない。

四人とも黙り込んだので、伊地知は不安そうに私たちを交替で見ていた。やがて、沈黙を払ったのは火村だ。

「警部、三階の写真をもう一度見せていただけますか？」

5

とっぷりと日は暮れ、夜の帳《とばり》が雪華楼を包んだ。窓の向こうの闇を、何かが斜めに横切る。また雪が降り始めたらしい。

火村と私は、みずえと涼が最後の喧嘩をした部屋にいた。

「凍えるな。寒さが爪先《つまさき》から這い上がってくるし、背中から抱きついてもくる。こんなところで、ひと晩過ごすのもごめんやな」

そう言って、私はすっかり冷たくなった両手を擦《こす》り合わせたが、大した摩擦熱は得られなかった。火村が点けたライターの灯が、私たちの影を壁になすりつける。

「いくら恋人と二人きりといえど、ここはぬくもりが乏しすぎたやろうなぁ。……そもそも、あの二人がどれほど愛し合ってたのか、それが判らんけれど」

くわえ煙草のまま、火村は頷いた。

みずえと涼が身を焦《こ》がすような恋をしていたのかどうか、二人にしか判らない。淋しさを持て余した同士が、互いを慰撫《いぶ》し合うために引き合ったようでもある。彼らは、孤独の波に流されながら、同じ浜に漂着しただけ——でもないのだろうが。

耳を澄ませると、コンクリートの壁に二人が交わした甘ったるい会話が聞こえてくるようだ。伊地知が聞いたやりとりの断片を、私は拾い集めて形にする。二人が初めて言葉を交わしたのは、アメリカ村だったらしい。ビッグステップ前の階段に腰を下ろしてぼんやりしていた彼女に、彼が近づいていったのだ。

——あんたが声かけてくれてよかった。

——前から見かけてて、今日こそは話しかけるぞ、と覚悟を決めて近寄ったんや。俺、ナンパなんかしたことなかったからな。

——うん。いかにもそんなん苦手そうやったわ。あたし、最初、因縁でもつけられるんちゃうやろか、と思うたで。……ねぇ、あたしのどこが好きになったんか話してえな。

——最初は、ひと目惚《ぼ》れ。付き合いだしてからは……色々。

——具体的に言うてよ。

——色々っていうのは、ひと言やふた言で言われへんぐらい、たくさんあるいうことやないか。

――せやから、たとえば？

――みずえは可愛い、きれい、チャーミング、キュート、肌すべすべ、セクシー、優しい、思いやりいっぱい、賢い、しっかり者、芯《しん》が強い。ハートが雪みたいに白い。それから……純粋。一緒におってめちゃ楽しい。

――アホ。適当に並べたらええ、いうもんと違うわ。最後のだけでええ。一緒におって楽しいっていうのだけで。

――みずえも、俺と一緒で楽しいか？

――当たり前やないの。

睦言《むつごと》ばかりを交換したのではない。二人は時に、弱々しく顫えた。

――寒い名前でごめんね。

――それはお互いさまやろ。

――あたし、名前、変えるわ。セツナいうのはどう？

――何やそれ？

――刹那的のセツナ。倉田セツナちゃん。

——刹那的って、カッコええな。

——うん……そう。そうやよね？

そして、気持ちがすれ違うことに苛立《いらだ》ち、しばしば悪罵《あくば》の言葉をぶつけ合いもした。

——他に行くところがないから、あんたと一緒におっただけや。もう愛想が尽きたわ。出ていく。

——ふん、その気もないのに。行くところがない奴が、どこへ行くって言うんや？

——家に帰る。あんたといてるよりは、なんぼかましや。

——あれだけ親のことボロクソに言うといて、やっぱりそこへ帰るやて？　へっ、小学生やな。そんなこと、させるか。

——させるか、とはどういうことやの。あたしがあたしの家に帰るっていうの、あんたが止められるはずがないやないの。荷物まとめて、すぐ出るわ。

——待てや。

——あんたも自分の家に帰って、『お父ちゃん、お母ちゃん、ごめんなさい。心を入れ替えて勉強しますから、もう一年だけ浪人させてください』って謝ったらええ。

——行くな。

——行く。あんたはここで愚図ってたらええやんか。あたし以上に半端なんやから。

目を閉じてその情景を思い描いているうちに、まるで、それが自分に投げつけられた言葉のような気がしてきた。そんなふうに二人は傷つけ合い、和解し、またすれ違うことをここで繰り返したのだろう。

事件から数日遡《さかのぼ》ったとある雪の日には、こんな会話が交わされたという。

——このビルって、雪の結晶みたいな形をしてるね。

——雪の結晶って、見たことある？

——ない。写真でしか。

——すごくきれいやぞ。俺、雪が降るたびに虫眼鏡で観て、気に入った形のをスケッチしたりしてたことがある。

——閑人《ひまじん》やねぇ。あれって、同じ形のもんが二つとないってほんま？

——ほんまほんま。全部違う。人間やったら一つデザインするだけでも大変やのに、ようあんなきれいなもんが無限にできるなぁ、って感動するぞ。自然の驚異、宇宙の神秘。

——そうか、無限にデザインされてるんやね。そう考えたらすごい。すごいわ。ほら、外に雪が積もっていってるやないの。空からはどんどん降ってくる。あの一つ一つが、みんな違うデザインやなんて、なんかすご過ぎへん？

——けど、考えてみたら無限のデザインっていうのは、人間も同じやな。過去にも、現在にも、未来にも、同じ人間は二人と現われへんのやから。顔も性格も、みんな違う。そう考えたら、宥《ゆる》してやりたくなるな。

——どいつもこいつも？

——ああ。みんな宥してやろうか。

——うわぁ、涼、めちゃ偽善的。こんな気持ち、明日の朝になったら溶けてしもうて、心のどこにもなくなるに決まってるんやないの。

——今晩だけで、ええやんけ。

——判った。今晩だけ宥してやる。いいか、お前たち。感謝しろ！

——おい、急に大きな声出すなや。階上《うえ》でオヤジがびっくりしてるぞ。

——オヤジも感謝せんかい！

そして、翌日は昼間からシンナーを垂らしたビニール袋に顔を突っ込んでいたという。並んで壁にもたれて座り、「もう残りが少なくなってきたな」「覚醒剤は、もうないもんね。これがなくなったら、やめようか。あたし、ほんまのアホになりそう」などと話しながら。

私は、ピンクの旅行鞄が置かれてあったあたりを見る。ファスナーは開いたままで、乱暴に押し込まれた衣類がはみ出していたという。みずえは、本当にここを去ろうとしていたのだろうか？　あるいは、あの時の「出ていく」もポーズに過ぎなかったのだろうか？

「みずえに出て行かれることは、涼にとって死ぬほどつらいことやったんやろうな」

私の声が、冷たい部屋に響く。

火村は「おそらく」と言うだけだった。

まどろみの中で伊地知が聞いた激しい諍いの声。今度こそおしまいだ、とみずえが決定的な別れを宣言したのかもしれない。心身の疲労が限界を超えた上に、最後のシンナーが理性を曇らせていて、思わず口にしてしまった言葉が凶器となったと――火村は考えた。が、彼女にだけ責《せめ》を負わせるのは酷だ。涼の方も、理性が著しく減退していた可能性が高い。

荷物をまとめようとするみずえを遺し、彼は部屋を飛び出して屋上に向かう。絶望に駆られ、死神に招かれて。

救いが自分から逃げようとしている。もう駄目だ。せめて、せめて、彼女に見届けられるように死のう。

彼はまっ白な屋上に出ると、自分たちの部屋がある方角に進む。まだ彼女は部屋にいる。今、飛べば、死を看取《みと》ってもらえる、と信じたのかもしれない。

彼は飛んだ。

「彼女は、自分が涼を殺したと思ってるんやろうか」

「そうだろう」火村のくわえた煙草から灰がこぼれる。「だから、記憶が火花を放って飛んでしまった。直接手を下して、彼を殺したとだけは認めたくないから、そういうことが起きたんだ」

「しかし、この場合、直接手を下したと言えるんやろうか？」

「はっきりと生々しい手応《てごた》えがあったのなら、彼女にとっては――」

何ということだ。

彼女の喉《のど》の奥から迸《ほとばし》った悲鳴の意味が、それこそ生々しく私の胸に迫る。

荷造りをする自分に背を向けた涼をこそ、みずえは憎んだのだろう。憎み、怒り、悲しみ、激情が爆発した。その瞳《ひとみ》に、床に転がっていたボトルがたまたま映ってしまった。彼女は、ボトルを拾い上げる。

「俺の想像が的中していたなら、これはもちろん殺人事件ではなく、不幸な事故と呼ぶべきだ。記憶が回復したら、みんながそう言って聞かせる。でも、彼女だけは事故だったのだ、と自分を慰めることができないかもしれない」

火村の想像が的中していることは、後日明らかになる。割れたボトルを調べたところ、いくつかの破片から最上涼の血液が検出されたのだ。

「真相がどうだったのかは、彼女から聴くしかない。俺は、屋上の足跡の謎に、都合がいい答えをひねり出しただけさ」

短くなった煙草を、火村は携帯している灰皿でそっと揉《も》み消す。部屋の中で唯一の明かりが失われた。

外では、雪が本降りになってきており、闇を白く塗りつぶしている。

屋上の足跡の謎は、火村に説明されると何でもないことだった。あれは、どう見ても涼が自分の足で歩いた痕跡だ。衝動的に自殺をはかった公算が大きい。それなのに、彼の遺体の頭部に殴られた傷がついていたのだとしたら、殴打されたのは彼が屋上から身を投げてから、地上に叩きつけられるまでのごく短い間――おそらく二秒間足らず――だとしか考えられない、と火村は仮定した。私にはできないものの見方だ。そして、警察の捜査員たちにも、そんなことを言い出す者はいなかった。

では、そのわずかな時間に、何がどのようにして涼を襲ったのか？　それについて、火村はこう考えた。凶器は、建物から突起していたのでもないし、地上に落ちてもいなかった。とすると、建物内に遺っているに違いない。彼が目をつけたのは、現場写真に写っていたボトルの破片だ。あれは充分、凶器になったのではないか？　もしも、興奮した誰かが忿懣《ふんまん》をぶつけるため、そのボトルを窓の外に向けて力いっぱい投げたとしたら、そして、ちょうどその刹那、涼の体がそこを通り過ぎたとしたら――

墜落する涼の頭に命中した後、ボトルは跳ね返って部屋の中に戻ったのだ。そして、床に落ちて砕けた。みずえは、窓から下を覗き込んで、何が起きたのか、自分が何をしてしまったのかを知り、次の瞬間、声のかぎりに叫んだのだ。殺してしまった、あたしが彼を殺したんだ、と知って。

「二人がどんなふうに愛し合い、すれ違ったのかは解けない謎さ。雪に遺った足跡の謎なんて、何ほどのことでもない」

それは推理作家という職業に対する批評なのか、と質《ただ》そうとして、私は別のことを問いかける。

「これは偶然なのか？　窓の外に投げたボトルが、落ちていく男の頭に命中して命を奪うやなんて、偶然を超えている。そんなに死にたいのなら好きな女の手であの世に送ってやろう、と悪魔が毛むくじゃらの手を差し出して、彼と彼女の運命をいじったみたいで、俺はぞっとする。いや、違うか。不器用に交錯した二人の運命が、何か超自然的な力によって実体化したような——」

「偶然だ」

火村は足を停めて、きっぱり私を遮った。

「こういう現象を偶然と呼ぶのさ。それに意味を与えるのは小説家の仕事で、社会学者の俺には興味がない。ただ、俺はこれっきりこの事件と関わりを断つつもりもない。刹那に焦がれた彼らのことを、もう少し知りたい。——本当にもう行くぜ」

階段を下りていく彼の靴音を追い、私も部屋を出ようとして、もう一度、肩越しに冷たい部屋を見る。

雪のように白く純粋なものに憧《あこが》れた二人は、ここで刹那に裏切られたのかもしれない。

幻が視《み》えた。焚火が音をたてて燃えている。そして、その明々《あかあか》とした炎に炙《あぶ》られながら、二つの影が寄り添っていた。

紅《べに》雨《さめ》荘《そう》殺人事件

1

真っ赤に色づいた枯葉が、十一月の風に舞っていた。

老いの気配を漂わせた男が二階のバルコニーの椅子に掛けて、今日も庭を見下ろしている。庭木の枝の間から覗く黒光りのする門を。

ほんの時折、犬をつれた少女や買物帰りらしい主婦が、門の向こうを横切っていく。新聞配達の自転車が停まり、夕刊を新聞受けに投げ込むのを見て、「もうそんな時間か」と彼は掠《かす》れた声で呟《つぶや》いた。

「旦那様」

不意に背後から呼ばれた男は、額にかかる白髪を掻き上げながら振り向いた。家政婦が笑みをたたえて立っている。

「もう日が暮れますよ。そんな恰好でいらしたらお風邪を召します。中にお入りにならないのでしたら、何か羽織るものをお持ちいたしますけれど」

男は目を細くして、彼女の肩越しに掛け時計を見た。五時が近い。

「いや、いいよ。そろそろ入るとしよう。今夜あたり冷えそうだね」

家政婦は無言のまま、一礼して書斎から出ていった。彼は、なおもしばらく門を眺めていたが、やがて「よいしょ」と腰を上げる。その端正な顔には、悲哀とも諦《あきら》めともつかぬ憂色が張りついていた。

フランス窓がぱたりと閉まる。煉瓦《れんが》造りの広いバルコニーにも、風に運ばれた枯葉が散らばっていた。

日はみるみる翳《かげ》り、黄昏《たそがれ》が近づく。

チェリーレッドの屋根も、くすんだ紅色に塗られた壁も、庭で燃える紅葉も、次第にその色を失っていく。書斎の窓に柔らかな明かりが灯《とも》った。紅色の外壁は、まだかろうじて薄暮に映えていたが、それも間もなく夜に呑み込まれるだろう。

と。

アスファルトを遠慮がちにヒールで鳴らしながら、初老の女が歩いてきた。長い塀に沿って、門の方へ疲れた足取りで向かう。毛糸のマフラーの端が風にひらひらと揺れた。

もしや……？

門の前までやってきた彼女は顔を上げ、鉄扉《てっぴ》に寄る。寒さに耐えているだけのようだった表情が和らぎ、口許が微《かす》かにほころんだ。無意識のうちにか、か細い指が冷たそうな門をいとおしむように撫《な》でている。

二階の書斎の窓に、男のシルエットが浮かんだ。それが誰のものなのか、彼女は知るよしもない。黒い影は右から左へ動く途中、少しの間だけためらうように静止した。

彼女は、ぼんやりとそれを眺めていたが、影が消えるなり、門から両手を離した。

駄目か。

マフラーをしっかりと巻き直す。その顔には、目をそむけたくなるほど痛々しい悲嘆の色があった。後退《あとずさ》りして門から離れ、爪先をやってきた方に向けながらも、闇に沈んでいく屋敷からなかなか視線を引き剝《は》がせない様子だ。

しかし、いつまでも人の家の前に佇《たたず》んでいるわけにもいかない。未練を断つように立ち去りかけた。門柱の表札を見たのは、ほんの弾みだったのだろう。彼女は――私も――そこに信じられないものを見る。

どうして、と言うように唇が顫《ふる》えた。どうして私の名前がここにあるの、と自問したのだ。次の瞬間、その表札に並んだもう一つの名前が誰のものかを知って、彼女の目は大きく見開かれる。

まさか。彼は、そんなことを……。

彼女は門に飛びつく。堅く閉ざされていると思っていた門扉は、ギイと軋《きし》んでわずかに内側に開いた。まるで、帰宅した主人を招き入れるかのように。

彼女は恐る恐る、一歩、踏み出す。門を押し開けて紅色の枯葉が点々とする庭に入っていく。ためらいながらも、玄関の大きな扉に向かっていく。自分を待っていた者の許へ向かって。

私は泣いていた。

2

二ヵ月ぶりに東京に出かけた。土曜日にゴールドアロー賞の授賞パーティに顔を出し、日曜日は神田で古本を漁《あさ》り、今日月曜日は編集者と打ち合せをしたりして、夕方、大阪に戻ってきた。留守にしていたので、メールボックスには郵便物が溜まっている。右手に旅行鞄を提げ、嵩《かさ》ばる手紙類や書籍小包を左の小脇《こわき》に抱えてエレベーターの前に立っていたら、ころころと太った管理人から「有栖川さん」と呼ばれた。

「あれ、取材旅行からお帰りですか？」

「取材でもないんですが、色々と用事があって東京へ行ってました。——何か？」

管理人は唇の端を搔いて「早とちりしたかな。東京に行ってたんやったら、バルコニーに布団《ふとん》を干しっぱなしということはありませんね？」

いくら私でも、そこまで粗忽《そこつ》ではない。はは ぁ、と合点がいった。彼は、どこかの部屋のバルコニーの手すりに布団が掛けっぱなしになっているのを私の部屋と勘違いして、クレームをつけようとしたのだろう。布団は必ず物干し竿《ざお》に掛けるべし、というのがうちの決まりだ。手すりに布団を掛けるなんてはしたないことをしたら美観を損ね、マンションのグレードが低下するのだそうだ。オーナー会社はそれを嫌っている。

「失礼しました。もう一度どの部屋かよく見ておきます」

エレベーターに乗り込む私に、管理人は恐縮した様子で頭を下げた。ルールを守らせる役目というのは大変そうだ。その点、作家は気楽でいい。

七階に上がると、ドア・ノブにひっかけていたトートバッグを回収して部屋に入る。いつも留守中の新聞をそのバッグに入れておいてもらうことにしているのだ。明かりを点け、やれやれと冷蔵庫からコーラのペットボトルを取り出す。ごくごくと飲みながら、留守番電話のメッセージを再生してみると——

「火村だ。箕面《みのお》の殺人事件のフィールドワークに行く。もしも興味があって都合がついたら、連絡をくれ」

昨日の昼過ぎに録音されたものだった。臨床犯罪学者の火村英生助教授は、またもや大阪府警とともに殺人事件の捜査に加わっているらしい。箕面の事件とは何だろう？　こっちは東京帰りなので見当がつかない。大阪と東京を行き来して新聞を読み比べると判ることだが、犯罪報道のなされ方には結構大きな相違がある。殺人や現金輸送車襲撃といった凶悪事件があまりにも日常的になってしまったせいだろう。北関東で起きた殺人事件を東京版が派手に報道しているのを読んで大阪に帰ってみると、こちらではほとんど報じられていなかったりする。

もっとも、今回の東京滞在中、私はろくに新聞を読まなかったから、箕面の殺人事件とやらは東京の紙面でも躍っていたのかもしれない。床に置いたバッグから新聞を抜き取って、テーブルの上で順に広げてみる。

「これか……」

今日、九月十八日の朝刊にそれらしいものがあった。府立箕面公園にほど近い閑静な住宅地のはずれで、独り暮らしをしていた五十五歳の婦人が変死している。リビングの梁《はり》に洗濯物用のロープを掛け、そこで首を吊《つ》っている遺体を発見したのは、母親の様子を見にきた息子だった。一見したところ自殺のようだったが、不審な点がいくつかあるため、大阪府警では慎重に捜査を進めている、とある。これが自殺ではなかったのか？　夕刊を見てみると、案の定、婦人の死は他殺とほぼ断定されていた。友人は、この殺人現場に私をご招待してくれたのに違いない。

婦人を殺害した後で自殺に偽装するために遺体を梁から吊した、ということか。そんな工作など、よほど巧妙にやらなければたちどころに見破られるものだ。犯人は日本の警察をかなり甘く見ているらしい。その程度の稚拙な奴の犯行だとしたら、今から火村に連絡をしても、もう事件は解決して、彼は大学の講義に戻っているかもしれない。

殺しておいて自殺に偽装するとは悪辣《あくらつ》だが、事件そのものはさして奇矯でもなさそうだ。ただ、被害者と犯行現場が少しだけ私の興味を引いた。

殺された飯島粧子《いいじましょうこ》という資産家の婦人について新聞が伝えるところによると、彼女は、かつて訪問販売で成功したベニッシュという化粧品会社の元社長だった。その社名ならユーザーではない私も——ベニッシュは女性向け化粧品しか扱っていなかった——よく知っている。化粧品会社としては中堅であったが、高級なブランドイメージを持った優良企業だ。最も繁栄したのは、八〇年代から九〇年代の半ばにかけて。社勢が盛り上がっているさなかに創業者である社長が肺炎で急逝し、夫人が跡を継いだ。それが飯島粧子であった。それ以前にも専務として経営に参画していた彼女は、会社の一大事にあたって辣腕を発揮。ハイセンスなテレビスポットが評判になるなど、ベニッシュのイメージはさらに高まった。ところが、粧子は五十歳を迎えた五年前に突如として引退を表明する。かねてより、五十歳になったら厳しいビジネスの世界から退いて、残りの人生を穏やかに過ごしたい、と考えていたのだ。そして、所有していた株もすべて売却し、惜しまれながら勇退した後は、亡き夫と暮らした箕面の思い出の家に引きこもっていたという。

　私は、記事に添えられた飯島粧子の写真に目をやった。引退する間際ぐらいに撮ったものだろう。五十五歳にしては若すぎる。眉と目尻が吊り上がった攻撃的な顔立ちをしてはいたが、真一文字に結ばれた口許はなかなか上品だ。長い髪を頭の後ろで束ねて垂らしているせいか、古武士のようでもある。やり手だったのだろうな、と想像できる。

　経営状態が良好だった会社を手放し、早々に引退したことは賢明だった。飯島粧子が去ってから、ベニッシュは急速に衰退していったのだ。いや、彼女が去ったから衰退したのか。高級イメージで売っていた口紅、美容液などの主力商品はライフサイクルを終えて市場のニーズからずれていき、女性の就労人口が増大するにつれて従来のままの訪問販売スタイルも困難になっていった。新しい商品も販売戦略も打ち出せないままに、ベニッシュは傾いてゆく。そして、ついに昨年の冬、ドラッグストアの大手チェーンに買収されて、三十余年の歴史に幕を下ろしたのである。

　そのように著名だった飯島粧子が被害者になった事件であれば、私の好奇心を刺激し、世間の耳目を集めるのも当然だ。加えて、事件の現場が興味を惹《ひ》いた。記事の中にも、彼女を指して〈紅雨荘《べにさめそう》の主人《あるじ》〉という表現がある。かつてのベニッシュ社長としての飯島粧子を知らずとも、紅雨荘の主人と聞いて膝を乗り出す人間も多いかもしれない。記事を書いた記者もそれを承知しているのだ。

紅雨荘。

そう呼ばれる屋敷を一躍有名にしたのは、一本の映画だった。この初夏に公開されて大ヒットを飛ばした『風さえ知らない』という恋愛映画。そのロケに使われたのが、飯島粧子が所有する屋敷であった。紅雨荘という名は劇中で登場しない。それでも、主人がつけたその名が映画のイメージとぴったりと一致しているというので、雑誌を通して私が知るほどまで広まった。

紅雨は〈こうう〉と読むのが普通なのを、主人があえて訓読みしたらしい。手持ちの漢和辞典によると、その意は①花に降り注ぐ雨②赤い花の散り落ちるたとえ、となっている。女性を相手に化粧品を販売しているのに、花が散るなんてそぐわないようだが、①の意味を意識していたのだろう。紅雨荘は、屋敷の瓦《かわら》や外壁の色に多彩な紅色を採用しており、邸内には真っ赤に紅葉する庭木がたくさん植えられている。その美しさは映画の中でもたっぷり鑑賞することができた。

その紅雨荘で主人が惨《むご》たらしく殺されるとは。無情な事件だ、と嘆息しかけて、あることを思い出した。ロケに使われた紅雨荘は、大阪と京都の中間にある高槻《たかつき》市の山際に建っていたはずだ。週刊誌で読んだことがある。飯島粧子は、それとは別に箕面に家を所有し、そこで独りで暮らしていたのだろうか？　新聞記事を読み返してみると、どうやらそういうことらしい。では、紅雨荘には誰が住んでいるのだろう？

おっと。そんなことより新聞を最後まで読んでみよう。飯島粧子の死を他殺と断定しただけで、重大な進展はないようだ。ただし、夕刊の締切の後で犯人が逮捕されている可能性もある。テレビで六時のニュースを見ようとして思い止《とど》まり、私は電話を取った。「連絡をくれ」というメッセージが吹き込んであったのだから、火村に聞いてもいいだろう。フィールドワークの最中かもしれないので、英都大学の研究室ではなく、携帯電話の方にかけてみる。五回ほど呼び出し音が鳴ってから、いつものバリトンが出た。

「アリスか。どこかに行ってたみたいだな」

「さっき帰ったところや。箕面の殺人事件のことも、今しがた新聞で読んで知った。まだ解決してないんやな？」

「まださ。これから乗り込んできて名探偵ぶりを発揮するか？」

「ご冗談を」

助手が務まれば御《おん》の字である。それも、的はずれな推理を口走って、こちらに行ったら行き止まりです、という形で手助けをする助手だ。

「えらく謙虚だな。禅寺へでも修行に行っていたのか？」

「バビロンのような東京で虚栄の市をさまよってきただけや。お前は昨日から現場に入ってるのか？」

「ああ。遺体が発見されたのが昨日の昼前だ。府警の船曳《ふなびき》警部から電話がかかってきたのが午後すぐ。日曜日で授業がなかったので、ただちに出向いた。あいにくと、今日は講義がふたコマある上に、夜は教授会に出席しなくちゃならないんで、ずっと京都にいる。明日は朝から現場に入るつもりだ」

気のせいか口調が忌々《いまいま》しげだ。ふだんから休講のしすぎで、さすがの火村先生も今日は休めなかったのか。嫌いな教授会も、いつもいつもは抜けられないらしい。

「捜査の進捗《しんちょく》状況については、昼頃に警部から連絡があった。あまり捗々《はかばか》しくないみたいだな」

「他殺であることは確定してるんやな？」

「間違いない。頸部《けいぶ》に巻きついた索条《さくじょう》を剝《は》がそうとした防禦創《ぼうぎょそう》が顕著だし、索条と索溝にずれがある。本物の索条つまり凶器は、ロープ以外の何かだな。ネクタイとかスカーフの類《たぐい》かもしれない。顔面の鬱血《うっけつ》もはなはだしい。死斑《しはん》と血液就下に至っては、縊死《いし》とはかけ離れた発現の仕方をしている。首を吊ったなら血液が足先に向けて移動するはずなのに、まるでそうなっていない。何時間にもわたって仰臥《ぎょうが》していたようだ。あれでは、とても警察の目はごまかせないさ。俺だって見破れる」

カチリと音がした。愛煙家がキャメルに火を点けたのだろう。

「殺しておいて縊死に偽装したということは、押し込み強盗なんかのしわざではないわな。被害者の飯島粧子はかなりの資産家らしいから、金銭がらみのトラブルか怨恨《えんこん》が動機かな。あるいは、古典的ミステリでお馴染みの遺産目当ての犯行」

「まだ絞り切れていない。今日、船曳さんたちが各方面を洗っているはずだ。俺もその連絡を待っている。お望みならば、判ったことを伝えよう。——その前にこれを訊かなくっちゃな。明日現場にくるか？　もちろん、東京から帰ったばかりで忙しいのなら無理をすることはないけれど」

「行こう」と答えた。

亡き飯島粧子と紅雨荘に対する興味からである。

「じゃあ、午前十時に梅田で待ち合わせよう。車できて、俺を拾ってくれないか。電車だと移動が不便かもしれないので」

あいにくと、私のブルーバードは車検に出していた。火村は残念がる。

「先生のベンツを出動させたらええやないか。激動の昭和を生き抜いてきたあのベンツらしきもの」

「駄目だ」と言い切る。「昨日、帰ってから動かなくなった」

私は吹き出すのをこらえた。同僚から二束三文で譲り受けたボコボコのドイツ車も、ついに天寿を全うしたのか。いや、決めつけるのは早計だ。彼の車はこれまでにも幾度となく死の淵《ふち》から生還している。

「仕方がない。十時半に阪急箕面駅のホームで会おう。紅雨荘とかいう現場の住所を念のために後で送信しておく」

待った。それが気になっていたのだ。

「紅雨荘というと、映画のロケに使われたお屋敷やろう。あれは高槻市内にあると聞いてたんやけれどな」

「ロケに使われた屋敷は高槻市内にある。映画に登場して有名になったおかげで、そっちが紅雨荘だと思われているそうだが、本当の紅雨荘は飯島粧子が暮らしていた箕面の邸宅の方なんだ」

ややこしいが、家の呼び名なんてどうでもいい。教授会の前に夕食をすませておかないと大変なことになる、と彼が言うので、私は「では、明日」と電話を終えた。

テレビを点けてみると、ちょうどこの事件に関するニュースが流れているところだ。参考映像として、『風さえ知らない』の一場面が映っていた。ラスト近くの、ヒロインが門をくぐって屋敷に入っていくところだ。

思い出す。私はこのシーンで不覚にも涙を流してしまったのだ。

3

阪急宝塚線の石橋で箕面線に乗り換える。この電車に乗るのは随分と久しぶりだ。高校時代に友人と箕面公園に遊びに行って以来だから、もう十七、八年ぶりになるだろう。日帰りで気軽に行ける府内きっての行楽地で、温泉も湧《わ》いており、明治の森箕面国定公園に指定されている。あの時は名物の滝を見て、名物の猿を見て、名物の紅葉の天麩羅《てんぷら》を食べたのだった。紅葉の季節で、大勢の行楽客で賑《にぎ》わっていたっけ。

懐旧の念にひたりかけていると、すぐに終点の箕面駅に到着した。石橋からわずか三駅だ。改札口には、白いジャケットをはおった火村の姿があった。私より一本早かったらしい。その間に、煙草《たばこ》を二本ばかり灰にしているはずだ。

「車はどうなった？」

挨拶がわりに尋ねると、彼はにこりともせず、

「昨日の夜に試したら、ちゃんと動いた。でも、修理に出さないとこわくて乗れないな。事故を起こしても、あんな車に乗っていたからだ、と誰も同情してくれないだろう」

「修理に出すのも気が重いやろう。『えー、お客さん、まだ乗るんですか？』と言われそうで」

「そんなことはない。俺の車には馴染みの親父さんがついていて、『今度もまかせてください』って腕まくりしてくれるさ」

よくできた話だ。それが本当だとしたら修理工の親父さんは、こんな車でもなだめて走れるようにできる自分はすごい、と酔っているのだろう。

「で、どうする。現場までは遠いんやろう。タクシーか？」

火村は黙ったまま、近くに停まっている車を指差した。よく知った森下刑事が、警察無線で何か話しているのがフロントガラス越しに見えている。

「おはようございます。本日もご苦労さまです」

やがて車から降りてきた森下は快活に言った。はりきりボーイは、今日も元気がいい。捜査一課の刑事らしからぬアルマーニのスーツでぴしりと身を固めているのも、

いつものことだ。

「今日は私が運転手を務めますので、よろしくお願いします」

「すみませんね」何だか申し訳ない。「われわれがろくな車を持っていないせいで、森下さんにご迷惑をおかけして」

「全然迷惑なんかやないですよ。『今日は先生方について勉強せえ』と警部に命じられていますから」

火村先生について勉強せえ、というのが正確だろう。それにしても、船曳警部が火村に寄せる信頼は相当なものだ。これまで幾多の実績があるとはいえ、一私大の助教授にすぎない民間人を大阪府警がここまで積極的に捜査に加えるようになったのも、そもそもは警部が大いに喧伝《けんでん》したおかげである。

「こちらこそよろしく。では、行きましょうか」

火村はさっさと後部座席に乗り込んだ。その隣りに私が掛けると、車は山を正面に見ながら北へ向かう。

「昨日の夜、警部からお電話がいったと思いますが」

ルームミラーの中の火村に、森下が声をかける。

「遅い時間にいただきました。三人の子供たちのアリバイについては、どうやら成立しそうな雲行きだそうですね」

「はい。揃いも揃ってなかなかしっかりとしたアリバイを持っているんです。私なんかは、ちょっと出来すぎやな、と天《あま》の邪鬼《じゃく》に思ってしまいます」

私はその内容について聞いていなかったので、火村は手短に話してくれる。

「まず、飯島家の家族構成についても説明しておこう。殺された粧子には三人の子供がいる。女一人に男が二人。みんな独身で、高槻にある映画版・紅雨荘に住んでいる」

「へぇ、主人の飯島粧子は思い出の箕面の家で独り暮らしをしていて、子供たちだけがあの屋敷にいてるのか」

「そう。齢《とし》の順にいうと、長女の美香子《みかこ》、三十三歳。以前は建設関係の公団で働いていたが、現在は無職。屋敷の家事全般を担当している。次が長男の美樹彦《みきひこ》、三十二歳。こちらも無職だ。勤務していた繊維メーカーが倒産して失業中。そして、次男が美津成《みつなり》、二十八歳。彼だけが職に就いて生活費を稼いでいる。仕事はホスト」

揃って独身だからといって、いい齢をした大人の姉弟が仲よく同居するのも変わっているな、と思った。しかし、あのような大邸宅があったら、わざわざ家を出てよそで高い家賃を払うのも馬鹿らしいか。ましてや、ホストの次男はさて措《お》いて、上の二人は目下のところ無収入なのだから。

「飯島粧子がベニッシュを手放さずに、そこで子供たちを働かせたらどうだったんでしょうね。現状は、三人とも親の資産を頼ってだらだら過ごしているみたいです」

生真面目《きまじめ》な森下は彼らに批判的だ。かばう義理などないが――

「でもね、森下さん。長男は不況のあおりを喰《くら》って失業中なんですからやむを得ないでしょう。長女にしても、大きな家の家事全般を担《にな》っているんやったら楽な労働ではない。次男のホストというのは……よく判りませんね。ホストといっても、色んな仕事の仕方がありそうやし」

「まぁ、それはそうなんですが」森下は苦笑して「有栖川さんも彼らにお会いになれば、別の印象を持つかもしれませんよ。何ていうのかなぁ。どことなく雰囲気がだらしないんですよ。お金持ちの子供っていうのも、ああなるとまずいな、と思います」

熱血漢の森下刑事としては、どうしても批判的にならざるを得ないらしい。

「長男の美樹彦さんにはこの後すぐにお目にかかれますから、とくと品定めしてみてください。彼が母親の遺体の発見者なので、あらためて話を聞くためにこちらにきてもらっているんです」

「お前の印象はどうなんや？」

私は火村に尋ねてみる。返事はそっけなかった。

「対面して、思わず居住まいを正したくなるような人物ではない」

「それも辛口の評定なのかな。しかし、遺産欲しさに実の母親を殺《あや》めてしまうほど凶悪そうではない？」

「どうかな。実の母親を殺した男と面談したことが四回あるけれど、四人とも見るからにそんな犯行に及びそうでもなかったよ。人相で犯罪者が見分けられるなら、易者に警察手帳を交付しなくちゃならないし、お前が書くような推理小説の名探偵だっていらなくなる」

言い方がややくどい。おそらく、火村も子供たちによい印象は抱いていないのだろう。だから、色眼鏡を掛けないように努めているのかもしれない。

森下がステアリングを左に切り、車は山の裾《すそ》を西へ回り込む。人家がまばらになってきた。静かでよい環境ではあるが、夜は淋《さび》しそうだ。私はふと疑問に思う。

「粧子が箕面で独り暮らしをしていたのは、本当に彼女が希望したからなのかな。子供たちと反りが合わないから別居していたということは？」

「いいや。そうではなく、純粋に本人の希望によるものだった。子供たちだけでなく、周囲の人間も証言している。夫と築いたベニッシュが急成長を遂げた二十年ほど前に建てた家で、穏やかな隠居の日々を送りたかったのさ。──子供たちとの関係については、まだはっきりとしたことは言うべきではないな。険悪だったわけではないが、良好とも言いがたかったようだ。その原因の一つは、母親がベニッシュを気前よく人手に渡したことなんだろう」

「ママが社長を続ける会社に勤めて、その下で副社長だの専務だのに納まりたかった、ということか？　人情としては判らなくもないが、甘い料簡《りょうけん》だな。しかし、彼らはまだ充分に恵まれているやないか。家賃も払わず大きな屋敷に住んで、無収入であろうが路頭に迷う心配がないんやからな」

そんな境遇で小説が書いてみたいものだ、というやっかみが混じる。いかんいかん、他人は他人だ。

「姉弟仲はどうなんや？」

「悪くないんじゃないか。まだ一度きりしか会っていないから、これもはっきりしたことは言えない」

「もしかして……」とミラーの中で森下がにやりとする。「有栖川さんは、三人が共謀して犯行を行なった可能性を考えているんですか？」

そこまで気が早くはない。

「まだ名前も覚えないうちから疑ったりはしていませんよ。えーと、長女が美香子で……」

「長男が美しい樹木に彦で美樹彦。次男は、美しいに大津の津に千成瓢簞《せんなりびょうたん》の成で美津成。みんな美しいという字が入っています。いかにも化粧品会社の子女と子息でしょう」

そして、千成瓢簞の成という言い方はいかにも大阪らしい。そういえば、大阪府警のヘリコプターには〈せんなり〉号というのがあったはずだ。

「名前はきれいに揃っているけれど、美香子だけは父親が違っている」火村が補足する。「粧子は二十三歳の時に美香子を産んでまもなく先夫と離婚しているんだ。そして、すぐにベニッシュを興《おこ》した二番目の夫、貴博《たかひろ》と結婚した。長男と次男は、貴博との間にできた子供だ」

「ベニッシュという会社はいつ設立されたんだ?」

「粧子が貴博と結婚する半年ほど前にできている。彼女は、赤ん坊だった娘を両親に預けて新地《しんち》の割烹《かっぽう》で仲居をしていたところを、青年実業家の貴博に見初められたんだな。結婚した翌年に長男が誕生。四年後に次男を出産した。子供たちが小さいうちから、育児を両親に任せて夫の会社でセールスレディの教育を行なったり、広告宣伝部の陣頭に立って活躍したという。非常にエネルギッシュな女性だ。一昨日、美香子たちから聞いた話によると、母親からかまってもらった記憶がほとんどない、ということだった」

　会社は継がせてくれなかったし、幼い頃にはかまってくれなかった。それでは子供たちが不満を抱いていた可能性も高いのではないか。もちろん、現時点では憶測にすぎないのだが。

「被害者の係累《けいるい》は少なかった」火村は続ける。「子供たち以外には、従妹《いとこ》が一人いるだけだ。牟《む》礼《れ》真《ま》広《ひろ》、四十七歳。ビスクドールを作って専門店に卸したり、ささやかな人形教室を開いたりして生計を立てている。若い頃からずっと独身。映画版・紅雨荘のすぐ近くに独りで暮らしている。この女性は、飯島粧子と犬猿の仲だったことを自ら認めているよ。隠しても美香子たちに聞いたら判ることだから話したんだろう」

「何か原因があって犬猿の仲になったのか？」

「牟礼真広の語るところによると、小さい頃から反目し合っていたそうだ。子供時代からということは、基本的に相性が悪いんだろうな。いがみ合いは長ずるにつれて解消するどころか激しくなっていった。虫が好かない粧子が事業家と結ばれて、恵まれた生活を享受《きょうじゅ》することに対する嫉妬《しっと》もあったのかもしれない。牟礼真広の暮らしぶりは貧しくはないが慎《つつ》ましやかだ」

「それやのに映画版の紅雨荘近くに住んでいるとは妙やな」

「粧子の夫の計らいだ。近くにいい借家があったので、妻と従妹の関係を修復させるために引っ越しを薦めたんだとか。旦那の努力のかいあって、ひと頃は雪解けムードだったらしいけれど、やっぱりうまくいかなかったんだな。粧子が高槻から箕面に移ったのも、鬱陶《うっとう》しい真広から離れるためだったかもしれない」

「粧子の子供たちと牟礼真広もうまくいっていないのか？」

「いや。そんなことはなくて、子供たちは小母《おば》さん小母さんと慕っているみたいだ。彼らが十代の頃、親身に悩みの相談にのってやったりしていたからだろう。牟礼真広にしても、粧子とその子供たちは別だからな」

「その女性のアリバイも調べたんやろう。結果は？」

「はっきりしないな」

アルマーニの刑事も言葉を濁す。

「船曳警部から詳しい説明があると思いますが……。あるともないとも言えない、おかしなことになっていまして」

そうこう話しているうちに目的地に着いた。本家・紅雨荘だ。映画で観た洋館に較《くら》べるとこぢんまりしているが、紅殻格子《べんがらごうし》に冠木門《かぶき》の立派な和風建築である。森下は門の傍らに立哨《りっしょう》していた巡査と敬礼を交わしてから、私たちを邸内に導いた。庭木の手入れもよく行き届いている。秋が深まれば、身の丈ほどもある石灯籠《いしどうろう》の宝珠に紅葉がひらひらと降り積もるのだろう。そして、飯島粧子と貴博は、紅色のイメージをその紅葉だけに託してここを紅雨荘と命名したのかもしれない。

開け放たれた格子戸から、ひょいと船曳警部が現われた。動き回っていて暑くなったのか、上着を脱いだワイシャツ姿だ。太鼓腹の上で、トレードマークのサスペンダーが非ユークリッド幾何学的な曲線を描いていた。

「お待ちしていました。今日もよろしくお願いします。飯島美樹彦もきていますので、後でお話しください。まずは……」

「もう一度現場を拝見します。アリスはまだ見ていませんし」

外観や庭は純和風だったが、内部は和洋折衷というより洋風が勝っていた。フローリングの長い廊下にはトルコ風の絨毯《じゅうたん》を何枚もつないで敷きつめてある。主人、飯島粧子の遺体が見つかったのは、玄関脇の応接室隣りにあるリビングだった。

広さは二十畳ばかりか。このフローリングの床も四枚の絨毯で埋まっている。こちらのは毛足がやや長くて、夏場はちょっと暑苦しそうだ。コーナーにテレビを収めたキャビネットが据えつけてあり、その前にテーブルとソファ。少し離れたところに椅子が一脚とオブジェらしいものがぽつんぽつんと二つあるだけなので、がらんとして淋しげだ。天井が高いせいもあるだろう。見上げると、太い天然木らしい梁が井桁《いげた》に走っている。贅沢《ぜいたく》な造りだな、と感心していたら、火村がその梁の一つを指差して教えてくれた。あそこに遺体がぶら下がっていたらしい、と。

4

「通報を受けて警察が到着した時には、もう遺体は発見者によって床に下ろされていました。ロープを鋏《はさみ》でちょん切って下ろしたんですな。現場保存の観点からするとまずい処置でしたが、母親が梁からぶら下がっているのを放っておけなかった気持ちは理解できなくもありません」

ここに横たえてあったのだ、と警部は足許の絨毯を示す。美しい模様の真ん中に、はっきりと汚点が遺っていた。弛緩《しかん》した遺体から排泄《はいせつ》されたものの痕跡である。

「ロープは二本使われていました。長さはいずれも三メートル。それを二重にして片方の端を梁にくくりつけてありました。遺体の爪先から床までは、ほんの数センチだったようです」

そして、輪になったロープのもう片方の端が被害者の頸部を絞めていたわけか。

「被害者はかなり小柄な婦人でした。身長は一メートル四十八センチ。体重四十三キロ。ロープは被害者の体を吊り下げるだけの強度を持っていました」

頭上の梁を見上げる。床からの高さは二メートル五十センチ近くありそうだ。飯島粧子の死が偽装自殺だったのなら、犯人が梁にロープを結びつけ、遺体を吊す作業を行なったことになる。その際、踏み台になるものが絶対に必要だったはずだ。それは——

「こいつが踏み台に使われたんですか？」絨毯の汚点から五十センチほど離れたところにオブジェの一つが立っていた。断面が楕円形《だえんけい》をした大理石調の円柱で、底部の周りと側面に唐草模様が描かれている。高さは私の腰骨あたりまであるから、八十センチぐらいだろう。てっぺんはテーブル状になっている。そして、それに寄り添うように椅子が一脚あった。

「踏み台になるようなものは、室内にはこれしかありません。椅子やソファではとても高さが足りません。まずこの椅子に上がって、それからこっちの柱みたいなものに上ったと想像できます」

柱みたいなものの正体が判らない。

「これは何なんです？」

「非常に装飾的なテーブルだそうです。ほら、ここにやったらコーヒーカップが三セットぐらい並べられる。てっぺんの下の部分が庇状《ひさし》になってるでしょ。その裏側にかけて細かな浮き彫りがあります。洒落《しゃれ》たもんですよ。置く場所さえあったら、うちにも一つ欲しい。根元が心持ち膨らんでいて、見た目よりも安定感がありそうです」

偽装自殺の道具に使われた品だというのに、警部はえらく気に入っていた。

「たしかに安定していますね。そして、ここに立てばちょうど梁まで手が届く。一メートル四十八センチの被害者には難しそうですが」

いつものように黒い絹の手袋を嵌《は》めながら火村が言う。手袋を持参していなかった私は、不用意に指紋をつけないよう両手をスラックスのポケットに入れたままにしておくことにした。理由もなく粋がっている小僧のようにも見えるが仕方がない。

「犯人は踏み台にするため、このテーブルをあそこから運んできたんですな。ほら、絨毯のそこの隅っこ」

楕円形の形がくっきりとついている。何年もそこから動いたことがなかったのだろう。「どれぐらいの重量があるんですか？」

抱えてみたかったが、それも手袋を嵌めていなくては憚《はばか》られる。

「どっしりしていますけれど、持ち上げられますよ。あそこからここまで動かすだけなら非力な女性でも造作ないでしょう」

「訪ねてきた長男が遺体を発見したのは一昨日の昼前やそうですが」私は警部に尋ねる。「死亡推定時刻はいつなんですか？」

「その前日。九月十六日の午後六時から十時というのが検視の結果やったんですが、その後の捜査によって幅が狭められました。被害者は七時四十分に行きつけの美容院に電話をかけて、今月の定休日の問い合わせをしていました。したがって、殺されたのは七時四十分から十時の間ということになります」

「その電話は確かに被害者本人からのものだったんですか？」

素人《しろうと》が遠慮のないことを訊いてしまった。しかし、警部は気にしたふうでもなく頷く。

「電話で話したマネージャーは被害者と五年来の馴染みだそうですから、間違いないでしょう。被害者の携帯電話にも通話記録が残っていました」

どうして携帯なのか？

「備えつけの電話なんか面倒で使い勝手が悪い、という考えの人だったようです。携帯電話がおみくじの箱みたいに大きかった頃から肌身離さずで、公私にわたって愛用していたそうで」

「やはり進歩的だったんですね」

「忙しかっただけですよ」

思いがけない方角から声がした。振り向くと、戸口に黒っぽい服を着た男が立っている。真ん中から分けた髪を、ぴっしりと頭に撫でつけている。海苔《のり》でも貼りつけてあるようだ。

「せかせかと落ち着きなく動きましたよ。車を運転している間に、携帯電話で六件も七件も用事をすませたり。今そんな電話のかけ方をしたら交通法規に触れますけれどね。とにかく見ているだけで疲れました。なんでそんなに生き急ぐんだろう、と思ったら突然に会社を投げ出してリタイア。わが母ながら不思議な人でした」

くぐもった陰気な声で話す彼こそ、長男の美樹彦だった。母親を殺されたばかりなのだから覇気がないのは当然だろうけれど、どうもくすんだ印象で、実年齢の三十二歳よりかなり老《ふ》けて見える。

「失礼しました。息子の美樹彦です。呼ばれるまで別室に控えていればよかったんでしょうが、色々とお話ししている声が洩《も》れ聞こえてきたもので、つい」

かまわない、と警部は言う。

「有栖川さんにご紹介する手間が省けました。――こちらは火村先生とともにご協力いただいている有栖川さんです。本業は小説家ですが、捜査上で知ったことを許可なく発表したりなさいませんのでご安心ください」

「警察は積極的に民間人の協力を仰いでいるんですね。公務員と同様の守秘義務を負ってくれるのなら、いいことだ。雇用不安すら解決できないでいる政府に見習ってもらいたいもんです。――愚痴ってすみません。失業中でして」

彼は小首を傾《かし》げたような形のまま、へろりと頭を下げた。生活のスタイルだけでなく、こういう所作などを指して森下はだらしないと評したのだろう。

「お悔やみ申し上げます。お母様の遺体を最初に発見なさったそうで、さぞやショックだったことでしょうね」

私は言葉を慎重に選ぶ。

「それはもう、大変なショックでした。しかし、当初、刑事さんたちにお話ししたとおり、『とうとうやってしまったか』という思いも心の片隅にあったんです」

「と言いますと?」

「母は、このところ元気がありませんでした。電話をかけたり、月に一度ぐらい顔を合わせたりした時、気が抜けたような調子でしゃべるので、早すぎる隠居生活の弊害が出てきたのでは、と心配してはいたんです。ビジネスの戦場に立っていた頃と今とでは、落差が大きすぎましたからね。『お父さんが夢に出てきたよ』とか、しょっちゅう言っていました。だから、自殺ではないという鑑定が下された時は、遺体を見つけた時よりも驚きましたね」

火村も警部も黙って聞いている。

「今でも母が殺されたなんて信じられません。ベニッシュ時代は敵もいただろうけれど……まさかその頃に買った恨みが原因なんてこともないでしょうに」

「お心当たりはないんですね？」

「まったくありません。かといって、押し込み強盗だったら絞殺した後、苦心惨憺《さんたん》して縊死に見せ掛けるといった工作をするはずもない。私には、何が何やらさっぱり判りません」

そこで彼はすっと顔を上げ、警部に質問をぶつける。

「やっぱり警察としては、遺産やら生命保険金を狙《ねら》った身内の犯行と見ているんですか？　率直におっしゃってください」

「そんなことはありません」警部は穏やかに答えて「皆さんに事件当夜の行動を伺っ

たのは、われわれがいつもやる形式ばった確認です。お気になさらないように。それより……立ったままも何ですから、ソファに掛けてお話ししませんか」

私たちはLの字になったソファに移動した。壁の飾り棚に、粧子が夫の貴博らしい男性と並んだ写真が置いてある。この家の前で撮られたものらしい。私の視線をたどったのか、美樹彦がすかさず「ありし日の父と母です」と言った。

「お父様はハンサムですね。目許が涼しいところが、『風さえ知らない』に主演していた諸角佳樹《もろずみよしき》に似ている」

諸角佳樹は現在の日本映画界きっての二枚目俳優で、抜群の人気があるのみならず、実力派でもある。実際は三十歳そこそこのはずだが、かの映画では二十歳から五十代後半までを見事に演じきっていた。

「それは褒めすぎです」と美樹彦は笑う。「ロケの際にお目にかかりましたが、諸角佳樹って、実物もすごくいい男でしたよ。父だって十人並み以上の容姿ではありましたが、足許にも及びません。——ああ、だけど、母もちらりと言っていたかな。『主役をやる男優さんは、あの人の若い頃に雰囲気が似ているわ』と。それで、ロケ最終日に母のためにあれを」

別の壁に、額装した色紙が飾られていた。芸能人独特の判読しづらいサインだったが、〈飯島粧子様へ　諸角佳樹〉と書いてあるらしい。

「ロケ現場で僕が頼んで書いてもらったんです。母は『ご迷惑をかけちゃ駄目でしょう』と怒るふりをしましたが、思いがけないプレゼントに満更でもないようでした」

母親想いの一面もあるではないか。それも一つの発見だと思うのだが、火村の目は、雑談はそれぐらいにしろ、と言っていた。

美樹彦から遺体を発見した経緯について聞く。その日、彼がこの本家・紅雨荘にやってきたのは、母親の様子を見るための定例の訪問だった。日を決めているわけではないが、毎月中旬に誰かがこちらにやってきて、母親が困っていることはないか、健康状態に問題はないか、を確かめるのだという。美香子が訪問するのが通例だったのだが、ここしばらくは失職して時間を持て余している美樹彦の担当になっていた。

「様子を窺《うかが》うだけなら、電話でもできそうなものですけれど、それだと心配が残るんですよ。とにかく意地っぱりだったから、体を壊していても『私は大丈夫だよ。自分のことをしっかりおやり』とか言うに決まっているんです。それで、足を運んでいたわけです。母から高槻に出向いてくることは、めったにありませんでした。億劫《おっくう》だったんでしょう。ここに着いたのは午前十一時四十分。警察の方に何度も訊かれたので、その時間は確かです。呼び鈴に応《こた》えないので、預かっている鍵を使って入りました。

そうして、すぐに変わり果てた母と対面ですよ。恐ろしかった。悪い夢を見そうです。姉は出掛けに『あんたは疲れているだろうから、私が行こうか？』と言ってくれたんですが、代わってもらわないでよかった。卒倒していたでしょうから」

「話の腰を折って失礼」と私は断わって「『あんたは疲れているだろうから』とは、どういう意味なんですか？」

「ああ、有栖川さんはご存じありませんでしたね。実は私、前日に東京に行っていたんです。大学時代の友人に就職の件で相談するために。結果は芳《かんば》しくありませんでした。夜遅くに落胆して家に帰ってきたものだから、姉が気遣ってくれたんですよ」

遺体発見の前日ということは、粧子が殺された日のことだ。夜遅くとは、どれぐらいの時間なのだろう？　尋ねてみると――

「あなたもアリバイ調べですか。私が帰宅したのは、十一時を過ぎてからでした。新大阪に着いたのが十時半。在来線で高槻駅まで戻り、十一時頃に駅から家に電話して、姉に車で迎えにきてもらいました。これは本当です。私が八時近くまで東京にいたことは友人が証言してくれるはずだから、それだけでアリバイ成立でしょう。ついでに、姉が高槻駅まで迎えにきた時、ばったり会った顔見知りの酒屋のご主人と挨拶をしていましたから、その方も証人です。――お調べいただけましたよね？」

美樹彦は、顔を突き出すようにして尋ねる。警部は畏《かしこ》まって答えた。

「はい、いずれも確認ずみです。八時近くまで東京にいらしたことは、警視庁が確かめました」

八時近くまで東京にいたということは、それからすぐのぞみ号に飛び乗ったとしても、新大阪着は十時半になる。美樹彦が話しているとおりだ。十一時に高槻駅まで姉に迎えにきてもらったことなど確認するまでもない。死亡推定時刻は十時までだったから、彼はあっさりと容疑の圏外に出る。疑問を差し挟む余地のない鉄壁のアリバイだ。

「アリバイについては判りました」火村が言う。「それで、遺体を発見した後のことをもう一度聞かせてください」

アリバイのお墨付きがもらえたからか、美樹彦の態度には余裕が感じられるようになった。まず鋏を探し出して母親の亡骸《なきがら》を下ろし、それから警察に通報したのだ、と語る。その際、遺体のそばにあった例の変わったテーブルを踏み台に使用していた。

「犯人もあのテーブルを踏み台にして梁にロープを掛けたんですね。その時の私は……母自身があれを使ったんだと思っていましたが」

「珍しいデザインのテーブルですね」と私が口を挟む。

「母は気に入っていました。元々は立食パーティ用のものなんですけれど、置物として鑑賞するのにも堪える、と言って飾っていたんですよ。この部屋に二つ。廊下の端やら庭の隅にもありますよ。少しずつ微妙にデザインが違っているのを集めたんです。高槻の屋敷にいた頃は、実用にも供していました。あちらのリビングはここよりずっと広くて、季節ごとにパーティを開いていたんです」

「広いのは知っています。映画で拝見しましたから。でも、こんなテーブルは映画には出てこなかったような……」

「そりゃ、ロケの時は監督のイメージに合わせて家中が模様替えされましたよ。撮影が終わったら、きちんと元どおりに直してくれましたけれど。——ふぅん、そうですか。有栖川さんはあの甘ったるい映画をご覧になったんですね」

どこか軽蔑したような調子が込められていた。仕事で人と待ち合わせしていた時間を二時間も間違えたため、近くの映画館に暇つぶしに入って観ただけなのだが、わざわざ言い訳することもない。

「立派なお屋敷でした」とだけ言う。

「映画だからきれいに写っていただけで、実物は大したことありませんよ。その目でお確かめください。この後、姉や弟たちの話を聞くため、先生方をあちらにご案内するよう警部さんに頼まれています」

「それは楽しみです」楽しみと言うのはまずいか、と思いつつ「お母様はこのところお元気がなかった、とおっしゃいましたが、何か厄介なことに巻き込まれているようなことは？」

「本人からは聞いていませんね。主治医によると、健康上の不安はなかったはずなんです。近所ともめていたわけでもないらしいし。姉や弟のしわざでもありませんから、遺産と保険金目的の犯行でもありませんしね」

「牟礼真広さんとの間でトラブルが生じたということはないんですか？」

警部の問いに、彼は肩をすくめた。

「あの人にこんな大それたことできますかね」

論外だ、と言いたいわけだ。

5

美樹彦のセドリック・プレミアムリミテッドの後を、森下が運転する私たちの車がついて走る。いい走りっぷりだ。紅雨荘の車庫には、粧子のフェアレディが収まっていたが……。

「すごく難しい顔をしてるな、アリス」

犯罪学者が言った。私は「事件のことを色々と」と応えておいたが、本当のところは、はたして火村のベンツは現役として復帰することができるのだろうか、と考えているだけだった。

「一つご報告しておきます」森下が言う。「飯島美樹彦の前では伏せていましたが、犯人が踏み台に使ったテーブルに遺っていた指紋をすべて採取しました。検出されたのは、全部で五種類です。まずは被害者の指紋。それから、美香子、美樹彦、美津成の三人の子供たちの指紋」

「五つ目の指紋は、牟礼真広のものですか?」と私は先走る。

「いいえ。誰のものなのか不明です」

火村がむっくりと体を起こして、前のシートを摑《つか》んだ。

「関係者の誰のものでもない指紋ですか。それは、テーブルのどの部位についていましたか?」

「てっぺんの下が庇になっていましたよね。その部分です。左手の親指、人差し指、中指らしき指紋が一つだけ。擦《こす》れていてあまり鮮明ではないんですけれども、飯島家の四人のものでも牟礼真広のものでもないのは確かだということです」「ということは」私は混乱する。「行きずりの強盗のしわざという線も浮上するわけですか？」

「それはないだろう」火村に打ち消される。「美樹彦も言っていたとおり、強盗だったら自殺に偽装するなんて真似《まね》はしない。それに、賊がドアや窓を破って侵入した痕跡は絶無なんだぜ。犯人は被害者と面識があって招き入れられたか、合鍵を使って入ったかのどちらかなんだ」

「すると……どういうことになる？　指紋の主は、被害者の肉親ではないけれど面識があった人物、ということか。出入りの御用聞きとか」

「今朝からその線も当たってます」森下が言う。「でも、御用聞きやら宅配便の配達人の犯行だとしたら、やっぱり縊死に見せ掛ける工作はしないでしょう。辻褄《つじつま》が合わないんですよ。私には、一人だけひっかかってる人物がいるんですが……」

「誰です？」と私。

「やや空想的ですが、言いかけてしまったので聞いてください。被害者の前の夫というのが消息不明なんです。名前は秦野良市《はたのりょういち》といいます」

前の夫というと、美香子の血がつながった父親ということか。しかし――

「ちょっと待ってくださいよ、森下さん。その秦野良市って、三十年以上も前に被害者と離婚した人ですよね。どうしてそんな昔の人間がいきなり登場するんですか？」

「離婚したのは三十二、三年前です。でも、秦野はそれ以来ずっと音信不通だったわけではありません。娘の美香子が二十歳近くになるまで、彼女とは定期的に会っていますす」

「あ、そうか。娘とのつながりは切れませんものね」

「娘が二十歳を過ぎてからは疎遠《そえん》になってしまうんですけれどね。秦野は音楽関係のプロモーターで、小規模な事務所をかまえていたそうです。美香子が大学に進学したぐらいに東京に移って、その頃から行き来が少なくなっていき、やがて年賀状さえ届かないようになった。事業が躓《つまず》いて、夜逃げ同然に消えてしまったためです。ところが――」

森下は力んだせいか噎《む》せた。

「失礼しました。――ところが、十年間以上も梨《なし》のつぶてだった秦野から、ある時、電話がかかってきました。飯島貴博が死んだ折のことです。お悔やみの電話でした。思いやりの気持ちからわざわざ電話をかけてきてくれた、と粧子は感謝しました。が、その後も用事もないのに電話が入るに及んで、粧子は相手の魂胆を悟ります。金を目当てに、よりを戻したがっているんだろう、と。真実がどうなのかは知りませんよ。でも、彼女はそう推測して怒ったんです。もう電話はかけてこないで欲しい、と拒絶したところ、それっきり接触してこなくなりました」

「そうやとしたら、今度の事件にも無関係やないんですか？」

「根拠は薄弱ですけれど、結びつく可能性もあると思うんです。いったんは引き下がったものの、さらに経済的に逼迫《ひっぱく》したりして、また粧子と彼女の財産への未練が甦《よみがえ》ってきたのかもしれないでしょう。それで、再び復縁のための電話攻勢をかけたものの相手にされず、それならば、と家まで押し掛けたところで諍《いさか》いになった」

「で、つい絞め殺してしまったということですか。仮説としては成立するな。でも、それやったら生前の被害者が『最近、また秦野から電話がかかってきて困る』だとか、子供たちにこぼしていそうなものですよ」

「深刻な事態に発展するとは露ほども予想していなかったのかもしれません。だから、誰にも話していなかった……というのは納得がいきませんか？」

断じて納得がいかない、というわけではないのだが。

「秦野良市の指紋はどこにも遺ってないんですね？　だからテーブルについていた指紋と照合することができない」

「ええ。私が期待しているのは、飯島粧子が死んだことを知った彼が、美香子に電話をかけてくることです。彼の方から出てきてくれないと、捜しようがありません」

「秦野が出てきてくれたら指紋の照合の協力を依頼できる、ということですか。うーん、しかし、もしも彼が犯人だったとしたら、自分からのこのこ出てこないと思いますよ」

「それは理屈ですけれど、出てきてくれないと指紋の照合ができませんからねぇ」

火村が吹き出した。

「そりゃそうだ。森下さんの願望はよく判ります」

「ああ」刑事は天を仰ぐ。「また間抜けなことを口走ったみたいですね」

二台の車は名神高速を茨木《いばらき》インターで下り、国道171号線を東へ走る。並走するJR、阪急、新幹線の高架を何度もアンダークロスするうちに町並みが途切れるようになり、左手から山が近くなってきた。大阪と京都という二大都市の間だというのに田園風景が見られるのだから、首都圏と関西の差は大きい。もっとも、グローバル・スタンダードの観点からすれば、まともなのはこちらだと思うのだが。

つまらないことを考えているうちに島本町《しまもとちょう》の近くまできていた。その向こうはもう京都府長岡京市だ。セドリックに続いて森下はステアリングを左に切り、竹藪《たけやぶ》をくぐって見覚えのある門の前で停まった。映画で有名になった屋敷に着いたのだ。美樹彦がリモコンを操作したらしく、門扉がゆっくりと開いていく。

「森下さんもあの映画、観ました？」

「ええ。チケットが余っているから行かないか、と誘われて」

「ああ、そう」もてるのは結構なことだ。「この門の前でヒロインが佇んでいる場面がよかったですね」

「一緒に観てた子なんか、涙ぐんでましたよ。二十八年前に別れた恋人の屋敷の門までたどり着きながら、気がつかずに去っていってしまいそうだ、と胸が締めつけられたんだそうです。男だから泣きはしませんが、僕もはらはらしました。——どうかしましたか、有栖川さん？」

「いえ、別に」

門が開き切った。二台の車は石畳が敷かれたドライブウェイを進む。紅色の屋根の館は、間近で見上げると、確かに映画ほど豪壮ではなかったものの、背後の山の緑に映えて美しかった。神戸の北野町《きたのちょう》あたりに移築すれば素晴らしい観光資源になるだろう。

『風さえ知らない』の主人公は、かつて愛した女がこの屋敷の前に立つことを信じて、降る日も照る日もあのバルコニーから門を眺めていた。およそかなうとは思えない儚《はかな》い希《ねが》いである。愛し合っていた二十八年前のある日、ふらりと通りかかったこの屋敷の前で、「いつかこんな家に二人で住もう」と目を輝かせたことがある。それだけのことで、数奇な運命を経て成功を摑んだ男は、その屋敷を買い取ってしまうのだ。風の便りさえ絶え、八方手を尽くしても行方の知れない恋人が人生のどこかで二十八年前の会話を思い出し、懐《なつ》かしさに駆られて門の前までやってくることを信じたからだ。そして、もしも再会した彼女が独りでいたなら、その時は二人を裂いた運命の残酷さを忘れ、不幸な誤解をすべて解いて、もう一度やり直したい、と希った。男は、老いが迫っても独りで待ち続ける。門の脇には、自分と恋人の名前を並べて記した表札を掲げていた。彼は為《な》しうることをすべて為した後、ただ待つことに人生を捧《ささ》げたのだ。

　駄目だ。思い出すと、また目頭が熱くなってくる。

　車庫には大型のＲＶ車が収まっていたが、まだ余裕があった。私たちはそこに車を停め、屋敷の正面へと回る。

「ここは秋がきれいなんですよ」歩きながら美樹彦は言った。「映画にも秋のシーンが何度か出てきたでしょう。楓《かえで》、錦木《にしきぎ》、櫨《はぜ》の葉が色づき、珊瑚《さんご》樹《じゅ》や南天が赤い実をつけて、庭全体が燃え上がるようになります。——どうぞ」

美樹彦は、恭《うやうや》しくドアを開いた。すぐに玄関ホールがあり、その奥は広々とした吹き抜けのリビングになっていた。天井近くにあるステンドグラスから差し込む光が、白っぽい絨毯の上に緋色《ひいろ》の影を落としている。その光は映画で観たとおりだが、ヨーロッパ調のリビングセットやキャビネット、絨毯などはがらりと変わっていた。箕面で見たものとよく似た円柱型のテーブルが、こちらのリビングには三つある。あまりに広いせいか、がらんとした印象が共通していた。天然木の梁が頭上で縦横に走る意匠も同じである。

こちらを向いたソファに、ひと組の男女が掛けていた。私たちを見て腰を上げたその二人に、美樹彦は相も変らない陰気な声で告げる。

「刑事さんと火村先生をお連れしたよ。今日は有栖川さんという方もご一緒だ」

二つの影が立ち上がる。

6

長女の美香子と次男の美津成だった。大きなレンズの眼鏡を掛けた姉は桔梗色《ききょういろ》のパンツスーツ、茶髪の弟はラフなジップアップシャツを着ていた。二人とも気怠《けだる》そうに自己紹介をしてから、そそくさと着席する。それから瘦《や》せぎすの美香子は、私たちの頭越しに美樹彦に言った。

「弁護士さんとはお葬式がすんでからお話しすることになったわ。それから、昔ベニッシュにいた町田さんがきてて、葬儀屋との打ち合せをすませてくれた。明日、ようやくお通夜ができるから。関係先にはもう連絡を回してくれてるって」

「それは助かる。僕ら、そういうのは疎《うと》くて、からっきしだから」

長男が安心したように言うと、美津成が苦笑する。

「うん、助かったね。普通の死に方じゃなかったから、なおさらだよ」

ホストだという彼は、ねとねとと甘えたようなしゃべり方をした。老けている兄とは対照的に、ひどく幼く見える。不精髭《ぶしょうひげ》が目立つのは突然の不幸で髭を剃《そ》る余裕もなくしているのかもしれないが、ワイルドを気取って生やしているようにも見える。しゃべり方と合っていないが。

「捜査はどんな様子ですか？」

美香子が森下に尋ねた。刑事は、当たり障《さわ》りのない答えを返す。

「長引かせないようお願いしますね。世間の好奇心の餌食《えじき》になるのは不愉快ですから」

「僕だって、解決しないと落ち着いて仕事に戻れません」

遺族としては当然の思いだが、美香子も美津成も、年下の刑事に遠慮のない口のきき方をする。森下は黙って頷くだけだった。

「それで、私たちに何をお訊きになりたいんですか？　これまでにもう、あれやこれやお話しいたしましたけれど」

私たちは疲れておりますのよ、と言いたげだ。

「何度も伺って恐縮です」火村が口を開く。「犯人の心当たりについて、思い出されたことはありませんか？」

瞬時、姉と顔を見合わせてから、美津成が答える。

「べたべたする親子じゃなかったんで、母親のことはよく判らないんです。仕事上の恨みやなんかは、ベニッシュにいた人に聞いてください。町田さんとか」

「ええ、色んな方から話を聞いています。粧子さんは仕事一筋でいらしたんですね」

「ベニッシュをわが子と思っていたんでしょう」美香子が言う。「私たちは、母に育てられたという意識がありません。祖父母やら、お手伝いさんやら、小母さんやらのおかげで淋しさを紛らわせて大きくなりましたのでね。とはいえ、もちろん母はこの世でただ一人の特別な存在です。亡くして悲しいのに違いはありません」

「僕ら、おこづかいには不自由したことがないけれど、愛情は欠乏してるんです」美津成がしみじみと言う。「だから将来、結婚をしたら、せいぜい家族を大事にするつもりです。軽そうなお水《みず》の男が言うと似合いませんか？」

素直な心情の吐露に聞こえた。

「犯行の動機といえば」美津成は森下に視線を転じて、「僕らのアリバイは確かめてもらえましたね？　遺産と保険金が目当ての母親殺しと思われたままでは名誉に関わります」

「世間ではそれが暴《あば》かれるのを期待しているみたいなんです」

美香子も苦々しそうに言うので、森下は説明を始めた。

「昨日、皆さんのお話の裏を取りました。美樹彦さんについてはご本人にお伝えずみです。夜の八時まで東京にいたことが判りましたので、アリバイは成立です。高校の同窓会に出席していたという美香子さんのお話も、複数のクラスメイトの方と東郷《とうごう》先生に聞いて確認しました。梅田の居酒屋〈錨亭《いかりてい》〉で一次会が終わったのが八時半。それから親しいお友だちと九時半まで喫茶〈テルミナ〉でお茶を飲んだんでしたね。これも川添《かわぞえ》さんと大石さんに直接伺いました。吹田《すいた》の川添さんとは帰る方向が同じだったので、一緒にＪＲの電車に乗った、と。それだと、おっしゃったとおりご帰宅は十時半近くになったでしょう。その後、東京から帰ってきた美樹彦さんを駅まで車で迎えに行ったことも、裏づけが取れています」

長女は満足そうに頷いた。

「美津成さんは、お休みの日だったので、馴染みのお客である江田《えだ》説子《せつこ》さんとドライブに出掛けた。つまりデートですね」

「仕事ですよ」当事者は異議を唱えた。「デートなんて、とんでもない」

「判りました。で……お仕事の一環として江田説子さんとドライブをした。午後六時に会って明石《あかし》まで行き、眺めのいいレストラン〈グラン・ヌフ〉でお食事。これ、確認取れてます」

美津成は親指と人差し指でＯＫのサインを作る。

「九時半まで食事をして、大阪方面に戻る。その途中、車内で口論となったため、江田さんが『降ろしてちょうだい』と言い、お二人は十時二十分にＪＲ芦屋《あしや》駅前で別れた」

「口論というか……彼女のつまらない焼き餅《もち》が原因の他愛《たわい》もない喧嘩です。他のお客さんにも愛想を振り撒《ま》かないといけない僕の立場を判ってくれないんだから、弱りましたよ。まだ怒っていましたか？」

「私が聞き込みに行ったんではないので、それは何とも。とにかく、九時半まで明石にいらしたのが確認できた時点で、美津成さんのアリバイも成立です」

美香子が吐息を洩らした。

「よかった。私たち姉弟の無実は証明されたわけね。遺産と保険金がらみの事件を期待した人たちにがっかりしてもらいましょう」

シニカルな言い方だった。遺産と保険金という言葉が何度も彼らの口をつくので、いったい、それがどれぐらいの金額なのか気になってきて、ずばり尋ねてみる。

「引退時に大きいのを解約したから保険金は大したことありませんよ。三千万ぐらい。遺産は、さぁ、どれぐらいあるのかしら」

「こんなことになるとは思わなかったので、あまり考えたことがありませんね」美樹彦が渋面で言う。「どうかな。相続税を払えばいくらも遺らないでしょう」

そんなはずはあるまい。

「このお屋敷だけでも、二億から三億の価値があると思いますが」

三人はお互いをちらちらと見合った。もしかすると、この屋敷をどう処分するか、あるいは処分しないのかといったことについて、意見の統一を見ていないのかもしれない。事件に直接の関係はないかもしれないが、私はそのあたりを突いてみたくなる。

「皆さんは、ずっとここで同居なさるおつもりですか？」

即座に返答したのは末っ子だ。

「そんなつもりは毛頭ありません。僕はいつだって時期がきたら出ていく心積もりでいます」

いつだって時期がきたら……というのは、表現として矛盾もいいところだったが、本人はそのおかしさをまったく自覚していない様子だった。出ていかざるを得ない事情ができるまで留まるつもりなのだろう。要するに、彼は人生の設計図を描いていないのだ。愛情が欠乏しているのかどうか知らないが、やはりある面では結構なご身分というよりない。

「私も出るつもりでいましたよ」美香子はきっぱりと言う。「弟たちのママか奥さんの代理で生涯を終えたくありませんでしたから。それに、ここ広すぎてお掃除だけでも大変なんです」

美樹彦だけは出ていく意思の有無について回答を避け、質問をはぐらかす。

「母は、僕たちがいつまでもこの家で共同生活することを喜んでいませんでした。最近はもっぱら箕面の家だけに愛着を抱いていたせいもあって、『高槻の屋敷を売ろうかしら』と口にしたこともあります」

それは穏やかならぬ展開ではないのか？

「そうなると、皆さんは追い出されてしまうわけですね？」

「いえいえ。追い出すなんて、そんな仕打ちをするもんですか。ここを処分した金を分けてやるから、マンションでも買って引っ越せ、ということです。われわれの自立を促すためなんでしょうね。生前贈与について顧問弁護士と相談したりもしていたようです。詳しくは弁護士にお尋ねください」

「もしそうなっていたら、皆さんは承諾しましたか？」

全員がイエスと答えた。美香子と美津成は積極的な肯定。美樹彦は、そうするよりないではないか、という意味のイエスらしい。

ここで火村がさりげない調子で尋ねる。

「粧子さんからかまってもらった記憶が少ないということでしたが、貴博さんはどんな父親だったんですか？」

「親父も忙しかった」美樹彦が嘆息する。「真性の仕事人間でしたよ。少し暇ができると僕たちの相手をしようと努めてくれた点が母親と異なりますけれどね。やはり会社が命の次に大事のように見えました。母親との関係も、夫婦というより戦友に近かったんじゃないでしょうか。およそロマンチックなものを感じさせる間柄ではなかった。親父は、遊びにきた小母さんと話して息抜きをしていました。あれが安らぎの時間だったのかも」

「そうかな」と美津成が口を挟む。「親父はあれでなかなかロマンチストだったと思うよ。でなきゃ、こんな屋敷は建てない。お袋のことも親父なりに愛していたんだろう。だからこそ、獅子奮迅《ししふんじん》の活躍をお袋に見せて、たくましさを誇示したかったんだ。何よりも、お袋が喜ぶことだったからな。でも、親父ががんばればがんばるほど、お袋もがんばって、あの二人は自転車の前輪と後輪みたいになってしまった。親父はそのことを淋しく感じていたんだと思う。そして、親父が死んでから……お袋もそれを感じた。だから、憑物《つきもの》が落ちたみたいになって引退したんだろう」

私は当人たちのことを知らないが、もしかしたら彼は卓見を述べたのではないか、と思えた。

「赤でうまく飾られたこのお屋敷は、貴博さんがイメージしたんですね？」

ステンドグラスを見上げて、火村が訊く。美香子が頷いた。

「はい、そうです。父は紅の色が好きでした。情熱の色だ、と言って。この屋敷をたいそう気に入っていましたから、『風さえ知らない』を観せてやりたかった、と心から残念に思います」

「ここがロケに使われることになったきっかけは何なんでしょう？」

こんなことを尋ねるとまた雑談になってしまいそうだな、と思いつつ私が訊く。

「ある日、監督さんから直々《じきじき》にお電話がかかってきたんです。『お宅を映画のロケに使わせていただきたい。以前から素晴らしいお屋敷だ、と目をつけていたんです』とおっしゃって。突然だったので、驚きました。お話を伺ってみると、十年ほど前にこの近くに私用でいらしたことがあって、その時にわが家を見て惚《ほ》れ込んだんだそうです。十年も前ですよ。気の長いことです。そんなものなのかしら」

映画の関係者というのは、そんなものらしい。ロケにふさわしい場所やロケの許可がもらえそうな施設に常日頃から目星をつけておき、いざという時に備えてストックしておくという。

「牟礼真広さんについて伺いたいのですが」火村は雑談に入らせない。「粧子さんとは仲がよろしくなかったそうですね。性格が合わなかったからだろう、と皆さんおっしゃるんですが、原因はそれだけですか？」

今度は美樹彦が「そうです」と即答した。「双方とも『どうも昔から合わなくってね』とこぼしていました。虫が好かないということでしょう。数少ない親戚《しんせき》なんだから、うまく付き合えばいいのに。どっちも頑固者なんですよ」

「いい小母さんなのになぁ」と美津成が言う。「でも、やっぱり合わないかな。口八丁手八丁できびきび動くお袋にすれば、小母さんを見ていたらかったるくて苛々《いらいら》するのかもしれない。小母さんは、何ていうの、ほら、ナイショーテキだから」

「内省的《ないせい》」と美香子が訂正する。「争いごとが嫌いだしね。独りで静かにお人形を作っているのが似合っているわ」

「皆さんにとっては、優しくしてくれるいい小母さんなんですね?」

頷いてから、美香子は注釈をつける。

「真広さんが好きだし、親しみも覚えています。でも、誤解しないでいただきたいのは、だからといって、私たちが彼女を母のように慕っていた、というわけではありません」

「感じのいい親戚の小母さん、という域を出ないな」

美津成はそう表現した。牟礼真広と一定の距離を保ちたがっているかのようだ。

「近所に住んでいるもんで、しょっちゅう遊びにやってきます。お菓子や晩飯のおかずを提げてくることが多いな。もちろん、気軽に訪ねてきてもらっていいんだけれど、時と場合によっては鬱陶しいこともある」

「そんなこと言わないの」と姉がたしなめた。弟は舌を出す。

「小母さんを嫌ってるわけじゃないよ。親兄弟だって疎ましく感じることがあるだろ。それと同じだよ」

火村はそんなやりとりを観察していた。それから次の質問を投げかける。

「牟礼さんは、人恋しくなってこちらにくるんでしょうか？」

「それもあるでしょうけど……どうなんだろうな、姉さん」

「そりゃ淋しくてくるんでしょうね。『今晩はここにいさせてね』と言って客間に泊まることがあるじゃないの。あれなんて、きっとそうよ」

「牟礼さんと粧子さんが、こちらで会うことはなかったんですか？」

助教授は美香子に尋ねた。

「母もふらりとやってきますから、鉢合わせすることもあります。でも、そこでたちまち喧嘩が始まるわけではありません。お互いに気まずくなって、真広さんが『では、お邪魔しました』と帰っていくだけです。長くしゃべると口論になるから、接触しないように努めていたようです」

「しかし」と美樹彦は顎《あご》をさすりながら「母が殺されたと聞いて、小母さんは僕たちに劣らず大きなショックを受けています。おろおろして子供みたいになっていたのを、刑事さんもご覧になったでしょ？　あれが血のつながりというものではないでしょうか」

「そうだ、大事なことを訊き忘れていた。小母さんのアリバイはどうなんですか？」

美津成が森下の方に膝を乗り出す。好奇心のためか、目が輝いていた。刑事は一度咳払《せき》いをして、「鋭意捜査中です」とだけ答えた。三人はがっかりしたようだ。落胆したのは、単に捜査の進捗が遅いことへの不満なのだろうか？　それとも——

「牟礼真広さんを疑っている方はいらっしゃいますか？」

私は単刀直入に尋ねた。美樹彦の答えがノーなのはすでに箕面で聞いているが、あとの二人がどう考えているか興味があった。と、美香子は首を振り、美津成は両手を胸許でクロスさせる。

彼らが牟礼真広を疑いもしない理由は明快だった。三人は口々に言う。

「私たちの母を殺して、真広さんに何の利益があるんですか？」

「仲が悪いといっても、そんな話からはほど遠いですよ」

「お袋の保険金が転がり込むわけでもないし。遺産にしても、あの人の手には一銭も渡らない」

私たちは、この後すぐ牟礼真広に会う約束をしていた。それを言うと、また美津成が強い興味を示す。

「へぇ。やっぱり小母さんに嫌疑が掛かっているんですね？」

森下は機械的に「捜査中です」と答えた。

7

飯島邸から歩いてものの五分。低いブロック塀に囲まれた平屋が牟礼真広の住まいだった。先ほどまでいた屋敷とは比較にならないほど質素な家ではあったが、手入れが行き届いているようで清潔感が漂っている。塀越しに覗ける大きな出窓には、ぞくりとするほど美しいビスクドールが両脚を投げ出した恰好で鎮座して、道行く人間たちに神秘的なまなざしを投げかけていた。

「見事な人形やな」

私がいたく感心していると、森下はにやりと笑う。

「中に入れば、あんなのがごろごろしていますよ。ここの主人は人形たちと暮らしているんです。――さぁ、行きましょうか。彼女には事件当夜の行動について説明してもらわなくてはなりません」

その件については、箕面で船曳警部から聞いていた。鋭意捜査した結果、牟礼真広には、飯島粧子が殺害された時間、かなり不自然な行動をとっていた形跡がある。私たちはそこに関心を寄せずにはいられない。

インターホンに来意を告げると、「はい、ただいま」という返事が返ってきた。ドアが開いて現われたのは、陶器か卵のようにつるりと白い額の婦人だった。レースの縁取りがある大きな襟のブラウスに、黒いロングスカートを穿《は》いている。どこがどうと言いにくいが、儚げな印象を受けた。身近で悲惨な事件があったためかもしれないが。どちらかというとその年齢の女性にしては大柄なのに、小さく縮んで見えるのも不思議だ。

「お待ちしておりました。どうぞ」

細くて柔らかい声だった。ほとんど唇を動かさずに、まるで腹話術師のようなしゃべり方をする。人形に命を吹き込んでいるうちに、彼女自身も人形に近くなっていきつつあるのだろうか？

「応接間などという気の利《き》いた部屋はございませんので、このようなところで失礼いたします」

通されたのは、人形作りの教室に使われているという八畳ばかりの部屋だった。中央の大きなテーブルを囲んでレッスンが行なわれるのだ。椅子の数からすると、生徒は最多で一度に四人らしい。出窓がある。表から眺めたビスクドールのどこか傲然《ごうぜん》とした後ろ姿を見ることができた。

「たくさんの人形に見下ろされて落ち着かないかもしれませんが、どうぞお宥《ゆる》しください。紅茶でよろしいですか？」

森下が「おかまいなく」と止めたが、彼女は微笑してキッチンに立ってしまった。

私は、三方の壁に作りつけられた棚に並んだ大小様々の人形たちを見渡す。その数は、ざっと見たところ五十体を超えているだろう。舞踏会用のドレスで着飾った貴婦人がいる。天使のような白衣に包まれた赤ちゃんがいる。民族調の衣裳《いしよう》に包まれた乙女がいる。ドレスもリボンもお揃いの双子の姉妹がいる。ウエディング・ドレスをまとった花嫁がいる。不思議の国のアリスがいる。あどけない表情。華やかな表情。とり澄ました表情。気高い表情。情熱を秘めた表情。あまりに無垢《むく》で無気味な表情。青い瞳《ひとみ》。緑の瞳。灰色の瞳。金と銀の瞳。白い肌。白い肌。真っ白い肌。

見つめていると、すうっと彼女たちの世界に誘い込まれそうだった。私は人形を恐ろしがる人間ではなかったが、これだけの質と量で包囲されると心に漣《さざなみ》が立つのを抑えられない。人形たちは、太古の昔は副葬品として墳墓に葬《ほうむ》られ、中世には魔術や宗教の道具として用いられた。強い力が宿る、ということだ。子供たちを楽しませ、大人たちの鑑賞に供されようとも、呪術《じゅじゅつ》的な存在であることは今も変わりがないのだ。

主人が戻ってくるまでの間、私たちは無言で人形たちに見入っていた。

「安物の紅茶ですが、どうぞ」

私の前に湯気が上るカップが配られた。長い指をした牟礼真広の手に、私の目は吸い寄せられる。この手が人形たちを生んだのか。聖書が教えるとおり、神は自らに似せて人間を創ったのだとしたら、自らに似せて人形を創る彼女は、神の御業《みわざ》をなぞっていることになる。これが神の手か。

「美香子さんたちのところに寄ってからいらしたんですか？」

真広は私に向かって尋ねてきた。

「はい。映画で観た部屋でお話を伺ってきました」

「映画では随分と違った感じで写っていましたけれどね。趣味のよくない絵を飾ったり、カーテンもあの部屋に合っていなかった。その点については感心しませんでした」

自分の美的センスに確固とした自信を持っている人間の発言だった。

「そうかもしれません」と私は合わせる。「あの円柱形のテーブルなども映画に使えばよかったように思います」

「主役をやった俳優さんはとても気に入ってらしたんですよ。このテーブルは面白いから一つぐらい使えばいいのに、と最後までおっしゃっていました。――皆様、どうぞ。冷めないうちに」

彼女は私たちに手相を見せるようにしながら紅茶を勧めた。その真後ろに、ひときわ大きなビスクドールが座っている。創造主を護《まも》るかのように。波打つ豊かな金髪と青い瞳、それに深紅のドレスのコントラストが鮮やかだった。

「ここにある人形は、すべて牟礼さんがお作りになったんですか？」

カップに砂糖を入れながら尋ねる。

「人形教室の生徒さんの作品もいくつか混じっていますが、ほとんどは私が作った子たちです。私は駄目なんです。売り物にするつもりが、愛着が深くなると売れなくなってしまって自分でコレクションしてしまう。中には、注文に応じてお作りしたのに先方の事情でキャンセルされてしまった子もいますけれど」

彼女はやはり腹話術師のように話した。

「ずっと人形作りをお仕事に？」

「他に取り柄がないものですから」

お世辞抜きで「大したものです」と言うと、真広は黙って頭を下げた。

人形のことなどいいだろう、とばかりに森下がさっそく本題に入る。

「飯島粧子さんが殺害された夜の行動については、一昨日お伺いしました。牟礼さんは夕方から大阪に買物にいらした。そして、七時半に食事をすませた後、大阪空港へ飛行機を見に行き、十時半過ぎに帰宅した。——そのお話の裏づけ調査をした結果が出ました」

「いかがでしたか?」

人形めいているとまでは言わないが、感情の希薄な口調だった。

「五時ぐらいに梅田に着いて、地下街や阪急百貨店を回られたんですね。主にウインドーショッピング。そして、七時半に阪急の食堂で夕食をおとりになった、と。ここまでについて、裏づけを取れませんでした」

森下は相手の反応を窺うためか言葉を切る。返事は「あら、残念です」というだけだった。立証できなくても仕方あるまい、と諦めていたらしい。

「夕食の後、気まぐれに空港に行ってみたくなり、リムジンバスで大阪空港にいらした。そして、八時半から十時近くまで見学用のデッキや喫茶店で過ごしたということですが、牟礼さんを覚えている人は一人もいません。しかし、これも無理はありませんね」

「空港から帰りに乗ったタクシーはどうでしたか？　鼻の右横に大きな黒子《ほくろ》がある長島という運転手さん。私はよく覚えているんですけれども」

「タクシー会社の名前までご記憶だったので、そちらはすぐ調べることができました。長島さんにお訊きすると、『人形を作ってる先生でしょう。おうちまで距離があったので、色々とお話ししたから印象に残っています』ということでした。下りる際、シートにハンカチをお忘れになりませんでしたか？」

真広は、はっとした顔になる。

「青いハンカチですか？　どこかで落としたようなんですが」

「それのようですね。タクシー会社で預かっているそうです。——そういうわけで、牟礼さんがタクシーに乗った事実は確認できました。九時三十分に大阪空港から乗って、十時四十分にご自宅に着いたことが、長島さんの乗務日誌にも残っています」

だが、それで彼女が愁眉《しゅうび》を開くわけにもいくまい。粧子の死亡推定時刻は八時前から十時の間だ。犯行を終えてから九時三十分までに伊丹《いたみ》の空港に移動することは楽々と可能である。アリバイは成立しない。それどころか、飛行機を見たくなった、という曖昧《あいまい》な理由でふらりと空港に足を運んだことがひっかかる。空港と箕面の紅雨荘とはさほど近いわけでもないのだが、大雑把に言えば高槻から同じ方角にある。特に電車に乗って動く場合。私たちは午前中に阪急宝塚線石橋駅で乗り換えて箕面に向かったが、石橋の一つ手前の蛍池《ほたるがいけ》駅から大阪空港はせいぜい一キロしか離れていないのだ。モノレールも接続している。したがって、彼女は犯行があった時刻に大した理由もなく紅雨荘に接近していたことになる。これは単なる偶然なのか？

「でも、タクシーに乗るまでの行動が証明できなければ、アリバイにはなりませんね」真広本人もよく承知していた。「それどころか、箕面の方に出かけたのが怪しい、と見られてしまいそう」

「飛行機がお好きなんですか？」と私は訊く。

「ええ。乗るのはこわいし、航空会社の名前すらろくに知りませんけれど、飛行機が離陸するところを見るのは大好きです。ですから、時たま伊丹に見にいきます。特に夜はきれいでいいですね」

「でも、大阪空港に最終便が着くのは八時半のはずです。それから九時半まで、どうなさっていたんです？」

「その頃まで空港内に人はいます。私は空港そのものの雰囲気が好きだから、立ち去りがたくてうろついていました」

「モノレールが茨木までつながっているのに、空港からここまでタクシーをお使いになったんですね。……ふぅん、かなりの金額になったやろうな」

森下が独り言めかして呟く。外出中のアリバイの断片だけでも捏造《ねつぞう》しようという狙いがあってタクシーに乗ったのではないか、と当て擦りたいのだろう。しかし、真広はけろりとしている。

「近頃は物騒ですから、日が暮れてからの移動はたいていタクシーを使うことにしています。それに、あの時は歩きすぎて足が痛くなっていたんです。駅の階段を上り下りしてモノレールに乗る気にはなれませんでした」

そう説明されると正面きって反論するのは難しい。だが、真実らしく聞こえるわけでもなかった。タクシー会社と運転手の名前を正確に覚えていたこと、車内で人形を話題に出してよくしゃべったらしいこと、シートにハンカチを忘れていったことなど、警察の捜査に備えての工作だったのでは、と疑いたい気分は残る。

「こんなことなら、ずっと家でおとなしくしていればよかったですね」彼女は微苦笑する。「そうすれば、生徒さんから電話がかかってきたり、新聞の集金の方が見えたりして、証人になっていただけたかもしれません」

真広は両手でカップを掴み、音もなく紅茶を啜《すす》った。私たちの話はこれで山場を越えたと思ったのだろうか？　しかし、本当の本題はこれからだった。当夜の彼女の不自然な行動というのは、気まぐれに飛行機を見に行ったことではないのだ。森下が斬《き》り込む。

「牟礼さんが梅田でウインドーショッピングや食事をなさったことは確認できませんでした。そのかわり、警察は別の事実を拾い上げたんです。あの日の八時半頃、あなたが実際にはどこで何をしていらしたのか、について」

深紅のドレスの人形を背にした彼女は、一瞬、動きを止めた。それからカップを静かに置いて問う。

「実際には、と申しますと？」

「あなたのお話どおりだと、その時間には大阪空港にいらしたことになっていましたね。しかし、それは違います」刑事は手帳を参照して「その時間、あなたはまだ空港にいらっしゃらなかった。この家の近くにいたんです。私どもの調べによると、あなたは八時三十五分にJR高槻駅にほど近い白梅町《はくばいちょう》の路上でタクシーを拾い、まっすぐ大阪空港に向かった。空港に着いたのが九時二十五分。――そうですね？」

何のことだか判らない、というふうに彼女はかぶりを振った。

「否定なさるんですか？　おかしいですね。運転手さんは、あなたらしき女性を乗せたと証言なさっているんですが」

「人違いです。私はその時間、空港で飛行機を眺めていたんです。それにしても……どこからどうやってそんな運転手さんを見つけ出されたんですか？　私は白梅町に行ったなどと申しませんでしたのに。変ですね。そんな捜査のやり方で私のことを……」

そこで彼女はピンときたらしい。

「そういうことですか。つまり、対象を私に絞ってタクシー会社をお調べになったんですね？　写真は美香子さんにでもお借りになったのかしら」

「そうです」と森下は認めた。「あなたは車も運転免許もお持ちではない。箕面に行くだけなら電車を利用すればすみますが、紅雨荘までとなるとどこかで車を使わなくてはなりません。それで、事件に関係する方々が乗ったタクシーがないかを洗ったわけです」

真広はさしてショックを受けたようでもなく、淡々と言葉を返す。

「事件に関係する方々、という表現にはごまかしが含まれていそうですね。粧子さんの子供たちはみんな自動車の運転ができますから、私だけに的を絞ってお調べになったんでしょ。別に気を悪くもいたしませんよ。私と粧子さんが不仲だったことは公然のことです。ある程度は痛くもない腹を探られるものと覚悟しておりました」

そこまでは堂々とした受け答えだった。ご理解いただけてありがたい、と述べてから森下は質問する。

「あなたは九時二十五分に空港に着き、九時三十分に今度は別のタクシーで自宅に向かっています。空港での滞在時間はたったの五分。これではデッキに上がる暇もない。タクシーの降り場から乗り場まで移動するだけで費《つい》えたでしょう。いや、そもそもとっくに最終便が着いた後で、デッキは閉鎖されていたはずだ。あなたは空港までタクシーを飛ばし、到着するとただちに別のタクシーでトンボ返りをしたわけです。こんな不自然な行動をとったのはどういうわけなのか、ご説明をお願いします」

「簡単なことです」真広は背筋を伸ばした。「私を空港まで乗せたという証言が誤りなのです」

四方から視線を感じた。人形たちの眼差《まなざ》しだ。真広によって生を受けた子たちが、創造主に加勢するように私たちを睨《ね》めつけている。まるで敵の陣中にいるようだった。

「運転手が人違いをしている、と？」

「それ以外に考えられません。あの日、私がタクシーに乗ったのは一度だけ。それは空港からの帰りでした」

森下は両手をテーブルに突いた。

「牟礼さん。あなたがおっしゃることは変です。空港までドライブがてらに出掛け、すぐに自宅へトンボ返りしたんでしょう？」

「そんなことはしておりません」

「どうして否定するのか理解できません。いいですか？『はい、そうしました』と言えば、あなたにはアリバイが成立するんですよ。粧子さんは七時四十分まで生きていた、と確認されています。その直後に殺されたのだとしましょうか。粧子さんを殺害後、犯人は遺体を梁からロープで吊すなどの偽装工作を行なった。どれほどの時間を要したか判りませんが、五分や十分では困難だ。現場を離れたのは八時をかなり過ぎてからでしょう。もしもあなたが犯人で、八時過ぎに箕面の現場から逃走したのだとしたら、八時半に白梅町でタクシーを拾うのは不可能です。私が話していることが判りますか？」

「白梅町からタクシーに乗って大阪空港へ行きました、と言えばアリバイが成立するぞ、とご親切に忠告してくださっているのでしょう。ええ、判ります。でも、私は乗っていないんです」

言い合っても結論が出そうにない。「そうですか」と森下は矛を納めるしかなかった。ここで火村が口を開く。

「その件については措きましょう。話を変えて……粧子さんが高槻の屋敷の売却を考えていることをご存じでしたか？」

真広は肩の力を抜くためか、ほっと吐息をついてから答える。

「美樹彦さんからそのような話をちらりと聞いたことがあります。あんな立派なお屋敷が人手に渡ると聞くと惜しい気もしますけれど、私のものではありませんからね。『あら、そう』と言っただけです」

「屋敷の売却について、美樹彦さんたちはどう受けとめていたんでしょう？」

「母親がそう決断したら仕方がない、というだけのことでしょう。お屋敷を売ったお金をもらって、好きなところにマンションでも見つけて引っ越せばいいだけのこと。美香子さんはそう割り切っていたようですし、美津成さんなどは、大阪市内の遊びやすいところに移りたがっていたのではないでしょうか。美樹彦さんは、幾分か躊躇《ためら》っていたかもしれません。ゆくゆくは自分が総領としてお屋敷を相続し、そこの主人に収まるのが当然だと考えていた節がありますからね」

「しかし、母親に反対するほどのことはなかった？」

「下手に異を唱えたら藪蛇《やぶへび》だと知っていたせいもあります。そんなことをしたら粧子さんは意固地になって、何が何でもお屋敷を売ろうとしたのではないか、と思います」

「屋敷に対して、美樹彦さんが最も強い愛着を抱いているようですね」

「ええ。そのお屋敷は、とうとう彼のものです」

「えっ」と驚きの声をあげたのは森下だ。「聞いていませんよ、そんなこと。遺言については葬式の後で弁護士が公表することになっていると——」

「あの家は美樹彦さんに行くのです。彼は母親から直接そう聞いていますよ。姉や弟には内緒にしていましたが、私には話してくれたことがあります。晴れてあのお屋敷の当主です。相続税が払えなくて泣く泣く手放すということもありません。粧子さんの遺産は預貯金、有価証券を合わせたら八億円は下らないでしょうから。——あら、意外そうな顔をなさっていますね。彼らは口をつぐんでいたのかしら。じきに判ることですのに」

大変な金額だ。だが、それはいずれ彼らの懐《ふところ》に入ることが約束されていた富である。危急の金を要していた者はいないようだし、美樹彦にしても絶対に屋敷をわがものにしたかった事情もないようだ。実の母親を殺害する動機になるとも思えない。

「話の流れで暴露してしまったようですね。でも、誤解なさらないでください。私は、莫大《ばくだい》な遺産を目的に彼らが粧子さんを殺した、などということは申しておりません。

犯人は、きっとビジネスの世界にいた頃の彼女に恨みを持っている人間なのでしょう」

私はまた、人形たちの冷ややかな視線を感じる。火村はそんな錯覚とは無縁の様子で黙り込み、人差し指で唇をなぞっていた。

一時間にわたる牟礼真広との会見を終え、車を停めたままの屋敷に戻る途中、火村は森下に提言した。

「遺体を吊す踏み台になったテーブルに誰のものか不明の指紋がついていましたね。それを、諸角佳樹の色紙についている指紋と照合してもらってください」

「照合してもらって……ということは、テーブルについてた指紋は諸角佳樹のものやと言うのか？」

私の問いに、火村はキャメルをくわえながら答える。

「確信はない。しかし、一致したら面白いことになるな。事件の様相は一変する」

森下は勢い込んだ。

「どうして諸角佳樹の指紋がついているなんてお考えになるのか判りません。秦野良市の可能性は考慮しなくていいんですか？　いや、そんなことより、指紋が諸角のものだったら様相が一変して、一気に解決に持ち込めるんですか？」

「ええ」と火村は頷く。「彼らがどうしてあんなことをしたのか、が謎ですけれど」

8

葬儀を終えた翌日の夜。

二階の客間で、どさりと重いものが倒れる音がした。

「小母さんの部屋じゃない？」

美香子は飲みかけたコーヒーのカップを置いた。そして、二人の弟とともに天井を仰ぐ。何かが床を転がるような音が聞こえる。

「急病で倒れたんじゃないか」

そう言うなり美樹彦が絨毯を蹴った。三人はばたばたと階段を上って客間に駈けつける。ドアを叩いても返事はなかった。苦しげな呻《うめ》き声だけが洩れてくるばかりだ。慌ててドアを開けた彼らが見たのは、床でのたうつ真広の姿だった。

「小母さん！」

美香子が金切り声をあげた。美樹彦は「すぐに救急車」と弟に命じ、真広の上に屈《かが》み込んだ。

「しっかりして、小母さん。救急車がくるから」

応えられる状態ではなかった。どういう手当てをすればいいのだ、とパニックに陥りかけた彼に向かって、美香子が叫ぶ。

「小母さん。どうしちゃったの？　死のうとしたの？　ねぇ、美樹彦。真広さん、何か服《の》んでるよ！」

彼女は、ベッドの脚の傍らに落ちた薬瓶を指差していた。

9

牟礼真広が服毒自殺を図った四日後。

火村と私、そして船曳警部と森下刑事の四人は紅色の洋館を訪れた。三人の姉弟は、堅い表情で出迎える。これからどのような事実が明かされるのか、見当がついているのだろう。

よく晴れた午後だった。緋色のステンドグラスが神々《こうごう》しいまでに美しい影を落としている。その影を踏んで、火村は宣言した。

「飯島粧子さん殺害事件について、皆さんに真実を語っていただきます。もう偽りは通用しません」

「これからお見舞いに行こうとしていたんですが……病床で真広さんが何か話したんですか？」

美香子が不安そうに訊く。

「ええ、必要最小限のことを話してくれました。彼女が口をつぐんでいても、私たちの捜査は真相に肉薄していましたがね」

私たちは彼らと向かい合って着席した。火村はだらしなくゆるめたネクタイの結び目に指を掛け、挑戦的な口調で続ける。

「あなたたちが必死で隠蔽《いんぺい》しようとしてきたことも、今や白日の下にあります」

「白日の下って」美津成が鼻白む。「小母さんがどんな譫言《うわごと》を口走ったのか知りませんが、僕たちのどんな秘密を握っているというんです？　何も知っているわけない。毒物の影響で精神状態が普通に戻っていないんでしょう」

船曳警部が割り込む。

「牟礼さんはこのまま快方に向かうだろう、ということです。精神状態に問題は見られません。彼女の自供は、決して錯乱の結果ではありません」

自供という言葉に、美樹彦が喉《のど》を鳴らして生唾《なまつば》を呑み込んだ。美香子は顔色を失う。

「驚きましたか？」火村は彼らを見渡して「牟礼真広さんは、飯島粧子さん殺害を認めました。後悔と自責の念に駆られ、自決しようとして青酸カリを呷《あお》ったんですよ。十数年前、生きる気力をなくして死のうとした時に手に入れた薬だそうです。幸か不幸か、長い時間が経過していた上に保管状態が悪かったため、自然風化して毒性が弱まっていた。それで一命を取り留めたわけです。しかしながら、この先に彼女を待っている運命も苛酷《かこく》です。重い刑に服さなければならない。暴力を用いて人の命を奪ったんですから」

「真広さんが、母を……母を殺した犯人……犯人が真広さん……」

美香子の言葉はメビウスの輪のようにねじれてぐるぐると回る。しかし、火村は周章する彼女に容赦はしなかった。

「意外そうですね。しかし、本当に予期せぬ展開なんですか？　あなたたちは、犯人が牟礼さんであることに薄々感づいていた、と私は推測しているんですけれど。いや、犯人だと知っていた可能性すらある」

「どういうことです？」美津成が唇を尖《とが》らせた。「言い掛かりはやめてもらいたいですね、先生。お袋を殺した犯人を知っていたら、実の子供の僕らが隠し立てするわけがないでしょう。たとえ小母さんだったとしても、かばいはしない」

美樹彦も語気を荒らげる。

「僕たちが母より彼女を慕っていたから、かばうこともあり得たと考えているんですか？　冗談じゃない。そんな正義に悖《もと》ることはしません。言ったじゃないですか。優しい親戚の小母さんとして慕っていたが、それ以上のつながりではなかった、と」

「真広さんは、私たちにかばってもらった、と話しているんですか？」

美香子の声は顫えていた。火村は平然として「いいえ」と答える。

「そんなことは言っていません。自分が単独でやったことで、協力者はいない、と明言しています」

「それなら——」と言いかけた美津成を、犯罪学者は制した。

「ただし、それは彼女の知る範囲のことです。実際には、事件の真相を見えにくくした協力者が存在したんですよ。あなた方だ。自分たちの口から説明する気にはならないんですか？」

「説明するったって、語るべきことがありませんよ。まいったな、この人」

美津成が冷笑する。その彼に聞こえるように、森下が助教授に囁《ささや》いた。

「先生から説明なさった方が早そうです」

「そうするか」

火村は、三人の顔を順に見ながら話し始める。

「私たちが火曜日にこちらに伺った後、紅雨荘に飾ってあった色紙を貸していただきたい、という依頼が警察からいったはずです。色紙に遺っていた指紋と、粧子さんの遺体を梁に吊す際に犯人が使ったテーブルの指紋とを照合することが目的でした。鑑定の結果、色紙にあった諸角佳樹の指紋とテーブルの指紋は一致した。これがどういうことを意味するか判りますか？　諸角佳樹は映画のロケでこの屋敷にきてはいますが、箕面の紅雨荘は訪れていない。それなのにあそこにあったテーブルに彼の指紋がついていたということは、テーブルが移動している、と推断するしかありません。遺体のそばにあったテーブルは、もともとはこちらの屋敷にあったんです」

三人は金縛りにあったかのようだ。微動だにせず火村の話に聞き入っている。

「さらに重要なことがあります。絨毯には、あのテーブルが随分と前からそこに置かれていたことを示す跡がついていた。まるで、テーブルと絨毯はずっと一体であったかのような跡だ。すると、どういうことになります？　テーブルだけでなく、絨毯もまたこの屋敷から移されたものではないか、という疑念が生じるんです。それだけに止《とど》まらない。絨毯の上には、粧子さんが死亡した後に排泄したものの痕跡が遺っていましたね。テーブルと絨毯だけではなく、遺体もセットなんだ。三点がひと組となって、この屋敷から紅雨荘に運ばれたんですよ」

火村は、振り返って梁を指差す。

「おそらくは、あのあたり。粧子さんの遺体はあそこに吊されていた。それを何者かが紅雨荘に移したんです。その際、遺体の排泄物が絨毯を汚していたので、絨毯も一緒に移動させるしかなかった。絨毯を動かすとなれば、そこにくっきりと跡をつけているテーブルも運ばなくてはならない。大仕事だったでしょうね。しかし、こちらの車庫にあるような大型のRV車を使えば可能だ。ましてや三人も人手があったなら」

「私たちがやったと言うんですか。母の遺体を梁から下ろして、絨毯やテーブルとともに箕面に運び、そして、また梁に吊したと……？」

美樹彦があえぐように言う。

「母親の遺体を梁に吊し直すなんて非道なことをする必要はない。発見者を演じたあなたは、警察に通報する前に遺体を床に下ろした、という筋書きを選びましたからね。そのせいで死斑が不自然になった」

「私たちには、遺体を動かしたりする理由がない。アリバイ工作にもなりませんよ。あの夜、私たち三人は遅い時間まで帰宅できなかったと証明できるんですから」

美香子の反論を火村は封じる。

「その話は後回しだ。——実際の犯行現場が紅雨荘ではなく、映画のロケに使われて通称が紅雨荘となったこちらの屋敷だったとしたら、事件の見え方が大きく変わってきます。美香子さんがおっしゃったとおり、犯行現場がどちらであろうと、あなた方にアリバイがあることに違いはありませんが、牟礼真広さんについては劇的な転換が起こります。彼女のアリバイは消滅するんですよ」

「あれ、小母さんにアリバイがあったんですか？　本人は『立証できなかった』と言っていましたけれど」

美津成が訝《いぶか》る。

「そこがまた奇妙でね。彼女の話のうち、裏づけが取れたのは九時三十分に大阪空港からタクシーに乗って帰宅した、という点だけでした。ところが、警察の聞き込み捜査の結果、当夜の八時三十五分に高槻市内の白梅町から大阪空港へ向けてタクシーに乗ったことが判明した。八時三十五分に白梅町にいて、それ以降のアリバイがはっきりしているのなら、箕面で犯行を行なうことはできない。嫌疑は晴れることになる。なのに、彼女は頑強に『白梅町からタクシーに乗ったのは自分ではない』と否定した。捜査陣にすれば、それは実に不合理な態度に思えました。でも、殺害現場がこの屋敷だったとすると、納得がいくでしょう。八時三十五分頃にこの近辺にいたことを認めるわけにはいかなかった、というわけです」

「待ってください。頭がこんがらがってきた」美樹彦はしきりに額を拭《ぬぐ》っている。

「小母さんがこの家で母を殺して梁に吊した、と言いたいんですね？　それから、慌てててタクシーで空港に行って、飛行機を見物していたと装った」

「そうです」

「彼女が犯人だとしたら、遺体を運んだのも彼女だ、とは考えないんですか？」

「それは不可能です。彼女は自動車も運転免許も持っていません。また、テーブルや絨毯とともに遺体を運ぶなんて重労働をする理由もない。もしも現場を偽装してアリバイ工作がしたかったのなら、八時三十五分に高槻市内にいたことを証明してくれる確かな証人を作ったはずです。彼女はそんな証人作りをした形跡がないどころか、警察が見つけ出してきたタクシー運転手の証言まで『人違いです』と撥《は》ねつけた。アリバイ工作は念頭になかったんです。――では、誰が遺体その他を紅雨荘に運んだのか？　それは、十時半を過ぎてから次々に帰宅したあなたたち以外にない」

三人が話を中断させようとするのを火村は許さない。

「一番早くに帰宅したのは美香子さんでしたね。粧子さんの遺体が梁からぶら下がっているのを見て、さぞや驚愕《きょうがく》なさったことでしょう。自殺にしか見えない。このとこ

ろ気が抜けたようになっていたが、まさかこんなことになるとは、と茫然《ぼうぜん》自失してい
るところへ『駅まで迎えにきてくれ』と美樹彦さんから電話が入る。車で飛んで迎え
にいったあなたは、母親が縊死を遂げたことを告げた。どうすればいいだろう、と相
談したのかもしれないし、みんなで力を合わせて遺体を箕面に運ぶべきだ、と提案し
たのかもしれない。やがて美津成さんが帰ってくる。どういう経緯かは判りませんが
相談はまとまり、あなた方は遺体とテーブルと絨毯をRV車に積み込んで、紅雨荘へ
向かった。母親はそこで自殺した、と偽装するために」
「それらを運搬したのは、午前一時を過ぎてからだったようですな」船曳警部が威厳
のある声で言った。「後ほど、RV車を調べさせてもらいましょう。令状を持ってき
ています。あなた方の車が箕面へ行って帰ったことは確認ずみです。国道171号線
に据えつけたNシステムでヒットした。美津成さんがハンドルを握り、美樹彦さんが
助手席にいたことも写真で判明しています。箕面に向かった際は、後方に美香子さん
が運転するフェアレディがついていたことも確認できました。お母さんが乗ってきた
車を紅雨荘に帰しておく必要があったんですね」
「移動の自由を保障されているはずの市民を隠し撮りするあの薄汚い機械で写されて
いたって?」ホストは毒づく。「嘘《うそ》でしょう。オウム真理教の事件以来すっかり有名

になった秘密兵器ぐらい知っていますよ。あいつの下を通る時、いつも手を振ることにしています。僕が運転していたんなら、大阪府内の全部のNシステムを避けて走る自信がある」

「あなたは過信して、一つだけ見落としたんです」

「美津成。つまらないことを、べらべらしゃべらなくていいの！」

姉が声を荒らげた。むくれる次男を無視して、長男が当然のことを質問してくる。

「そこまでの苦労とリスクを背負ってまで、われわれが母の遺体を箕面に移動させる理由は何です？　犯行現場を偽装して小母さんをかばった、とでも？」

「いいえ。牟礼さんのアリバイが成立していないのだから、彼女をかばってのことじゃない。それがこの事件を奇怪なものにした。遺体の移動は、あなたたち自身の利益のために為されたものです」

火村は教え諭すように言う。

「皆さんはマンションで暮らした経験がありませんね。バルコニーの手すりに布団を干すことがしばしば禁じられているのをご存じですか？」

三人は、きょとんとする。火村は私を指して、

「彼から聞いたんです。私も知りませんでした。その理由が判りますか？　マンショ

ンの美観を損ね、グレードが低下するからです。このルールは美学的でも倫理的でもない。問題になっているのは、資産価値です」

的を射抜いたらしい。彼らに動揺の色が見えた。私のアシストを火村がゴールに蹴り込んでくれたのだ。

「あなたたちが拘泥《こうでい》したのも、それだ。この屋敷は、美しい映画のロケに使われて有名になった。そこで主人が縊死したとなると、噂《うわさ》は燎原《りょうげん》の火のごとく広まって、大衆の好奇の目にさらされるだけでなく、屋敷の資産価値が激減する。あなたたちは、それに耐えられなかったんだ。まさか殺人事件だと思わなかった、と抗弁したいかもしれませんが、母親の死の尊厳をしけた打算で踏みにじったことに変わりはない」

姉弟は三者三様に目を伏せ、うな垂れた。母親の死を愚弄《ぐろう》した自分たちの醜さに気づき、打ちのめされているのだろうか？　亡母への悪意があのようなことをさせた、とはかぎらない。彼らはただ、手持ちの不動産の価値が減じることに恐怖するほどひ弱かったのだろう。それゆえに、母親の死が他殺だったと警察から知らされた後も、真実を明らかにすることができなかった。映画のおかげで膨らんだ屋敷の資産価値が下がることは、それほど恐ろしいことだったのだ。

やがて、美津成が呟く。

「……小母さんは、遺体が箕面で見つかったことに驚いただろうな」

「ああ、そうだろうね。しかし、内心の不安を圧《お》し殺したまま、事態を見守るだけで、どうすることもできなかったんだろう。皆さんと同じだ。『子供たちが遺体を動かしたのかしら？　でも何故？』という不安と『小母さんが殺したんだろうか？　でも、何故？』という不安を胸にしまったまま、破局を待ってたのがここ数日のあなたたちだ。それは実に奇妙な状況だった。八時三十五分に白梅町からタクシーに乗った事実を突き止められた牟礼さんは、『はい、乗りました』と答えればアリバイが成立することを承知しながら、『いいえ』と否定しました。安直に『はい』と答えたら、現実の犯行現場が高槻の屋敷であることが発覚した時に致命的な窮地に陥る、と計算してのことでしょう。あなたたちはびくびくしながら、牟礼さんがやったのではないかという疑惑を封印した。結果として彼女をかばった。屋敷の資産価値を守りたかったから。そして、母親の遺体を穢《けが》れた邪魔物のように扱ったことがばれるのを恐れ、恥じたからです」

美樹彦が二度三度と首を振った。認めるから、もう言わないでくれ、と懇願するように。美香子がゆっくりと顔を上げた。

「そう……何故。どうして真広さんは母を殺したんですか？　理由が知りたい」

「それは嫉妬ですよ。牟礼真広さんは、あなたたちのお父さんを愛していた」

「父を？　でも、父はもういない。どうして今になって……」

美香子の疑問に火村は口をつぐんだ。真広は譫言の中でそれを告白している。おそらく、自分が殺人を犯した事実が発覚するよりも、その動機について他人に知られることを彼女は忌避するであろう。しかし、被害者の子らに明かさないわけにもいかない。私は話しだしていた。

「あの日、ふらりとここにやってきた粧子さんは、たまたま訪ねてきた牟礼さんを招き入れて話しているうちに口論となったようです。そして、長年口をつぐんでいた事実を暴露したんです。『私の留守中、貴博があなたと一度だけ過《あやま》ちを犯したことを知っている。様子がおかしいので問い詰めたら白状したわ』といったようなことを。その暴露に牟礼さんは逆上し、スカーフで粧子さんの頸《くび》を絞めた。貴博さんとの一度だけの過ちこそが、彼女にとって宝石のような終生の思い出であり、生きる力でもあったのでしょう。おそらく、その思い出の部屋は、二階のあの客間です。だから、彼女はあそこで時間を過ごすために、しょっちゅうこの屋敷にやってきた。だから、あそこを死に場所に選んだ……」

雲が流れ、日が翳ったのだろう。ステンドグラスから差し込む緋の色が不意にくすむ。空気が沈痛なものに変わった。

「父を愛したって、どうしようもなかったでしょう。父と母は、あの二人なりに強く結ばれていたんですから」

美樹彦は傷《いた》ましげに言った。美香子も同調する。

「どうしようもないわ。映画じゃあるまいし、父が最後には自分の許にやってくると思っていたのかしら……」

どうしようもない想いだった。

それでも彼女は、いつか貴博に愛される奇跡を信じて、人形たちに傅《かしず》かれながら、無力な人形のようにただじっと待っていたのかもしれない。

紅色に彩られた、ありそうもないラストシーンを夢見て。

絶《ぜつ》叫《きよう》城《じよう》殺人事件

1

毎日毎食、ホテルのレストランの食事では飽き飽きするので、JR御茶ノ水《おちゃのみず》駅近くまで出て焼肉を食べ、部屋に戻った。そして、あとひと踏ん張りするエネルギーを補給したぞ、とおのれを鼓舞しながらデスクに向かう。まだ九時過ぎだから、夜中までがんばれば今日のノルマは余裕をもって達成できるだろう。明日の夜中ぐらいに脱稿できるかもしれない。明日の夜中……ああ、まだ遠い。

〈缶詰〉になっての執筆に憧《あこが》れていたのはそれを経験するまでのことで、実際にホテルに閉じこもって仕事をやってみると、味気ないこと夥《おびただ》しくて、まるで愉快ではなかった。キーを打つ手を休めて顔を上げても見飽きた壁や天井があるばかりだし、気晴らしといえば一階のティーラウンジでお茶を飲むか付近を散歩するぐらい。半日ほど部屋を抜け出して、神田で古書店巡りをしたり西新宿のレコード屋でプログレの珍品を漁《あさ》っても許されそうなのに、根が小心な私には躊躇《ためら》われた。出版社の経費で一泊二万円近いホテルに滞在しているのだから、勝手な真似はできない。「おや、さすがに捗《はかど》りましたね」と担当編集者に驚いてもらえるだけの枚数を書き上げたいし、「やっぱり缶詰をやってよかったですね」と喜んでもらいたい。ふらふらとホテルから離れたために集中力が切れ、執筆のペースが落ちることがあってはならないのだ。

しかし——

「ちっとも楽しくない」

時折、デスクの前の鏡に映る自分に向かってぼやいた。遊びでやっているんじゃないんだから、楽しくないなんて子供じみた文句を言うな、と理性を司《つかさど》るもう一人の自分にたしなめられ、再び指を動かすのだが、ものの五分もするとまた鏡を見ながら溜め息をつく。その繰り返しだ。

都心のホテルにこもって今日で六日目になるから、下着の着替えもとうに尽き、バスタブの上には洗濯物がぶら下がっている。再来月の下旬に出版する予定の書き下ろし長編の追い込みのため、半ば志願し、半ば編集者に命令されて缶詰になった。ようし、ここで一気に仕上げるぞ、と新鮮な気分ではり切ったのは最初の二日間だけで、三日目からは愉快な気持ちになれず、とにかく早くこれを片づけて家に帰りたい、という一念でわが身を鞭打《むちう》ってきた。そのおかげで、自宅で仕事をしていたらこんなスピードでは進むまい、というくらいの進捗《しんちょく》をみているわけだから、東京までやってきた甲斐《かい》はあったようなのだが。

溜め息ばかりついていても詮《せん》ないので、私は仕事にかかった。説明台詞《ぜりふ》が多い解決部分に差し掛かっているので、加速度的にペースが早くなっていく。これがミステリの便利なところだ。いや、他のジャンルの小説でもクライマックスでは筆が早くなるのだろうか？　ミステリしか書いたことがない不器用な小説家なので判《わか》らない。とりとめもないことが浮かんでくるのに、さらにペースが上がっていった。

とある同業者の言葉を思い出した。とっくに脱稿しているのに「缶詰をして追い込みをかけないと締切に間に合わない」と編集者を騙《だま》してみたい、と彼は言った。そうしてホテルにこもり、朝から晩まで好きなゲームに耽《ふけ》りながら、編集者には「今日はここまで書きました」と細切れで原稿を渡すのだとか。素晴らしいアイディアだが、そんな夢みたいなことができるわけないね、と私たちは笑い合った。締切が迫ってこないと書けないのが小説家という人種だから。しかし、面白い空想ではあった。ゲームの類《たぐい》はしない私にも——あんなものに嵌《は》まったら人生が短くなってかなわない——、できたら楽しいであろうことは想像がつく。このホテルも各部屋に最新のゲーム機が備えてあるから、彼ならば缶詰中それに手を出す誘惑と戦わなくてはならないのだろう。

雑念と戯《たわむ》れながらもノルマをこなし、さらに明日の予定分を五枚書いたところで「今日はおしまい」と声に出し、今日書いた分をプリントアウトして仕事を終えた。

ベッドサイドの時計を見ると、一時が近い。もう最終のニュースも終わっているな、と思いつつテレビを点けた。缶詰になってから、惰性で観てしまうのが嫌なのでほとんどテレビのスイッチを入れていない。東京にきて以来、わが阪神タイガースの試合の中継がないせいでもあった。まあ、このところ連敗が続いているので、応援にも力が入っていないのだけれど、それでも結果ぐらい判らないものか、とチャンネルを替えていった。

と、こんな深夜だというのに緊迫したニュースの最中らしかった。若手の男性記者が唾《つば》を飛ばしながら大声で何ごとかを伝える画面の隅に、吹田《すいた》警察署前というテロップが出ている。大きな事件か？　ベッドに腰を降ろしていた私は、身を乗り出した。

「鋭利な刃物で背中から刺す、という犯行の手口は、これまでの二件と非常によく似ています。えー、警察による記者発表は午前一時半からですが、同一犯人の可能性が極めて高い、と見られます」

スタジオの女性キャスターが呼びかける。

「兼田《かねだ》さん。聞こえますか、兼田さん？　発見された時、被害者の女性はまだ死後一時間以内だったということですが——」

中継現場の記者が応える。

「はい、はい。そうです」

「発見の時刻は午前零時頃ですね？　警察による緊急配備などは行なわれているんでしょうか？」

「はい。零時半頃、半径二十キロ以内に緊急配備が敷かれました。しかしながら、その時点ですでに犯行から一時間半近くが経過していたわけですから、犯人がその外に逃走する時間的余裕は充分にあります。配備の範囲をさらに広げることも考えられます」

「警察は、先の二つの通り魔殺人と同一犯人による事件であると見ているんでしょうか？」

「えー、まだ公式の見解は発表されていません。記者発表で明らかになるかもしれません」

「そうですか」と応じてからキャスターはカメラ目線になり、「野球中継延長のため番組を予定より三十分繰り下げて放送していましたが、さらに放送時間を延長してニュースをお送りしています」と言った。

彼らのやりとりにあった「二つの通り魔殺人」とは、私が缶詰になる前から大阪を震撼《しんかん》させていた事件だ。そのあらたな犠牲者が出たとなると、警察署の周りはひと晩中、報道陣でごった返すだろう。

第一の事件はひと月前に、第二の事件は半月前に大阪市内で起きた。被害者はいずれも深夜に帰宅しようとしていた若い女性で、翌朝に遺体となって見つかっている。それが今回は夜のうちに発見されたわけか。現場は大阪市に隣接する吹田市内。詳しい事情が判らないまま、同じ奴のしわざだろうな、と私は直感した。

よその局でもニュースをやっているのだろうか、とチャンネルを替えかけた時、画面の右から誰かの手が伸びて、男性記者にメモらしきものを差し出した。記者はそれに素早く目を走らせてから、興奮した口調でまくしたてる。

「えー、たった今入った情報です。被害者の口の中から、小さく丸めた紙切れが出たそうです。これまでの二件の殺人事件と同じく、犯人は被害者の口に紙切れを含ませていました」

やっぱりそうだった。

「紙の種類や大きさも共通しているんでしょうか？」

模倣犯の可能性を考えたのか、女性キャスターが尋ねる。

「紙の種類やサイズについては未確認ですが、これまでと同じような殴り書きの文字が記されているとのことです」

「文字？　前の事件で遺体の口から見つかった紙には、文字とも模様ともつかない線がサインペンで書かれていた、ということでしたが――」

いちいち女性キャスターに言葉を遮られ、現場の記者は苛立《いらだ》ちかけているようだった。彼は大きな声を張り上げて、一気にまくしたてる。

「今回見つかった紙切れにもサインペンで似たような書き込みがあったのですが、今までのものと違って文字として判読できるそうです。書かれていたのは、英語です。アルファベットの大文字でN、I、G、H、T……」

私は反射的にペンを取り、電話の横のメモに控えていった。

「……E、そして最後はかなり形が崩れているのですが、どうやらRらしい、ということです。二つの英単語になります」

――NIGHT　PROWLER
正確に書き取ったものを、声に出して読んでみる。

「ナイト・プローラー……」

――夜、うろつく者。

いったい、どういうことだろう。連続通り魔殺人犯は、切り裂きジャック以来の伝統に従って自らをそう命名し、社会に向けて名乗りを上げたということなのか？

「書かれているのはそれだけですね。ナイト・プローラー、あるいはナイト・プラウラーと読めるようですが、何を意味しているんでしょうか？」

「えー、判っておりません」

テレビではそんなやりとりが交わされたし、私も首を傾《かし》げるしかなかったのだが、実はこの時、「そうだったのか」と即座に反応した視聴者が大勢いたのだ。ある人々にとってナイト・プローラーが聞き慣れた言葉だったことを、私は翌日になって知る。

カメラがパンすると、警察署の周囲に野次馬が集まりつつあるのが映し出された。テレビを観て、どんな騒ぎになっているのか眺めにきたのだろう。午前一時を回っているのでさほどの人数ではなかったが、暇な連中だ。中には、捕まった連続通り魔犯人が護送されてくると勘違いしている者が混じっているのかもしれない。

カメラが再び警察署の入口に戻った時、私は思わず声をあげた。小走りに駈け込んでいく二つの後ろ姿に見覚えがあったからだ。右は鮫山《さめやま》警部補。左は私の友人の犯罪社会学者、火村英生ではないか。一瞬、遠くに見えただけだが、彼らに間違いない。

「いったんＣＭにいきます」

キャスターが歯切れよく言うなり、画面はワインのコマーシャルに切り替わった。私はすかさずチャンネルを他局に合わせる。ＮＨＫを含む三つの局が、似たような形で吹田の事件を報じていた。私はベッドの端に座ったままテレビに齧《かじ》りつく。警察の公式の見解を聞くまでは眠れなくなっていた。

ようよう一時半になり、記者発表の中継が始まる。その冒頭で警察は、この度の事件は先の連続通り魔殺人と同一犯によるものである、とほぼ断定した。犯行の手口、凶器の形状が一致しただけでなく、被害者が二十代前半の女性である点も共通している。さらに、被害者の口中から見つかった紙片が決定的な証拠となったようだ。実物コピーなどは公表されなかったが、ありふれたレポート用紙を名刺大にしたものらしい。上下は鋏《はさみ》で切られ、両端は無造作にちぎられているのだそうだ。そして、その右端の破れ具合が二週間前の事件で遺《のこ》されていた紙片とぴたりと重なるのだという。つまり犯人は、おのれの犯行が一連の流れの中にあり、さらに今後も継続することを挑発的に明かしているわけだ。

ＮＩＧＨＴ　ＰＲＯＷＬＥＲという文言について、警察は何の見解も示さなかった。

夜うろつき歩く者、というその意味からして、深夜に凶行を繰り返す犯人の署名ではないか、という記者の質問に対してもコメントを避ける。断定する根拠はないが、おそらくそうであろう、と私は考えていた。たしかアメリカの有名な無差別連続殺人犯にリチャード・ラミレスという男がいたはずだ。ロサンゼルス郊外の住宅に押し入って十三人を殺害し、円で囲んだ逆さの五《ご》芒星《ぼうせい》と〈ジャック・ザ・ナイフ〉のサインを現場に遺した彼を、タブロイド紙は〈ナイト・ストーカー〉と命名した。しかし、二十五歳の犯人は自らのことを〈ナイト・プローラー〉と呼ばれたがったという。ヘヴイーメタル・バンド、AC／DCの同題の曲が好きだったのだ。

大阪の通り魔は、それを引用したのではあるまいか。犯罪実話関係の本を読む趣味がある人間ならば――職業柄、私自身もそうなのだが――、それぐらいの機知を働かせそうだ。もっとも、書店の棚に犯罪関連の図書がずらりと並んでいるご時世だから、そこから犯人を絞り込むのは難しいだろう。

第三の犠牲となった被害者の名前は水尾《みずお》智佐《ちさ》。ベビー服メーカーに勤める二十四歳のOL。自宅マンションから徒歩で二、三分ほどのコンビニに宅配便を出しに行った帰りに奇禍に遭ったらしい。絶命した彼女が倒れていたのは小さな児童公園の植込みの中で、発見者はパトロール中の巡査だった。犯行時間は、昨夜の午後十一時前後と見られている。犯行や不審な人物が現場付近から立ち去るのを目撃した者はまだ見つかっていない。

発表された情報は、それですべてだった。いくつもの質問が記者たちから飛んだが、会見に臨んだ捜査一課長と吹田署長は「現段階では不明」「それは明朝のレクで」と言って席を立ち、会見は十五分ほどで終了した。

より詳しい情報が聞けるのは朝になってからだろう。私はテレビを消し、眠ることにした。かなり疲れているのだ。だが、すぐには腰を上げない。

消えたテレビに映った自分の顔を眺めながら、犯人像について想像してみた。女性ばかりを襲う連続通り魔殺人なのだから、犯人が男であることは間違いがないだろう。プロファイリングの専門書を繙《ひもと》くまでもなく、こういう事件の犯人はほとんどが十代後半から三十代の男だ。十四歳の少年による連続児童殺傷事件がまだ記憶に新しいが、おそらく今回の犯人はそんなに低年齢ではない。十代半ばの少年にとって二十代前半の女性は畏《おそ》れを抱かせる存在だから、攻撃の対象になりにくいように思える。コドモはえてしてコドモを標的にする。また、高校生になるかならずかという齢《とし》では、ナイト・プローラーなどというスカした名前も浮かぶまい。プロールという単語は外来語化しておらず、日本人の常識の範疇《はんちゅう》にはないから——AC／DCのファンなら別だが――、犯人は一応の高等教育を受けているようだ。大学生か大学を卒業した人間で、カッコをつけたい盛りの二十歳前後から二十代半ばの犯人をイメージしてみた。

もっともらしく推理したものの、確信は持てない。しょせんは素人の無責任なプロファイリングごっこだ。かぶりを振って、すべて払い落とした。さっさと寝た方がいい。

わずかに開いていたカーテンを閉める際、私はふと西の空を仰いだ。星もなく、暗い夜空だった。東京にいると、大阪ははるかに遠く、異国であるようだ。このメガロポリスの住人たちは、恐ろしい連続殺人に眉をひそめながらも、とりあえず今回は自分たちに危害が及ぶことはない事件だ、と感じていることだろう。と同時に、この次は自分たちの街の番かもしれない、と漠然たる憂鬱《ゆううつ》を覚えているかもしれない。

西の空の下に、私の街がある。そこで、恐怖を撒《ま》き散らす見えない敵と火村の戦いが始まった。

敵の名は、ナイト・プローラー。

2

翌朝は九時に目覚ましをセットしておいたのだが、寝呆《ねぼ》けたままスイッチを切ってしまったために起床しそこねてしまった。再び目を開いた時は十一時を回っていた。さらにベッドで愚図ついてからようやく起き、ドアの下から差し込まれている朝刊をざっと読む。昨夜の事件が大見出しで報じられていたが、テレビで得た情報の域を出ていなかったのは仕方あるまい。

シャワーを浴びて出てきたら正午が近かった。まもなく編集者の片桐光雄《かたぎりみつお》がやってくる時間だ。缶詰になって以来、毎日、昼か夜に彼がホテルにやってきて、食事を一緒にして進捗状況を話すことになっている。

頭を乾かしながら、やはり昨夜の事件が気になるのでテレビを点けた。全国ニュースで続報が流れていたのだけれど、ドライヤーの音で何をしゃべっているのか聴き取れないまま終わってしまった。まあ、いい。正午からNHKのニュースがあるわい、と思っていたら電話が鳴って、片桐が「着きましたよ」と告げる。どうも朝からちぐはぐだ。急いで着替え、プリントアウトした原稿を持ってロビーに降りた。

「おはようございます。――あれ、有栖川さん、風呂上がりですか？　髪の毛が乾いてませんよ」

デビュー当時から付き合いのある一つ年下の相棒は、私の顔を見るなり言った。

「乾かす暇も惜しんで書いてたんですよ」と応えたら信じるのだから、相変わらず人がいい。彼の方は散髪をしたばかりらしく、すかっと短髪だった。

「がんばってくれてますねぇ。それを労《ねぎら》うために、今日の昼飯は奮発しましょう。この近くにうまいイタ飯屋《メシ》がある、と聞いてきたんです。十分ほど歩いてもいいですか？」

「行く行く。片桐さん推薦の店で、しかも珀友社《はくゆうしゃ》の奢《おご》りならどこへでも」

彼が案内してくれたのは、靖国《やすくに》通りを神田神保町《じんぼうちょう》近くまで行ったところにあるビルの二階の店だった。こぢんまりとしているが、テーブルやら内装に高級感がある。

「奮発しましょう」と相棒が言っていたし、正午過ぎだというのに空席が目立つところからして、値が張るレストランなのだろう。ウエイターの身のこなしも洗練されていた。

めいめい、やたらと品数があるメニューからオードブルとパスタを選び、私がグラスワインを頼むと片桐も「付き合いましょう」と力強く言った。飲み物がくる前に原稿を渡し「がんばれば今夜中に脱稿するかもしれません」と話すと、彼はほっと安堵《あんど》の表情を浮かべた。

「素晴らしい。これなら出版計画どおり八月中に出せます。よかったよかった」

八月でも九月でもどちらでもいいや、というのが私の本音であったけれど、担当編集者の熱意に応えられてよかった。ワインがきたので乾杯して、仕事の話はこれですんだ。

「大阪でまた事件がありましたね」

私が雑談モードに切り替えて言うと、相手は渋い顔になった。

「通り魔殺人でしょう。ほんと、嫌な事件です。また間の悪いことに、ナイト・プローラーがらみの企画がうちで進んでいるところだったんですよ」

口に含んでいたワインを急いで飲む。

「ナイト・プローラーがらみの企画って、それ、どういうこと？」

「鯨岡羅夫《くじらおからお》さんに『絶叫城』のノベライズを書いてもらってるところなんです。担当は私じゃないんですけどね。鯨岡さんがはりきって打ち込んでくださってるそうなので、まずいことになりました」

鯨岡羅夫は大阪在住の若手ホラー作家だ。出版パーティで二、三度会って挨拶をしたことがある。

「何のノベライズですって？」

「あれ、有栖川さん、『絶叫城』をご存じないんですか？」

「知らない。それ、新作のホラー映画か何か?」

「いいえ、ゲームです。ああ、そっち方面には興味がないんでしたね」

「というか……昔は少しやっていたんですよ。夢中になって徹夜をしたこともある。面白すぎて時間が潰《つぶ》れてしまうので、足を洗っただけで。――『絶叫城』というソフトがあるんですね?」

「ええ。今年の初めに発売されたホラー系のアドベンチャーゲームです。ゲームにあまり関心がなかったら、ご存じなくても不思議はありません。大々的にヒットしたソフトじゃありませんからね。ただ、非常によくできている、という評判が口コミで広がって、発売後しばらくたった頃からじりじりと売れ行きが伸びだしました。ゲームとしては少し変わった売れ方です。うちの編集部にも『絶叫城』ファンがいて、そいつが鯨岡さんと話しているうちにノベライズの企画が浮上したんですよ。弊社は『絶叫城』の攻略本も出していますしね」

「ナイト・プローラーというのは、何を指しているんですか?」

「ゲームの副題でもあるんですが、作中に登場する殺人鬼というか怪物の名前ですね。ナイフを振りかざして次々に女性を襲っていくんです」

「俺はプロファイラー失格やな」

私が呟《つぶや》くと、片桐は首を傾げた。

「いや、そんなことは知らんもんやから、ナイト・プローラーなんて気取ったことを言う犯人やな、と思ってたんですよ。なんや、ゲームに出てくる怪物か」徹底的にコドモじみている。「せやけど、テレビや新聞ではそんなことは言及されていませんでしたね」

「社会現象になるほど爆発的ヒットを飛ばしたゲームじゃありませんから、無理もありません。でも、今朝のモーニングショーあたりから騒がれ始めていましたよ。犯人は『絶叫城』というゲームに出てくる怪物ナイト・プローラーに自分を模しているのではないか、と。そして、お決まりの展開です。このところ下火だったゲームへの攻撃が再燃しそうで、ヴァーチャルな世界と現実の境界が見えなくなってしまった若者という犯人像を仮構して、性急なゲーム批判、ホラー批判をぶつコメンテイターが現われています」

「気が早いね。ナイト・プローラーに他の意味が込められているかもしれないのに」

生ハムを副《そ》えた菠薐草《ほうれんそう》のクレープを食べながら、私は苦笑する。

「いえいえ。被害者の口に残った紙切れに書いてあったナイト・プローラーというのは、きっと『絶叫城』の怪物のことですよ」

「どうして？」

「偶然の一致とは思えないほど、色々なことが符合しているからです。まず、後ろから忍び寄って刃物で背中を刺す、という殺し方。次に、被害者が全員若い女性であること。いずれも『絶叫城』の設定と同じです」

「それは偶然でしょう。背中から刃物で襲いかかる通り魔は珍しくないだろうし、こういった快楽殺人の場合、若い女性ばかりが狙われるのはよくあることです」

「はい、それはおっしゃるとおり。――でも、無気味なのは被害者の口に犯人が遺したメッセージなんです。報道されているところによると、第一、第二の被害者の口から見つかったメッセージは乱暴に書き殴ってあったため判読できなかったそうですね。それが、第三のメッセージになると、かろうじてナイト・プローラーと読めるようになったらしい。そこです」

「……どういうこと？」

「ゲームをやってみれば判ります。最初に真っ赤な文字で『絶叫城』と出た後、釘で引っ掻いたような模様が浮かび上がって、それが痙攣《けいれん》するように動きながら、次第にＮＩＧＨＴ ＰＲＯＷＬＥＲという文字になっていく。問題のメッセージがどんなものか警察が公開しないので断定はできませんが、おそらく犯人はゲームのオープニングを真似しているんでしょう」

なるほど、それは偶然ではあるまい。捜査員たちはゲームショップに走り、資料として『絶叫城』を買い込んだのに違いない。そして今頃、どうしてこんな遊びに付き合わなくてはならないのだ、と毒づきながらコントローラーを操っていることだろう。

「片桐さんも『絶叫城』で遊んだことがあるわけか」

「ノベライズを企画した男が、『こういうゲームなんだ。意見を聞かせて欲しい』と言うので、借りてプレイしてみたんです。夜遅くに独りでやったら、かなりこわいですよ。映像や演出もさることながら、音がね。殺される女性の断末魔の悲鳴が何度も入るので、近所の誤解を招かないようにヘッドホンをつけて遊ぶでしょ。そうしたら、よけいに音がリアルで背筋がぞっとします」

「女性の悲鳴が何度も入るやなんて、えらく悪趣味やな。残酷な描写がたくさんあるんですか？」

「パッケージには〈このゲームには暴力シーンやグロテスクな表現が含まれています〉という注意が書いてあります。煙草のパッケージの警告と同じで、該当するゲームにはそう表示することになっているんです」

そんな表示があることも知らなかった。業界の自主的な取り決めらしい。

「でも、残酷な場面だけが売り物というチープな代物でもないんです。動き回るのは実写とはほど遠いポリゴンのキャラクターだから、スプラッター映画の方がショッキングだ、と言う人も多いだろうな。どことも知れない幻想の森。その奥に聳《そび》える迷宮のような古城が舞台だから、実写で映画にすることは困難です。でも、小説にするのは面白そうな話なんですよ。鯨岡さんなら、うまく書いてくれそうなんだけれど……」

「事件をきっかけに『絶叫城』が日本中の話題の的になる。その渦中で小説を出版できたらラッキーだ、とは考えていないんですね？」

彼はフォークを握った右手で軽くテーブルを叩いた。

「いくら出版不況の昨今といっても、そんな下衆《げす》な期待をする者はうちの編集部にいません。鯨岡さんだって、連続通り魔殺人に便乗した際物《きわもの》を書いた、と思われるのは不本意でしょう」

ごもっとも。

「そう答えてくれると思ってましたよ。私も鯨岡さんに同情しています」

「食事中に陰惨な事件の話はやめましょう」編集者はサーモンとイクラをたっぷり塗《まぶ》したスパゲティをすくいながら「ところで、火村先生はお元気ですか？」

彼が私の友人のことを気に掛けるのは、いつか火村英生に犯罪学関係の本を書いてもらいたい、と願っているからだ。実現しない企画だから諦めなさい、と忠告しているのに往生際が悪い。

「話題が転換せえへんなぁ。彼は陰惨な事件と格闘していますよ。昨日のテレビのニュースを観てたら、吹田署に入っていくところがちらりと映ってた」

「え、火村先生が？　やっぱり大阪府警が応援を頼んだんでしょうね。うーん、エキサイティングだなぁ。シリアルキラーVS臨床犯罪学者ですか」

「面白がってるでしょ？」

私は低い声で尋ねた。片桐は鼻の頭を掻いている。

「面白がるというか……先生の名探偵ぶりはよく知っていますから、捜査の劇的な進展があるんじゃないか、と……」

「通り魔殺人なら犯人と被害者の間に接点がないから、ものを言うのは鑑識や組織的な捜査です。犯罪社会学者の火村が出て行っても助言をするぐらいしかできないだろうと思いますけれどね」

「現場の状況や遺体を調べて、プロファイリングとかいうのをやるんじゃないんですか。犯人の年齢やら性格、家族構成、教育程度、職業、住んでいる場所や居住形態なんかを推定できるんでしょう？」

アメリカのＦＢＩが採用している捜査方法だが、日本に専門の心理分析官は存在しないし、火村だってそんな研究はしていない。

「でも、先生はこれまで何十という事件を解決してきたんだから、その経験からできそうな気もしますよ」

私は首を振った。

「彼はプロファイリングという手法を信用していません。『器用な人相見とどこが違うんだ？』と嗤《わら》っていたことがありますからね。アクシデントや犯人の作為が混じったらたちまち攪乱《かくらん》要因となってしまうし、プロファイラーが失敗した場合、その理由を説明できないことに大きな不満を抱いています」

「それはプロファイリングという技術が開発途上だからではないんですか？」

「いいえ。プロファイラーはある水準以上にはスキル・アップできないだろう、と彼は予測しています」

「そうかな。本で読んだ程度の知識ですが、プロファイリングが見事に的中して難事件を解決に導いた、という例も多いと聞きますけれど」

「彼によると、それも占いや予言と同じことです。『ある程度は的中しない方が不思議だ。成功例だけを陳列すれば、立派なプロファイリングの殿堂ができる』と言って片づけてしまう」

片桐はひどく真剣な眼差《まなざ》しでワインをひと飲みした。

「とか言いながら、プロファイリングを応用しているんじゃないのかなぁ。私が見たり有栖川さんから聞いたりしたところからすると、火村先生は事件の全体を観察して犯罪のパターンを見抜き、過去の経験と照合することで真相を透かして見ようとしていませんか？」

それはどうだろう。火村がどのように頭脳を働かせているのか、凡夫の私にはよく理解できていない。しかし——

「おかしな表現になるけれど、事件の全体を観察して彼が見抜くのは、犯罪のパターンというよりも……犯人が拠《よ》り所としたものやと思うんです。ある時は手の込んだ偽装工作であったり、またある時は見えにくい犯行動機であったり……」

「犯人が拠り所としたもの、ですか？　うーん、私にはよく判りません」

うまく伝わらないようだった。作家でありながら、私が適切な言葉を見つけられないためだろう。つまり、こうなのだ。火村がフィールドワークと称して警察の捜査に加わり、犯人を追い詰める場に立ち合う度、私には奇異に思えることがしばしばあった。それは、まだ抗弁する余地がありそうな犯人が、彼に推理をぶつけられてにわかに崩れ落ちてしまうこと。いくら火村の指摘に理があろうと、死に物狂いでもがきそうな場面でも、犯人たちの多くは思いがけず脆《もろ》かった。何故ああなるのか？——拠り所を突かれたからだ。どんな犯罪にも、そこさえ見逃してくれたら、と犯人が祈っている急所があるのではないか。火村の目はそこで焦点を結び、「お前が嫌なのは、こうされることだろう」とばかりに光を当てて犯罪者を射ち落とす。私にはそう思えるのだが。

「とにかく物騒な奴です。先生にご活躍いただいて、早いとこ捕まえてもらいたいですね」

片桐はそんな希望を述べたが、生返事しかできなかった。この事件で火村が名探偵ぶりを発揮する余地があるのか、私には疑問だ。捜査に貢献できなくても、別にかまいはしない。そんなことはいいのだけれど、犯人が撒き散らす濃厚な毒を浴びて、彼が精神的なダメージを受けることが心配だったのだ。こんなふうに感じたことは、今まであまりなかった。どうして今回は胸騒ぎがするのだろう？

おそらく、私はナイト・プローラーを恐怖しているのだ。まだ見ぬ犯人に、人知を超えた怪物の幻影を視《み》て、おびえているのだ。私が思い浮かべるナイト・プローラーは、心のない怪物。そんなものを相手にして、大丈夫なのか？

火村は犯罪を研究する学者でありながら、犯罪を激しく憎んでいる。彼は言う。自分はかつて人を殺したいと渇望《かつぼう》したことがある、真っ黒く暗い淵に立ったことがある。そこから引き返したがゆえに人を殺す者が赦《ゆる》せないのだ、と。私はその論理の飛躍ぶりに当惑しながらも、研究者として犯罪の中を歩くことを選んだ彼を見守ってきた。危ういバランスを保っているくせに、まぎれもなくタフでもある男は今、ナイト・プローラーを狩り立てることに血眼になっていることだろう。だが、もし、捕まえた相手に心と呼べるものがなかったら……。

強く呪われるかもしれない。私はそれを危惧《きぐ》しているのだ。彼はすでに犯罪に呪われ、縛られているというのに。

不意に黙り込んだ私を、片桐が上目遣いに見る。

「有栖川さんが泊まってるホテルって、部屋にゲーム機が置いてありましたよね」

「ああ、そうですね」

私はフォークを動かす。

「食事が終わったら、私は歩いて会社に戻りますけれど、有栖川さんはそのへんのゲームショップに寄って、『絶叫城』を買ったりしないでくださいよ」

「何や、そんなことを心配してたんですか。信用がないんやなぁ」
と笑いながら、その手があったか、と私は考えていた。

3

レミは走る。吹き抜けになった大広間に入り、中央の階段を上った。追っ手はこない。吹き抜けに面して四つの扉。そのうち、一番左の扉を開けて飛び込む。室内の画面に切り替わる。天井の片隅から見下ろした俯瞰《ふかん》のアングル。かつて喫煙室だった部屋だ。中には誰もいない。さっき閉じていたバルコニー側の窓が細目に開いているのは、誰かがそこから侵入した形跡か？　北、西、南に向かって三方に扉がある。南の扉から部屋に入ってきた。西側の扉を選んで開く。また画面が切り替わり、レミを真正面から捉えたアングルになった。がらんとした室内には、やはり誰もいない。入ってきた扉の傍らの絵にナイフで切り刻まれた痕があるのは最初からだ。安堵しかけたが、蜘蛛《くも》の巣がからまったシャンデリアがわずかに揺れているのに気づいた。バルコニーから侵入した者がここを通ったことを示しているのだろうか？　しかし、部屋を横切っただけならシャンデリアを揺らすことはあるまい。よく判らないながらも危険な気配がする。右手、つまり北側に扉があったが、そちらには進まず、引き返すことにした。

再び斜め上からのアングル。誰の姿もなかったが、ほんの十秒ほど措《お》いただけなのに、今度は窓が閉まっていた。誰か近くにいる。アリサがまだ生き残っているのか？　そうではない。すぐ近くにいるのが彼女なら、裸足《はだし》になっていようと足音が小さく聞こえるはずだから。足音がまったくしないということは、あいつだ。追っ手が迫っている。壁の時計の針は三時四十五分を指していた。夜明けは遠い。朝の光に追われてあいつが退却するまで逃げとおすことができるだろうか？　絶望的に思えた。それでも諦めずに考える。バルコニーの窓が開閉したということは、あいつは窓から出て行ったか、あるいは廊下に出たか、だ。ならばやはり西側の部屋を抜けた方がいい。しかし、シャンデリアが揺れていたのはどういうことか？　考えても判らないので、北側の部屋に進むことにした。暖炉がある居間だ。その部屋を突き切れば、中庭を囲む回廊へ出られる。駈け寄って、北側の扉を開けた。

居間には異状はなかった。暖炉に張った蜘蛛の巣は以前に見たままだし、肘掛け椅子の位置も動いていない。レミはまっすぐに進んで、回廊に出る扉を開いた。薄暗く、長い廊下が闇の彼方《かなた》へと伸びている。レミを背後から捉えていたアングルがゆっくりと切り替わって、真横から見た画面になった。暗がりの中に、彼女のドレスの白さがぼんやりと浮かぶ。ハイヒールを脱ぎ捨てて裸足になっているので、足音はほとんどしなかった。前方の闇にあいつが潜んでいる可能性はあるだろうか？　わずかな間に開いて閉じた喫煙室のバルコニーの窓、切り刻まれた絵の部屋で揺れていたシャンデリア。いずれも重要な意味を持っているのだろうが、あいつがどう移動しているのか判断がつかない。とにかく、この回廊には出てきていないのではないか。きっとそうだ、と結論を下して、レミは走りだした。

アポロンやナルシスの彫像が無気味に立ち並ぶ回廊を、北へ北へと進む。もしもあいつが物陰で待ち伏せていたらおしまいだが、それはない、と確信した上で駈けているのだ。歩くよりも走る方が、この城の中の時間は早く流れる。走れる時は走って、少しでも早く朝を迎えたかった。朝になれば、ひとまず恐怖から解放される。そして、あいつの追跡なしに城の謎を解く手掛かりを探し回ることができるのだ。

回廊の端まできたところで、レミはいったん立ち止まった。この先は十以上の小部屋が蜂《はち》の巣のように固まっていて、いつどこから襲われるかもしれない危険地帯になる。あいつが先回りしていることはないだろうが、やがて追いつかれるのは覚悟しなくてはならない。今のうちに、貴婦人の肖像画が掛かった部屋にある剣を確保しておくべきだろう。あれがあれば、一度だけあいつを追い払うことができる。レミは最初の小部屋の扉を開いた。

肖像画の部屋は、蜂の巣の中央にあると判っているのだが、各部屋の扉の位置がまちまちなので迷路をたどるように進まなくてはならない。勘を頼りに進んでいたら、じきに方角が判らなくなった。迷った。同じ部屋に何度も出てしまう。時間をくっているうちに、あいつは追いついてきたろう。次の部屋に入ったら、扉の陰にナイフをかざしているかもしれない。焦《あせ》り、混乱しているうちに――

ある部屋に入った瞬間、前方の扉が閉まるのを見た。あいつだ。たった今、あいつが出て行ったのだ。慌てて、きた方に引き返す。マントルピースの上の時計は四時二十分を指している。夜明けまで、まだ一時間四十分。あいつから遠ざかろうとするのだが何しろ迷路なので、後戻りすればするほど知らないうちにこちらから近づいてしまうかもしれない。パニックに陥らないよう、冷静にならなくては。

この部屋で鉢合わせすることはない、と自信を持ってある部屋に入ったその途端、右手の壁がゆっくりと開いた。昼間に探索した際、いくつかの仕掛けは見破っていたのに、この部屋にどんでん返しがあるとは気がつかなかった。引き返そうとするが、接近しすぎている。襤褸《ぼろ》をまとった灰色の怪物は素早くナイフを振りかぶり、逃げるレミの背中に突き立てた。

絶叫。

溶暗。

やがて——

遠くから鳥の声。


「死んだよ」

火村は溜め息まじりに言うと、ワイシャツの袖《そで》をまくって操作していたコントローラーを傍らの森下に手渡した。

「先生は健闘しましたよ。お疲れになったでしょう」

若い刑事は労う。犯罪社会学者は「目がね」と眉間《みけん》を揉《も》んだ。

「ご苦労さまです。このゲーム、殺された瞬間、何とも言えない不快感がありますよね。最期《さいご》の叫び声も、多少は演技臭くしてはあるけれど、趣味が悪すぎる。こんなものに熱中する人間の気が知れません」

「森下さんはゲーム嫌いなんですか？」

火村はキャメルを取り出してくわえる。

「こういう残酷なのは嫌ですね。ゲーム自体は嫌いやないですよ。今はする暇もありませんけど、子供の頃はよくロールプレイング・ゲームで遊んだりしました。仲間と宝探しの旅をする、もっと夢のあるゲームです。──あ、コーヒーをお持ちしましょう」

刑事が自販機でコーヒーを買ってくる間、火村は煙草をくゆらせながらモニターの画面を観ていた。レースのカーテンに明るい光が射し、小鳥が囀《さえず》っている。これまではポリゴンと呼ばれる三次元画素による画面だったが、この部分は実写の映像だ。夢から覚めたことを表わしているのだろう。今までのことは、すべて悪夢だったということか。ゲームが陰惨になりすぎないように、という制作者の配慮──あるいは言い訳──に思えた。やがて、ゲームオーバーの文字が浮かび上がり、火村は終了のボタンを押した。

合同捜査本部の一室。

ナイト・プローラーの最初の凶行は、ここ鶴見《つるみ》署の管内で行なわれた。横堤《よこづつみ》六丁目の路上で、帰宅途中の大学院生が背中を刺されて死んだのだ。夥しい血をアスファルトに流して。犯行の推定時間は午後十一時から翌朝一時にかけての間。鶴見緑地に近い人通りの少ない道で、ましてや深夜ということもあり、懸命の聞き込みにもかかわらず目撃者は皆無だった。そして、被害者の口に入っていた紙片に書かれたひっかき傷のような模様が何を意味しているのか、見当がついた捜査員もいなかった。

森下が戻ってきて、湯気が立つ紙コップを差し出した。猫舌の犯罪学者は、ひとまずそれをテーブルの端に置いて、『絶叫城』のケースを取る。

「このゲームのメーカーって、大阪なんだね」

「新大阪に本社があります。イリンクスっていう看板をあげたビルが電車からも見えますよ。ゲームソフトのメーカーとしては準大手というところですか。このところぱっとしなくて、『絶叫城』は久々のヒット作だそうです。といっても、何百万本も売れているわけではありません。発売後半年足らずで三十万本少々だそうで」

「私には評価ができないけれど、よくできているのかな」

「ここの警務課に息子さんがゲームマニアって署員がいるんです。その人によると——正確には息子さんの評価ですが——グラフィックは申し分がなくて、謎解き部分がやや弱いながらシナリオもしっかりしているし、操作性にも優れていて佳作である、ということです。残酷な世界観が魅力的だとも」

世界観という言葉がゲームを評するのによく使われるのは火村も知っていたが、じかに耳にしたのは初めてだった。

「残酷な世界観か。ちょっと遊んだだけじゃ判らないな。気がついたら女の子たち四人が不思議なお城に閉じこめられていて、理由も判らないままナイフを持った怪物に追い回される、というだけじゃないんですね？」

「このゲームの攻略本によるとですね、絶叫城というのは、疎外感《そがいかん》と絶望から生じる狂気の象徴なんだそうです。何のことやら、と首をひねりますけれどね」

「誰の狂気なんだろう。女性ばかりが殺されていくんだから、男か。四人の女の子たちは、孤独のあまり狂った男の妄想に幽閉されてしまったということか。でも、どうしてそんなことになったか説明がない」

「先生、そこまで真剣に考えるほどのものやないと思いますよ。変なストーリーなんです。このゲームでは、夜になるとナイト・プローラーとかいう奴からひたすら逃げ回るだけで、昼間は絶叫城の秘密を探るために手掛かりを求めて城内を調べなくてはならないでしょう。すべての手掛かりを集めて、謎を解いたらハッピーエンドかと思いきや、それが違うんです」

「助かるんじゃない？」

「はい。謎が解けたら最悪の結末が待っています。ナイト・プローラーは消滅するんですが、次の瞬間、プレイヤーはこの妄想と狂気の城を継ぐことになるんです。ナイト・プローラーになって。そんなことになるんだったら、さっさと怪物に刺し殺されて悪夢から解放された方がよほどましでしょう」

「ナイト・プローラーになって城を継ぐとは、どういうことです？」

森下は苦笑いをした。

「私に訊かれても困ります。意外性を狙っただけやないですか。ショックを与えることだけが制作者の目的で、辻褄を合わせることなんて考えていないんですよ。どうしてこんなゲームが一部で受けているのか理解できません。おそらくは、単に残酷味の効いたサスペンスがうまく演出されている、というだけのことなんでしょうね。それに加えて結末が意味不明で思わせ振りだから、利口ぶって深読みする楽しみがあるのかもしれない。——ああ、これがその攻略本です」

森下が机の上から取ってきたのは、薄いＡ４サイズの本だった。赤く毒々しい『絶叫城』の三文字だけが表紙で躍っていて、発行元を見てみると珀友社とある。

「おっと、有栖川先生が世話になっている出版社だ」

「そうやったんですか。色んな本を出している会社なんですね」

「確かに。何しろ、あいつを小説家にした上、ずっと面倒を見ている奇特な版元だからね」

火村は本をパラパラとめくって拾い読みをした。現実の連続殺人事件の真相や犯人像を示唆《しさ》するような情報はない。ゲームの画面をふんだんに使って、どうすればナイト・プローラーの攻撃を回避することができるか、城の秘密を解く鍵がどのあたりに隠されているか、といったことに関するヒントが羅列されているだけだ。城のいたるところに設けられた抜け穴やどんでん返しの場所が明かされていたりもする。

「火村先生、いかがでしたか、その血腥《ちなまぐさ》いゲームは?」

そう言いながら、主任の鮫山警部補が部屋に入ってきた。謹厳な学者めいた風貌《ふうぼう》。しかし、眼鏡の奥の理知的な目はかなり充血しており、その口調にはいつにない疲労と苛立ちがにじんでいた。

「ひどいもんでしょう。人死にをゲームで扱うにしても、もう少し穏便にできないものかと思います。そんなものを繰り返し繰り返しやっていたら、影響されて実際に人を殺してみようなんて奴が現われるのも必然ですよ。殺される人間も、その後始末に駈けずり回らされるわれわれも、たまったものではありません」

「鮫山さんらしくありませんね。犯人がこのゲームに影響されて通り魔殺人に走った、という結論を出すのは早計ではありませんか?」

火村は穏やかに言う。警部補は、テレビモニター脇《わき》のパイプ椅子にどっかと腰を下ろした。

「まぁ、そうなんですけれども。しかし、一連の事件が同一犯による無差別殺人であることは、まず間違いがありません。そして、そいつはナイト・プローラーとかいう署名を挑発的に遺している。このゲームを楽しんだことがある人間であることは確かです。英語でナイト・プローラーというタイトルが出るオープニングをご覧になったでしょう。フィルムを釘で引っ掻いたようなタイトル。あれは被害者の口中にあったメッセージと完璧に一致しました。犯人は画面を一時停止させて、タイトルを正確になぞっています」

「ゲームを持ってはいるんでしょうね。しかし、それが手近にあったので怪物の名前を借用しただけかもしれないし、好きでもないゲームの設定をなぞることで捜査の撹乱を図っている可能性もあります」

「穿《うが》ちすぎた見方だと思いますよ、先生。私の想像では、犯人は非常に世界の狭い人物です。変身して別の何者かになろうとしても、ゲームのキャラクターぐらいしか発想できない男。実際の年齢と不釣り合いに精神年齢が幼い男。……そんなもの、ごろごろ転がっていますか」

火村が紙コップを取るのを見た鮫山は、財布から硬貨を出して「俺にもコーヒー」

と森下に頼む。若い部下は、アルマーニのスーツの裾《すそ》を翻《ひるがえ》して出ていった。

「この後、ゲームの制作会社に話を聞きにいくんですが、先生はどうなさいます？ まだ目を通していない資料がたくさんあると思いますが」

行き先が新大阪なら、大して時間はとるまい。火村は椅子の背に掛けていたジャケットを取った。

「同行させてください。その後で昨日の事件の現場をもう一度見にいきます」

4

第三の犯行現場となった江坂《えさか》は、地下鉄で新大阪から二駅のところだった。新御堂《しんみどう》筋《すじ》に沿ってオフィスが建ち並んでいるが、少しはずれるとマンションが目立つ。ともに新興のオフィス街と住宅地が入り交じったような街だが、大きな商業ビルもあって昼間は賑《にぎ》わっていた。しかし、夜ともなると人通りが絶え、小さな公園が点在しているせいもあって、若い女性が独りで歩くのには緊張を強いられる道も少なくない。ましてや何かと物騒な昨今、深夜十一時を過ぎてふらふらとコンビニに出かけた被害者、水尾智佐の心に隙《すき》がなかったとは言えない。彼女のマンションからコンビニまではせいぜい二百メートル足らずの距離しかなかったが、その間に闇の濃い一角があった。まさにそこで彼女は凶漢に襲われた。雑居ビルと児童公園に囲まれて人気《ひとけ》がない上、常夜灯の間隔も疎《まば》らになった路上で、ナイト・プローラーは獲物を待ち伏せしていたらしい。そして、犯行後に遺体を公園内の植込みに引きずり込んで隠した。

「悲鳴を聞いた者も現われないんです。失血性ショックで亡くなった被害者は、大声を出すこともできなかったようです。新御堂をひっきりなしに車が走っていますから、弱々しい声だったらその音に掻き消されてしまったでしょう。高架を走る地下鉄も、その時間なら動いていましたし」

児童公園の出入口がどこに通じているか確かめる火村に寄り添ったまま、鮫山はこれまでの聞き込みの結果を伝える。

「被害者がコンビニに出向いたのは、宅配便を出すためです。インターネットのオークションに出品していたブランド物のバッグを発送しなくてはならなかったのを忘れていたとかで。約束どおりの期日に届けないと、信用のできないオークショナーというレッテルを貼られてしまうので焦ったんでしょうね。顔馴染みの店員とそんな会話を交わしています。出勤前に送ってもよかったのに『朝は慌ただしいから今晩のうちに出しにきた』と話したそうです。たったそれだけのことで、命を落としたりもするわけですね」

「早朝や白昼の通り魔事件もありますから、彼女の判断が決定的に間違っていたとも言い切れませんよ。どこで何が待っているか判らない。生きるということは、目を瞑《つぶ》って地雷原を走り抜けるみたいなもんです」

公園内から現場付近を見渡しながら、火村は気のない口調で応えた。犯人が身を潜めるのに適当な木立ちや植込みの陰はたくさんある。

「犯人が待ち伏せしていた痕跡などは見つかっていないんですね？　ということは、路上ですれ違いざまに襲いかかったのかもしれない」

「実は、私もそう考えている口なんですよ、先生。被害者の顔写真を見て、何かお気づきになりませんでしたか？」

鮫山は助教授の顔を覗き込んだ。

「さして似た顔立ちだとは思いませんが、三人ともどちらかというと丸顔で、ショートヘアでしたね。鮫山さんは、犯人が好みのタイプの女性を犠牲者に選んでいるとお考えなんですか？」

警部補は頷く。

「はい。園内の物陰に隠れて獲物を探していたのなら、通行人の顔がよく見えません。

あちらの常夜灯の下を通った時なら何とか目鼻立ちまで判るでしょうが、それから公園を飛び出したとすると、被害者は刺された地点よりももっと先まで進んでいたはずです。また、公園の外の電柱の陰で待ち伏せをしていたのだとしたら、通りかかった者すべてに挙動を怪しまれたことでしょう。遺体発見前にここを通った三人の人間から話を聞いていますが、そのような不審者はいなかったそうです。ですから、犯人は歩きながら被害者を物色していたのではないか、と見るわけです」

鮫山の推理には一理あったが、犯人は特定のタイプの女性を狙っていた、という前提がまだ不確実だ。火村は、三人の被害者がとりたてて似ているとは思っていなかった。

「丸顔の女性は多いし、最近はみんな髪を短くしていますからね」

「ご賛同いただけませんか。では、犯人は被害者をあらかじめ選び出した上でつけ狙っていた、という説はどうです？　被害者には外見以外の共通点があると言う者がいるんです」

数秒の間を措いて火村は言った。

「名前のことですか？」

「先生もお気づきだったんですね」

鮫山は意外そうに言った。

「意味があるとは思っていませんが。――最初に殺されたのが海野《うんの》光恵《みつえ》、二番目が川本《かわもと》織江《おりえ》、三番目が水尾智佐。どの苗字《みょうじ》にも水に関係する字が含まれていることに着目した人がいるわけですね？」

「そうです。これが偶然の一致でないとしたら、犯人は少なくとも被害者の名前を事前に知っていたことになる。どうして水に関係がある苗字の女性を殺すのかは理解不能ですが」

「私にも理解できません。おそらくは偶然でしょう。水に縁がある苗字なんて、いくらでもありますよ」

「そうですね。やはり単純な通り魔殺人とみるのが妥当でしょう。二十代の女性ということしか被害者には共通点がないわけですから」

「彼女らの間に交友関係があったとか、同じ組織団体に所属していたということもないんでしたね」

「さらに洗っていますが、なさそうです。生育した場所も環境も大きく異なりますし、共通の趣味があったふうでもない。海野光恵は大学院生、川本織江はフリーター、水尾智佐は派遣社員。それぞれの学校や職場もかなり離れています」

「三人に接点はなくとも、同じ男とどこかでつながっていた可能性もありますよ」

「家族や友人に聞いたかぎりでは、そんな男は浮上していません。水尾智佐の携帯電話とパソコンに残されている記録を調べているところですが、今のところは何も……」

新しい発見がある望みは薄いだろう。殺害された三人は、いずれも携帯電話を所持していたが、犯人はそれを持ち去っていない。かねてから電話やメールのやりとりをしていた人物ならば放置しなかっただろう。携帯電話のみならず、現金やクレジットカード類にも手がつけられていないことも、犯行が無差別の快楽殺人であることを示している。

火村と鮫山はベンチに腰を下ろした。被害者に手向けられた花束が置かれた手前で、マイクを手にした女性がベーカムのカメラに向かって何か話している。ワイドショーのリポーターだろう。少し離れたあたりに、同じようなカメラクルーが立っていた。場所が空くのを待っているようだ。

「彼らにとっては、話題性たっぷりのおいしい事件なんでしょうね」警部補は吐息をつく。「水尾智佐の両親から、夜中にテレビ局の連中が押しかけてくるのを何とかして欲しい、という相談がきています。まったく、やりきれません」

「イリンクスのスタッフも嫌がっていましたね。残酷で悪趣味なゲームが猟奇殺人の原因を作っているのではないか、という仮説に基づく取材が殺到したり、販売店で『絶叫城』の販売を自粛する動きが出たり。プロデューサーなんて、それこそ大声で叫びたそうだった」

火村は、つい先ほど訪問先でもらったばかりの名刺をポケットから出した。応対してくれたのはプロデューサー、ディレクター、シナリオライターの三人。途中からやってきた宣伝と広報の背広組が神妙な態度だったのに対して、制作スタッフ三人はやや興奮気味だった。そして、自分たちの作品がいたって健全な娯楽ゲームソフトであることを語り、実際にプレイしたこともないまま偏見だけ抱えて取材にくるマスコミの反応に憤《いきどお》り、ホラーやゲームを攻撃する風潮が広まることへの危惧を訴え、一刻も早い犯人検挙を警察に求めた。

鮫山は眼鏡拭《ふ》きでレンズを丁寧に拭《ぬぐ》いながら言う。

「有害なゲームを青少年に垂れ流している悪徳業者みたいに思っていたのに、会ってみるときちんとしたクリエイターに見えましたね。『あのゲームのことを批判するのなら、せめて最後までプレイしてみて欲しい』と食ってかかられて閉口しかけましたが、もっともなことです」

「『それにしても刺激が強すぎませんか？』という鮫山さんの印象評についても、堂々と反駁《はんばく》していましたね」

「ええ」と刑事は苦笑する。

込み上げてくる感情を抑えるように、Tシャツに不精髭《ぶしょうひげ》のディレクターは低い声を搾《しぼ》り出しながら熱弁をふるった。まだ三十前後だろうに、えらく貫禄《かんろく》のある男だった。

――われわれはグロテスクな描写をただ羅列しているのではなく、きちんと昇華させて作品化しているという自負を持っています。殺人シーンが多いというだけで非難されるのなら、テレビで時代劇を放映するのもただちに中止しなくてはならない。NHKの『芸術劇場』でオペラの『サロメ』を流すのも不可だ。われわれのゲームには、血が滴《したた》る生首を欲しがる女なんて登場しませんからね。歌舞伎の〈殺し場〉もまずい。時代劇や歌舞伎は様式化されているからいい？　それは変でしょう。われわれの作品だって、充分に様式化されていますよ。ゲームに馴染みのない人の目で判定されては困ります。芸術作品のオペラと同一に論じるのはおこがましいかもしれませんが、いずれも一個の完成された表現であることには変わりがありません。『絶叫城』をプレイして猟奇殺人に走る馬鹿はいそうだけれど、『サロメ』の舞台を観たり戯曲を読んで生首への欲望を掻き立てられる人間はいない、とも断言できない。よしんばそんな〈殺人鬼サロメ〉が出現しようとも、あの作品を人類の文化史から抹殺せよ、ということにはならないはずです。『罪と罰』を読んで金貸し殺しを計画する学生、『チャタレイ夫人の恋人』に影響されて不倫に憧れる人妻、『浦島太郎』で亀をいじめる楽しさに目覚める子供。いくらでも空想できる。そもそも、きちんと創られた作品ならば、必ずどこかしら人の心をかき乱す力を持ちます。その力を恐れるあまり自由な表現を禁じるわけにはいかない。

まあ、聞いてください。そんな名作と残酷なゲームでは事情が違うだろう、と言われそうなので先手を打たせてもらいます。われわれのソフトで遊ぶ大多数のユーザーは、あれを純粋にゲームとして楽しむだけで、殺人に手を染めたりしません。当たり前のことです。しかし、人間には驚くほどのバラエティがありますから、ごくごく稀《まれ》にゲームを真似て女を刺してみたい、と思う奴が出てくるかもしれない。でも、その危険を先取りしてゲームの制作を禁止することはできないんだ。『サロメ』はよくて『絶叫城』は駄目、という判定を下す権利は誰にもない。

われわれは、『絶叫城』が暴力願望を亢進《こうしん》させるゲームだとは考えていません。プレイヤーは作中の女性キャラクターにのみ感情移入するので、普通の人間ならばむしろ暴力に対する嫌悪感を覚えるはずです。普通でない野郎がコントローラーを手にする可能性があるから危険なんだとおっしゃいますか？　でも、そんな異常なケースを前提にしていたら、社会の機能はいたるところで停止しますね。赤の他人が運転するバスには乗れないし、レストランの食事に毒が盛られている可能性も疑わなくてはならない。いいですか。われわれは、たいていの人間はこうである、という仮定の下でしか生きていくことができません。ホラービデオや『サロメ』を観て殺人鬼になる奴もいる、なんて心配していたら、社会のすべての基準を最低の愚か者に合わせる必要が出てくるんですよ。はたして、最低の愚か者のための社会を築きたいと希《ねが》う人がいるでしょうか？

「鮫山さんは『それは詭弁《きべん》だ』と言いたかったんじゃないですか？」

警部補はしつこく眼鏡を拭いている。

「喉元《のどもと》まで出かかりましたが、ぐっとこらえました。ああいう暴力的なゲームはポルノと似ていて、それがあったおかげで欲望を発散できる、という側面もあると私は思っています。しかしながら、そういった犯罪抑止効果は表に現われませんから、功罪を論じにくいんです」

その言葉をイリンクスの応接室で放っていたら、長髪のシナリオライターが猛然と反発しただろう。彼は不貞腐《ふてくさ》れ気味にこんなことを語っていた。

——『絶叫城』に罪があるとすれば、やや売れすぎたことでしょう。あの作品はちゃちな現代文学の水準を超えていますから、虚構を鑑賞できないお粗末な頭の人間がプレイした場合、毒気だけを吸入してしまう懼《おそ》れもなくはない。しかし、そんな事態ばかり想定していたら文学も死滅します。

彼にとって『絶叫城』は、高い文学的価値を有するらしい。欲望のガス抜き効果を認められても悲憤慷慨《こうがい》しただろう。

「ゲームの影響で重大な犯罪を引き起こしたことが明白である、という事例はないんですか？」

鮫山は眼鏡をかけ直しながら犯罪学者に尋ねる。

「断定できる事例など知りません。——おそらく、ゲームと犯罪が初めて結びつけられたのは、一九八八年に東京都目黒区で起きた事件でしょう。中学二年の少年が両親と祖母を刺殺したんです。彼は、犯行に際して金属バット、包丁、電気コードの三種類の凶器を準備していました。そして、三人の友人に犯行の誘いをかけている。この状況が、主人公が三種類の武器を装備して三人の友人を戦闘に伴う『ドラゴンクエストⅢ』を連想させる、と指摘した論者がいます。そして、少年は虚構と現実の区別が曖昧《あいまい》になっていたのではないか、リセットボタンを押すだけでプレイヤーが生き返ることに馴れて死の意味すら理解していなかったのではないか、という見方が提起されたわけです」

「それだけでは何とも言えませんね。複数の凶器を準備したのは、犯人の気の弱さの顕《あら》われにすぎんでしょう。友だちに声をかけたのもしかり。──九七年に神戸市須磨《すま》区で起きた連続児童殺傷事件では、当時十四歳だった犯人の少年が『さあ、ゲームの始まりです』という書き出しの挑戦状を遺体に添えたり、地元の新聞社に送りつけたりしましたね。そちらの場合ははっきりゲームという言葉が使われていましたが……」

「『ゲームの始まりです』という言い回しは『試合開始です』とも取れますから、彼がゲームを意識して書いたかどうかも不明ですよ。将棋やチェスを連想していたのかもしれない。あるいは、人生をゲームに模する無神経な大人への憎悪が根底にあったのかもしれないでしょう。何も決定できやしません」

「先生もゲーム擁護派ですか？」

助教授は静かに首を振った。

「擁護する義理はありませんよ。安易に結論を出したくないだけです」

風が出てきた。梢《こずえ》の葉がざわめき、火村のネクタイが翻る。日が翳《かげ》った空を見上げながら、「天気が崩れてきてるな」と鮫山は呟いた。

火村のポケットで携帯電話が鳴りだした。鮫山は驚いたように少しのけぞる。

「やっと連絡がついたな。取材に行ってたのか？……ああ、そうなのか。……ああ、昨日から捜査に加わっている。それまでにも声は掛かっていたんだけど、こっちが身動きが取れなかったのさ。……残念だな。それぐらいは気づいている。詳しい話が聞きたいか？……仕事が片づき次第、帰ってくるんだな？　じゃあ、またこっちから連絡する」

会話は手短にすんだ。火村が携帯をしまうのを待って、「有栖川さんですか？」と警部補が訊く。

「ええ。東京のホテルで缶詰になっていたそうです。『被害者の苗字にはみんな水に関係する字が使われている』と教えてくれました」

「遅れていますね。有栖川さんが大阪にお戻りになったら最前線に出てきてもらって、新しい情報を仕入れていただく方がよさそうですよ。——それはそうと」鮫山は火村のポケットを指差して「着信メロディを聞いて昨日から気になっていたんですが、先生は宇多田ヒカルのファンだったんですか？」

「よく判りましたね。いや、宇多田ヒカルの曲だということが。——携帯のバッテリーが切れて困っていたゼミの学生に貸したら、悪戯《いたずら》をされたんですよ。面倒だから、そのままにしてあります」

鮫山は、くすりと笑う。

「先生にも隙があるんですねぇ」

「人生はどこに落し穴が口を開いているか知れたもんじゃありませんし」

火村は、にこりともせずに目を細め、犯行現場からのリポートを送っている一団に遠い視線を投げた。

5

夜が更《ふ》けるにつれて、雨は激しさを増すようだった。

「よう降るな。梅雨の最中やから当然にしても、夜になったら晴れると予報で言うてたのに」

私は二本目の缶ビールに口をつける。だらしない恰好でソファに掛けた火村は、煙草をふかしながら黙って窓を見ていた。リビングにはバッハの『ゴールドベルク変奏曲』が流れている。火村お気に入りのグレン・グールドのピアノではなく、スコット・ロスによるチェンバロなのは私の好みだ。

結局、東京での缶詰生活は予定よりも二日延びてしまった。愛すべき相棒の忠告を聞かずに、私がホテルの密室で『絶叫城』に耽ってしまったことが原因だから、自業《じごう》自得である。問題のゲームには十時間以上も費やしたのに、とてもクリアするには至らなかった。自宅に持ち帰った『絶叫城』の続きをプレイするためにわざわざゲーム機を買う気にはなれない。このまま永遠にゲームのエンディングを見ずに終わるのだろう。

三日前に大阪に帰って以来、曇天の日が続いていたのだが、今朝から激しく降りだした。陰鬱な天気が続く。そして、さらに気を重くさせるのが、連続通り魔殺人犯ナイト・プローラーが逮捕される目処《めど》がつかないことだった。大阪に帰った水曜日の午後、私は火村とともに第一、第二の犯行現場を見て回り、合同捜査本部にも顔を出した。どの捜査員たちも目を血走らせて、殺気立った雰囲気すらあった。臨床犯罪学者の助手もどきとして警察に出入りすることには馴れていたが、今回ばかりは居場所がない心地がして、「俺は帰る」と火村に言って——東京帰りで疲れていたせいもあるのだが——早々に退散した。その火村の方も連日は捜査に加われないようで、木曜金曜は京都の大学へ出て、講義のない今日は三日ぶりに本部に足を運んでいた。そして、捜査会議に参加した後で、夕陽丘にある私のマンションにやってきたのだ。時間が時間だけに、泊めてやるしかない。

火村はふと立ち上がり、冷蔵庫からコーラの缶を取ってくる。今夜はノンアルコール飲料しか飲まないつもりらしく、「新作が完成した祝杯は独りであげてくれ」と言われていた。

「江坂の事件から明日で一週間がたつな。マスコミの警察批判もうるさくなってきてる。本当のところ、捜査の見通しはどうなんや？」

火村はのそりと上体を起こし、だらしなく結んでいたネクタイをはずす。

「あまりよろしくないな。目撃情報が乏しいし、犯人が遺したブツは例のメッセージぐらいしかないから停滞しているんだ。次の犠牲者が出ないと捜査が前に進まないのか、なんて事件記者に皮肉を言われて、捜査主任の船曳さんがかんかんに怒っていた」

つるりと禿《は》げた頭から湯気が立ち上る様子を思い浮かべてしまう。〈海坊主〉の綽《あだ》名《な》を持つ船曳警部とは、火村も私も昵懇《じっこん》にしていた。それだけに何とかお役に立ちたい。

「ナイト・プローラーは一ヵ月前の五月二十一日に最初の事件を起こしてから、六月四日、十七日とおよそ二週間ごとに犯行を重ねてる。ということは、来週末あたりからまた危険な時期に入るわけやな。それまでに進展がないと、マスコミの批判も市民の動揺もますます大きくなるぞ」

火村はコーラをひと口飲んでから、何本目かのキャメルを唇の端にくわえる。

「一私大の助教授にはどうすることもできないさ。——待て、非難がましい目をするなって。俺だって微力は尽くしているんだ。しかし、現場と遺体を観察しただけで『犯人は年齢二十五歳から三十歳。性別、男。高等教育を受けているが、現在は失業しているか自分の能力以下の仕事に就いて不遇である。複雑な家庭環境で生育し、充分な愛情を受けてこなかった可能性が高い。目立たないタイプ。こざっぱりとした地味な服装を好み、几帳面《きちょうめん》に整頓《せいとん》された部屋に独りで住んでいる。独身。嗜虐《しぎゃく》傾向が強く、性的不能の可能性あり。右頬に黒子《ほくろ》があって広東《カントン》語とフィンランド語に堪能《たんのう》』なんて真《まこと》しやかな託宣を告げるわけにはいかない」

「まだFBIアカデミーでプロファイリングの研修を積んでないからな」

「積む気もねえよ。船曳さんだって、そんな芸当をさせるつもりで俺を現場に呼んだんじゃない。彼が期待しているのは、被害者の関係者に犯人がいないかどうかを確かめさせることだ」

「関係者に犯人がいないか確かめる？　お前が？」

火村は自分の煙に顔をしかめている。

「ああ。特に最初に殺された海野光恵の身辺にホンボシがいないか気にしている。勝手に被害者に懸想《けそう》していた男が、何らかのきっかけで彼女を刺した。ストーカーまがいのことをしているうちに咎《とが》められ、逆上してナイフを突き出した、とかな。それは偶発的な犯行だったけれど、犯人の男は女を刺し殺す快感を覚えてしまった。そして、甘美な記憶が薄らいでくると新たな犠牲を求めるようになった、と。——この物語のリアリティはどうだ？」

あまりあるとは思えなかった。そこまで考えなくてはならない状況なのだろう。

「海野光恵は摂津《せっつ》大学文学部の院生だ。女だらけの研究室で女性教授に指導を受けていて、ボーイフレンドもいなかったらしい。たまに誘われてよその大学院生や会社員と合コンをしても、男と電話番号を交換することもしないお堅いタイプだ」

「写真を見たかぎりでは、もったいないような……」

充分に美人の部類に入る女の子だった。

「数年前に手痛い失恋をしたから男性不信に陥っていたのかもしれない、という友人もいたな。そんな彼女に想いを寄せている男がいた。中学時代の先輩だから家も近い。ストーカー行為をしていたのではないけれど、自宅の近くで偶然を装ってよく会っていたらしい。彼を訪ねて話をしたよ。市内の保健所に勤めていて、趣味で気象予報士の資格を取ろうとしている実直でおとなしそうな男だったよ」

「印象はそれだけか。他に何も匂《にお》わへんかったんか?」

「ほのかな片想いをしていた女性が殺されてショックを受けているようだった。俺がまんまと騙されているんじゃないかって? その可能性はあるさ。しかし、彼には動かぬアリバイがあった。海野光恵が殺害された五月二十一日から二十二日にかけて、公務で東京に出張していたんだ」

「第二、第三の犯行当日のアリバイは?」

「訊いたよ。素直に答えてくれた。第二の事件があった六月四日の深夜については、自宅にいたので証人は同居している家族しかいない、ということだったけれど、第三の事件の際は従兄《いとこ》が経営する近所のスナックで常連客たちと飲んでいた、というアリバイが成立している。シロだろう」

「あっさりシロと認定するんやな」

くわえ煙草の助教授は、若白髪の多い髪をゆっくりと掻いた。

「鉄板みたいなアリバイがあるんだぜ。それに、二番目の被害者の川本織江とも三番目の水尾智佐ともまったく接点がないんだ。斬《き》り込む余地がない」

「なるほど。——川本織江の身辺に怪しげな人物は？」

「彼女は海野光恵とは対照的に社交的で、異性関係も少なくなかった。とっかえひっかえ彼氏をチェンジしていたらしいな。それでいていつも後腐れを残さない。別れた男たちに話を聞いたら『織江は恋愛の達人ですよ』『付き合ったのはいい思い出です』という調子だ。憎めないキャラクターだったんだな。その連中の事件当夜の行動も調べたけれど、コンビニや深夜営業の喫茶店でアルバイトをしている男が多かったせいで、たいていアリバイが成立した。ひっかかったのは一人だけだな。ミナミで開業している三十歳の整体師。彼女が働いていた居酒屋にお客としてやってきたのがきっかけで、何度か二人で食事に行っている。複数の同僚の話によると、川本織江は『ケチで退屈な人やからパスしたいのに、あの整体師、また飲みに行こうってしつこい』とぼやいていた」

「それだけのことでは、怪しいとも言われへんやろう」

「この男、体重百キロ近い巨漢でね。かつて交際していた女性と別れ話がこじれた時、相手の顔面を殴打《おうだ》して警察沙汰《ざた》を起こしている。粗暴な傾向があるんだよ。ただ――」

「ただ？」

「川本織江が殺された当夜、堺《さかい》から通っている上得意の家を治療のために訪問する予定が入っていたのが、直前になって先方の都合でキャンセルになったんだ。それで時間ができたから急に思い立って犯行に及んだ、と見るのは無理があるだろう」

「アリバイはないんやな？」

「ああ。しかし、第一と第二の事件が起きた際の所在ははっきりしている。彼は仕事の後でサウナに行くのが好きだそうで、問題の日にも汗を流していたんだ。そして彼もまた、被害者たちとの間につながりを持っていない」

「つまり、心証はやはりシロということやな。三番目の水尾智佐はどうなんや？」

「まだよく調べていないけれど、鮫山さんに聞いたところによると、これという容疑者は見当らないようだ。派遣先のベビー服メーカーでの人間関係は良好。仕事上のトラブルもなし。派遣会社との関係もよかった。近所での問題もなし」

ということは、やはりナイト・プローラーは通り魔なのだろう。死んだ三人は、不幸にも悪魔と出くわしてしまったわけだ。

「女に生まれたら、男がどう見えるんやろうな」

　私はぽつりと呟く。

「何が言いたいんだ？」

「理不尽にも、ただ殺すことだけを目的に男が行きずりの女を刺す。いつの時代、どこの国でも起こる事件や。その逆は聞かない。俺が女やったら、その事実だけで男を信じない」

　火村は、夜の闇を洗う雨を見ていた。

「何故そんなことが起きるのか、説明する義務は男にある。お前も含めてな」

「『絶叫城』に閉じこめられ、逃げ回った挙げ句に殺されていくのも女だった。どうしてそうなる？　男が女を憎んでるからか？　恨んでるからか？　恐れてるからか？　軽蔑か畏怖《いふ》か、それとも――」

　突然、宇多田ヒカルの『ファースト・ラブ』のメロディが鳴った。何ごとか、と思っていると火村が携帯に出る。彼は相槌《あいづち》を打ちながらペンを取り、手近にあった新聞の余白にメモを書き込んだ。

「すぐに行きます」

そう言って通話を終えると、まっすぐに私を見る。

「出たぞ。ナイト・プローラーだ」

まさか、と言いかけた。

「……まだ前の犯行から一週間しかたってないぞ」

「俺に抗議されても知らねえよ。どうしてピッチを上げたのか、捕まえて訊くしかないだろう」

火村はジャケットをはおり、すぐに部屋を飛び出せる態勢になっている。私は慌ててクロゼットに走った。

「お前、こうなることを予想してアルコールを控えてたのか？」

酔いを覚ますために自分の頰を叩いて問うと、彼は頷いた。

「予想というのでもない。漠然と恐れていただけだ。ナイト・プローラーは夜しか活動しないからな」

雨が盛んに降っている。

6

火村が書き留めた住所は港区石田《いしだ》一丁目となっていた。道路地図を見ると、弁天埠《べんてんふ》頭《とう》の近くだ。大きな倉庫が建ち並んだあたりだろう。およその見当がついたので、地図を閉じて火村に道順を示す。事件のせいなのだろうか、谷町筋《たにまちすじ》や千日前《せんにちまえ》通りで何台ものパトカーとすれ違った。夜の街の空気がふだんと一変して緊迫している。そして、激しい雨音が不安をより掻き立てる。

ワイパーが払っても払っても、雨が滝のようにフロントガラスを流れ落ちていた。やがてその滝の向こうに、停車中のパトカーの赤色灯がにじんで見えてきた。青い建設用のビニールシートが張られていた。時計の針は午前一時になろうとしている。

警察に大きな動きがあったのを見逃すはずもなく、報道関係者もやってきていた。テレビはまだのようだが、黄色いテープのこちら側でカメラのフラッシュがせわしなく瞬《またた》いている。私たちは手前で車を停めた。「失礼」と言いながら雨合羽を着た群れを器用に掻き分けて進む火村に倣《なら》って、私も突進した。傘が周りの人間の頭に当たり、「痛い！」という声があがる度に振り向かないまま謝る。そんな姿を発見した森下が

「こちらです」と手招きしていた。

遺体が横たわっているのは大きな倉庫の谷間だった。通りから二十メートルほど脇道に入ったところなので、常夜灯の明かりもあまり届いていない。現場に到着してすぐ私が感じたのは、どうして被害者はこんな淋《さび》しげなところを歩いていたのだろうか、という疑問だった。犠牲の血を求めてナイト・プローラーが徘徊《はいかい》し、この街は恐怖に支配されているというのに。男でも避けて通りたいような暗く細い道だ。

「ご苦労さまです。いやぁ、すごい降り方になってきましたね。宵の口からこうやったら、被害者も出歩いたりしなかったでしょうになぁ」

太鼓腹を揺すってやってきた船曳警部が嘆息する。大きな傘をさしていたが、スーツの肩も背中もびしょ濡《ぬ》れだ。

「殺されたのはまた若い女性だということですが、妙ですね。こんなところを独りで歩いていたんでしょうか？」

火村は道の奥を見て、さらに訝《いぶか》る。

「コンクリートの壁にぶち当たって行き止まりじゃないですか。こんなところ、昼間でも倉庫の作業員以外に用がないはずだ」

「壁の向こうは安治川《あじがわ》です。たしかに解《げ》せませんね。通りに面しては民家もありますが、こっちに曲がったら行き止まりなのは一目瞭然《いちもくりようぜん》ですから、道に迷って入り込んだとも考えにくい」

「ナイト・プローラーの犯行であることを示すものはあるんですか？」

「後でお目にかけます。まずはホトケさんを——」

壁際に横たわる遺体の上にはテント状にシートが掛けられていた。私たちは傘をたたみ、中腰になってそのテント内に入る。頭上のシートを雨が打つ音がやかましくて、会話もままならないほどだ。

アスファルトに倒れているのは、灰色っぽいニットスーツ姿の女だった。警部が私の肩越しに懐中電灯で照らすと、服の色は白に変わる。こちらを向いた顔は穏やかで、眠っているかのようだった。蒼白《そうはく》の顔には黒い前髪が貼りついて、ルージュの赤が映えている。ショートヘアだが、顔の輪郭はどちらかと言うと面長だ。写真でも見たこれまでの被害者と少し印象が違っている。

「向こうに回って背中を見てください」

警部に促された私は、火村に続いて狭いテント内を移動してみる。はっとした。左の肩甲骨《けんこうこつ》の下に、深々とナイフが突き刺さっていたのだ。

「ナイト・プローラーが……現場に凶器を遺している」

火村も驚きの表情を見せる。私の視線は琥珀色《こはくいろ》をしたナイフの柄に釘づけになった。これが何人もの女の命を奪った代物か。よく見ると、近くにそのケースも落ちている。

「刺さったままですから、刃渡りはまだ判りません」警部が言う。「見た感じでは、十五センチ近くあるんやないでしょうか。刃の根元にメイド・イン・スイッツランドと彫ってあります。あまり出回っている品とは思えませんね」

「死因は？」

「失血死です。雨が降ってなかったら、ここらは血の海でしょう」

すでに出血は止まっていた。火村は遺体発見の状況について尋ねる。

「もう日付が変わって、昨夜になってしまいましたね。土曜日の午後十一時五十八分。一一〇番通報が入ったんです。かけてきたのは被害者自身です。体の陰に隠れていますが、携帯電話が落ちていますよ。深手を負った後だった模様で、非常に苦しげな声がこう告げました。『通り魔に襲われた。ナイト・プローラー。茶色い髪の……』。通信司令室で聞き取れたのは、それですべてです」

「ナイト・プローラーの犯行だというのは、その言葉があるからですか？」

私はつい言葉を挟んでしまった。

「いいえ、別にブツがあるんです。——通報を受けた後、つながったままの電話を逆探知しました。ただし携帯ですから、送信エリアまでしか手繰れない。付近にいたパトカーを走り回らせて、遺体を見つけたのは零時二十分です。ほとんど同時に救急車も着きましたが、被害者は完全に絶命しており、救急士が蘇生《そせい》措置を施せる状態でもありませんでした。どうやら最期の力を振り絞って電話をかけてくるまでに、すでに大量の血液を失っていたようです。犯人が現場から立ち去るまで死んだふりをしていたのかもしれません」

「ということは」私は興奮して、再び割り込む。「ナイト・プローラーにやられた、という通報を受けた警察が、被害者の所在を知ったのは午前零時過ぎだったわけですね。その時点で、犯人はまだ遠くに逃げていなかったことになりますが――」

警部は私を遮り、まくしたてた。

「もちろん、すぐに緊急配備《キンパイ》を敷きました。元々、夜間は警戒態勢をとっていましたから、対応は迅速でしたよ。こうしている間にも、どこかで奴をキャッチできるかもしれません。茶髪の野郎がいたら、一人残らず職質をかけて調べろ、と命じてありますす。犯人がどこかに身を潜めて警察をやり過ごそうとすることも考えられますから、付近のあらゆるコンビニや深夜営業の店も調べています。タクシーも当たっている。問題なのは、電車ですがね。ＪＲ環状線と地下鉄の弁天町駅はここから急いで歩いて十分ほどです。環状線外回りの最終は零時八分なのでやや微妙ですが、内回りは零時十七分なので楽々と乗れたでしょう。地下鉄の方は零時前に終電が出ているから、使えんかったでしょうな。——とにかく、港署の総員が叩き起こされて、雨の中を走り回っているんですよ。刑事だけやない。交通も機動隊も、片っ端から動員の人海戦術です。犯人が大阪湾や安治川に逃げたことも想定し、水上警察も出動しています」

大型の自動車が着いたようだ。何事か、と見る。幌《ほろ》つきトラックの荷台から何基かの探照灯と発電機が降ろされてきた。犯人の遺留品が雨で流されてしまう前に、現場を徹底的に調べようということだろう。ここを昼間のように明るくしようというのだ。器材を降ろそうとするのに邪魔になったのか、捜査員が「下がれて言うとるやろ！」と報道陣にどなる。

「被害者の所持品から身元が割れています」背後の騒ぎにかまわず警部は続ける。「大和田雪枝《おおわだゆきえ》。雪枝は、スノーの雪に枝と書きます。年齢は二十五歳。住所は大阪市福島区野田。名刺の肩書きにはフリーランスのライターとありますが、どんな仕事をしていたのかは判りません」

おいしいケーキ屋の紹介記事を書いていたのかもしれないし、連続通り魔殺人事件の取材をしていたのかもしれない。もし後者だったら、うら若い女性が独りでこんなところを歩いていた理由につながりそうだ。

「被害者の名前を聞いて、お気づきのことがありますか、有栖川さん？」

警部から訊いてきたので、遠慮なく発言できる。

「大和田雪枝でしたね。……これまでナイト・プローラーに襲われた女性の苗字には、水に関わる字が入っていました。今度は名前ですか。雪は、水に関係がなくもない」

火村はそんなことに興味がないようだった。遺体を一瞥《いちべつ》してから、

「被害者が生きている間にナイト・プローラーが立ち去ったのは、警部がおっしゃったとおり彼女が死んだふりをしたためかもしれません。しかし、だとしたら、犯人は大慌てで逃走したのではないわけだ。それなのに何故、凶器を遺して行ったんでしょうか？」

警部は、その問いに直接の答えを返さなかった。

「本件がナイト・プローラーの仕業であることを物語るブツがある、と言いましたね。それをご覧いただきましょう。これです」

上着の内ポケットから、ビニール袋に入ったものが出てきた。紙切れだ。火村が受け取って、目の高さにかざす。

「大和田雪枝の口の中にありました。頰の裏あたりに。前の三つの事件と同じ紙です。

左端は鋏で切ったようにまっすぐですが、右端は手で破り取ったようになっていますね。詳しい鑑定はまだですが、その破れ具合は水尾智佐の口から見つかった紙切れの左端とぴたり一致するはずです」

ワープロで打ってあった。

――GAME OVER

「ゲームオーバー。だから、もう凶器が必要なくなったのだ、と」

犯行終結宣言ととれる。もしもそれが本当ならば、恐怖はひとまず去ったことになるのだろうか？　いや、犯人が野に放されたままでは、安心するわけにはいくまい。殺人鬼による一方的な通告を信じる根拠もない。

「これで犯行が打ち止めになるのでは、と警察は見ますか？」

私は警部に見解を質《ただ》す。

「どうですかね。ゲームオーバーというメッセージ、これまでと違って紙切れの左端がきれいに切ってあること、凶器を残して立ち去っていること、いずれも打ち止めの意思表示ととれるんですが、軽々《けいけい》に判断はできません。森下などは、『犯行は当初から四件の予定だったのではないか』と訳知り顔でぬかしていますが」

「どうしてそう言えるんですか？」

「例の『絶叫城』というゲームで殺される女の人数が四人だからです。つくづく馬鹿げていますが、頭のいかれた犯人の考えることですから、一笑に付すわけにもいかんでしょう」

発電機がうなり始めた。やがて眩《まばゆ》い光があたりを照らしだす。目が眩《くら》んだ。その光の中を、鮫山警部補のシルエットが駈けてくる。

「被害者の手帳にあった連絡先にあたったところ、小室礼美《こむろれみ》という友人が捉《つか》まりました。同業のライターです。港署にきてもらうことにしました」

「肉親は捉まらんのか？　手帳に大和田英児《えいじ》という名前があったやろ」

「はあ」報告する鮫山の表情が翳る。「それは弟です。小室礼美によると、つい最近大きな事故にあって入院中なんです。被害者のただ一人の肉親だったようですから、伝えるのはつらい役目になります」

警部は禿げた頭をゆっくりと撫《な》でた。

「すまんな、鮫やん。そのつらい電話を病院に入れてくれ。——弟の具合はどんなもんなんや？」

「バイクに乗っていて小型トラックにひっかけられたんやそうで、背骨を折る重傷です。命はとりとめましたが、おそらく下半身不随は免れないとのことです。不幸というのは重なりますね」

「神も仏もないな」

まったくだ。私は気分が悪くなった。火村は感情を押し殺したような声で、

「被害者の悲鳴を聞いた人間がいれば、正確な犯行時刻が判りますね。まだ聞き込みの成果はありませんか？」

「こんな時間ですけど、付近の民家を片っ端から当たっているところです。住民もみんな目が覚めているでしょうから」

二機のヘリコプターが上空で旋回していた。テレビ局のものらしい。倉庫の谷間は不夜城と化しつつあった。私は不思議な非現実感に捉われ、しばらく空を見上げる。落ちてくる雨粒は、無数のナイフのようだった。

入院中の大和田英児に連絡する役目を担《にな》った警部補が沈痛な面持ちで去った後、監察医が検視の完了を告げにくる。警部はそれを受け、遺体の搬出を指示した。そこへ捜査本部の刑事課長からの電話が入り、「失礼します」と言って警部はパトカーに向かう。私たちは、邪魔にならないように倉庫の壁際に移動した。

「今回の事件は、これまでの三件と様子が違うな」

探照灯の光を浴びて現場を這《は》いずる捜査員を見やりながら、火村は呟いている。そ

りゃ大いに違っているだろう。ナイト・プローラーは犯行終結宣言を出して、凶器を遺して逃げたのだから。

「ナイフが遺っていたことじゃないぜ。今までの犯行現場には共通点があった。ただ人通りが少ないだけでなく、三件とも近くに公園があったんだ。そういう場所で被害者に襲いかかるのが犯人の癖になっていたのに、今回は違っている」

「公園は夜になると人気《ひとけ》が絶える。ナイト・プローラーにとって重要やったんは、単に犯行現場が暗くて淋しいことやろう」

「かもな。それはいいとしても、被害者の行動に疑問がある。どうして深夜にこんなところをうろついていたのか？　これまでの三人の被害者は、遊びや仕事の帰り、あるいは近所に用事で出掛けた帰りに、自宅のそばで凶行に遭っている。ところが、大和田雪枝という女性はそうではない」

「もしかしたら」私は思いつきを口にする。「ライターだった大和田雪枝は、ナイト・プローラーを追ってたんやないかな。つまり、身の危険を顧ずに彼女の方から犯人に接近していって、不覚にも殺された……。そうやとしたら、これまでの被害者とタイプが違《ちご》うて、大和田雪枝が丸顔でないことにも説明がつく。ありうる仮説やろう？この推測のとおりやとしたら、無謀なことをしたもんやな。犯人を甘く見ていたのかも」

「いやぁ、待て、アリス。彼女は死に際に『茶色い髪の』としか言い残さなかった。相手の名前までは知らなかったんだ。ナイト・プローラーではないか、という男を追跡していたとしたら変だろう」

「うん、言われてみたらちょっと不自然やな。けど、名前を知らないまま追跡していたのかもしれんやろう。色んなケースが考えられる」

「彼女がライターとしてナイト・プローラーを追っていたかどうかも不明だ。まずは友人の小室礼美とかいう女性の話を聞いてみなくちゃな」

「小室礼美」私は妙な気がした。「『絶叫城』の中にレミというキャラクターが登場してたな。礼美とレミ。関係があるんやろうか？」

「ないさ」火村は決めつけた。「レミという名はさほど珍しくもないが、ごろごろ転がっている名でもない。だからお前がそんなふうに反応するのも判る。しかし、一連の通り魔殺人事件の関係者は、女性だけですでに百人近くにのぼるんだぜ。その中に『絶叫城』の四人のキャラクター――レミとアリサとマヤとユウカだっけ？――それらと符合する名の女性が何人かいても、確率的に不思議はない」

「……先生のおっしゃるとおり」

ぺこりと頭を下げたが、無視された。助教授は報道陣やら野次馬でごった返している黄色いテープの向こうを指差す。

「あそこ、何かもめてるぜ」

振り向くと、船曳警部と森下がジーンズにTシャツ姿の男を群衆からひっぱり出して、パトカーの方に誘導している。そのでっぷりとした体型に、私は見覚えがあった。

「あれは鯨岡羅夫やないか」

火村はそちらを向いたまま「誰だ？」と訊く。

「何回か会《お》うたことがある。ホラー小説を書いてる作家や。『絶叫城』のノベライズの仕事をしてると聞いてるんやけど……」

「どうしてその男がここにいる？」

「俺に訊かれても知るか」

私たちは、鯨岡が連れ込まれたパトカーに小走りに駈け寄った。覗き込むと、ホラー作家はにきび面《づら》を紅潮させて何か訴えている。私はコンコンと窓を叩いた。

「あれ、有栖川さんやないですか！」

彼は眼鏡の奥の目を丸くした。無理もない。どうしてここにいるのか、こちらの方こそ説明が厄介だな、と思った。

「どうして……こんなところに？」

「警察の捜査にちょこっと協力してるんですよ。詳しいことはまたの機会にお話しします。——それより、鯨岡さんこそどうしたんですか？」

「おやおや」警部も驚いた様子だ。「推理小説とホラー小説では畑が違うと思っていましたが、お二人は面識があったんですか。それなら、鯨岡さんも心強いでしょう。落ち着いて、もう一度ゆっくり話していただけますか？」

警部がどうして野次馬の中から鯨岡をひっぱり出したのかも呑み込めず、混乱したまま私はホラー作家の話に耳を傾ける。

「ですから、今言うたとおりですよ。仕事が煮詰まったんで深夜営業している漫画喫茶に気分転換に出掛けようと車を走らせていたら、新たな通り魔殺人が発生したという速報がラジオで流れた。警部さんがよくご存じのとおり、僕とナイト・プローラーには縁があるでしょう。それで、ちょうど近くを走っていたところだったので、好奇心から様子を見にきたんです」

「警部さんがよくご存じのとおり、というのは、つまり……」

鯨岡はバツが悪そうな顔を私に向け、

「実は僕、『絶叫城』のノベライズをしているんですわ。それで、ナイト・プローラーの権威だと思われたらしいて、刑事さんの訪問を受けたことがあるんですよ。『どんな人間があのゲームを楽しんでいるのか？』とか『あなたの小説の読者対象は？』てな質問に誠意を持って丁寧にお答えしたつもりなんですけど……。どうやら、いかがわしい小説を書く怪しい男、と見られてたんかもしれません」

「こんな時間に、こんな雨の中を、漫画喫茶ねぇ」

警部が独り言めかして呟く。鯨岡は車の天井を仰いだ。

「僕は公務員やのうて、やくざな物書きなんです。それぐらいの気紛《きまぐ》れを不審がられても困ります。……ほんま、勘弁してもらいたいわ」

その気持ちは私にも判る。ところが、慰めようとしたら彼は、がばりと体を起こして、

「しかし、おかしな話ですね。スプラッターホラーを書いてる僕が痛くもない腹を探られてるのに、有栖川さんは事件の捜査に協力ですか。この人がどんな小説を書いてるのか大阪府警は把握してるんですか？　孤島で起こる連続殺人やら時刻表を利用したアリバイ工作やら密室でのバラバラ殺人てなもんばっかりなんですよ。暗黒の世界からやってきた食人獣の物語を書いてる僕より、有栖川さんの方がずっと現実の犯罪に近いところにいてると思いますけどね」

あ、こいつ、何を言うんや、とむっとする。信頼できない人間だ。それに、事実誤認もある。私は密室でのバラバラ殺人なんか作中に出したことはない。来月書くかもしれないが。

「有栖川さんのことは措いといて、気分転換に少しわれわれに付き合《お》うてくださいよ。どこの漫画喫茶にどういうルートで向かっていたのか、お聴きになっていたラジオはどこの局か、エトセトラ。よろしかったら、あなたの車で」

鯨岡は腕組みをして、開き直る。

「ええ、訊かれたら何でも答えますよ。僕の車を令状なしで調べてもろてもかまいません。けど、その粘っこいしゃべり方、やめてくれます？」

頭上のヘリコプターは三機に増えていた。

7

小室礼美は港署で大和田雪枝の遺体と対面し、それが友人であることを確認した後、涙を溜めた目で気丈に事情聴取に応じたらしい。私たちが署を訪れた時、彼女は廊下の奥の長椅子に掛け、虚《うつ》ろな目をして紙コップのコーヒーを飲んでいた。悲しみや怒りを通り越してしまっているのか、長い髪の間から覗く横顔はひたすら淋しげだ。

「まだ何か？」

あまり焦点が定まらない視線が、歩み寄った火村と私の上をさまよう。私たちは簡単に自己紹介をして、哀悼の言葉を述べた。彼女は軽く頭を下げる。

「あまりのことに呆然《ぼうぜん》としています。こんなこと、信じられません。——お話しするべきことは刑事さんに全部お伝えしましたから、どうか同じことは尋ねないでください。……でも、少しぐらいはかまいませんよ。捜査のお役に立てるのなら」

彼女が座る場所を空けたので、私たちは腰を降ろす。

「きっと同じ質問を重ねてしまうでしょうが、許してください」

火村が穏やかに言うのに、小室礼美は無言のまま頷いた。被害者より二、三歳ほど年上に見える。

彼女と大和田雪枝とは、あるライター養成講座で三年前に知り合い、筆で食べていけるようになるまで互いに切磋《せっさ》琢磨《たくま》してがんばってきた。現在、礼美が若者向けの情報誌と契約して仕事をしている一方、雪枝は独自に取材した硬派の記事を週刊誌に売り込むのに熱心だったらしい。

「もちろん、経費をふんだんに使って書いた記事がすべて売れるわけではありませんから、彼女もふだんはインタビューや買物情報といった仕事もたくさん引き受けていました。でも、本当にやりたかったのは骨太のルポルタージュです。最近、本腰を入れて取り組んでいたのは少年犯罪の問題です。通り魔事件について調べていたのではないか、と刑事さんからしつこく訊かれましたけれど、そんな話、私は聞いていませんし」

「少年犯罪について調べているうちに、通り魔事件に結びついたということは？」

「私には何とも言えません。何でも打ち明けてくれましたけど、内緒で温めていたネタがあったかもしれません」

「最近、お話をしたのは？」

「この前の月曜日に、弟さんが交通事故に遭った、という電話をもらって、火曜日にお見舞いに行きました。その時は仕事の話どころではありません。ただ一人の身内である弟さんが大変な状況でしたから。命に別状はない、と早くからお医者さんが言っていたので安心していたら、車椅子での生活が必要になるだろう、と聞いてショックを受けていました。こんなことになって……遺された弟さんがお気の毒で……。お姉さんの葬儀にも出られないでしょ」

彼女の両掌《りょうて》に包まれた紙コップの中で、コーヒーが冷めていく。

「先週は四国出張が入ったりして、あまり彼女を気遣ってあげられなかったことを悔いています。気になって金曜日の夜に電話をかけてみたら、ものすごくふさぎ込んだ声が返ってきました。口を開くのも面倒だ、というふうな。私がついうっかり『がんばってね』と励ましたら、『がんばりようがない』と言われました。考えてみたら、それが私の聞いた彼女の最後の声です」

聞いているうちに、水を吸ったスポンジのように疑問がふくらんでいった。大和田雪枝が通り魔事件を追っていたのだとしても、そんな精神状態だったのなら取材どころではないだろう。豪雨が降る深夜、危険を冒して暗い道を歩くなんてことは、かなり積極的な気持ちがなくては難しいだろう。

「通り魔事件の取材でなかったとしたら、彼女が午前零時近くにあの付近を歩いていた理由の見当がつきますか？」

火村が尋ねる。

「いいえ。彼女の自宅がある野田は、弁天町から二駅しか離れていませんが、生活圏はもっぱら福島、梅田にかけてでした。ごく短い間、弁天町駅の向こうの波除《なみよけ》に住んでいたことがありますから、まるで土地勘がないわけでもないはずですが、今はこのへんに知り合いがいるとも聞いていませんし、用事はなかったと思うんです。ましてや、雨の深夜に倉庫が並んだあたりなんて……」

「酔っていたということは？」

「現実逃避のためにお酒を呷《あお》って？」礼美は不愉快そうに「あの子はアルコールに逃げたりしません。そこいらの男性の何倍もタフですから。本当に強いんです。やると決めたら、絶対にやり抜く。意志堅固で決断力があって、周囲から『鉄の女』の称号を贈られていましたもの。学生時代に体操部でしごかれたおかげだ、と本人は言ってました。ヨガや呼吸法を通じて、常に心身を鍛え続けていたし。それに、酔っ払うほどお酒を飲むことがあったとしても、わざわざ弁天町界隈《かいわい》にはきませんよ。お気に入りの店がキタに何軒かありましたし。もしも、彼女が夜中に暗い道を歩く理由があるとしたら――」

「何ですか？」

私は身を乗り出す。期待したのだが、彼女の返事は腰砕けだった。

「ああ、よく判らない。すみません。取材となったら、暴走族グループの中に単身で飛び込んでいくような度胸を発揮していましたから……それを思うと、やっぱり仕事がらみなのかしら……」

大和田雪枝がどんな仕事を手懸けてきたか、どこの誰から仕事の依頼を受けていたか、といったことは、小室礼美に訊くよりも被害者の自宅を捜索する方が確かだろう。すでに警察が着手しかけているはずだ。

だが、待て。取材でナイト・プロ一ラーを追っていたというのも妙な話ではないか。弟が大怪我を負って大変な時、彼女は仕事どころではなかったと思われる。入院中の弟より、仕事より優先する何らかの事情があったのだろうか？

「彼女を個人的に恨んでいた人間に心当たりは？」

礼美は怪訝《けげん》そうな顔になる。

「いいえ、誰からも好かれていました。——通り魔に殺されたのに、そんなことが問題になるんですか？」

「失礼しました。口癖になっていて、つい」と犯罪学者は詫びた。「大和田さんは通り魔事件について、何か特別のことをおっしゃっていませんでしたか？　これまでの被害者やその関係者に知った人がいるとか」

「いいえ」

彼女は右手をかざして、火村の質問を遮るようにした。

「ありません。——もう限界です。このへんでご勘弁いただけますか？」

「ええ、もちろんです。ありがとうございました」

私たちは彼女と別れ、船曳警部がいる道場に向かった。机や電話が持ち込まれ、捜査本部が設置されている最中だ。警部は片隅の机で、口をへの字に曲げて書類に目を通しているところだった。私たちの気配を察して顔を上げる。

「廊下で小室さんのお話を伺いました」火村が言う。「あまり多くを聞くことはできませんでしたが」

「かなり動揺していましたからね。明日、こちらから出向いていって、さらに詳しく聞く必要があるでしょう。——そんなことより、先生、まずい状況です」

「ナイト・プローラーが見つからないんですね？」

警部の苦りきった表情を見れば、聞くまでもない。

「不審者が網に掛からないんです。三時から二回目のレクを予定しているんですが、厳しい記者会見になりますよ。被害者が絶命した直後に現場に駆けつけても犯人を逃がすんやったら、現行犯逮捕しかないのか、と課長がブンヤに詰《なじ》られそうで、私も気が重い」

すばしっこい犯人だ。検問や職質を巧みに掻《か》い潜《くぐ》ったのか、駅前あたりでタクシーを拾ったのか、ＪＲの終電に滑り込んだのか？　あるいは——

「あのぅ、瀕死《ひんし》の被害者は『茶色い髪の』と電話で言ったそうですが、それが聞き違いだということはありませんか？」

警部に「どう聞き違えたんですか？」と訊き返される。

「どうと言われると困るんですが。つまり、これだけ探しても捕まらないということは、ナイト・プローラーが茶髪の男かどうかも疑ってかかった方がいいんやないでしょうか。被害者が『茶色い髪』と言ったのは本当だとしても、現場は暗いところでしたから、彼女が見間違えた可能性もあります」

われながら非建設的な発言だった。警部に歓迎されるはずもない。

「聞き違えや見間違えではないか、と言われても確かめようがありませんよ、有栖川さん。それに、われわれは茶髪の若い男だけを探しているのでもありません。職質の名人を大量に投入して、少しでも不審な人物には必ず声を掛けています。たとえ相手が女性でも、ですよ」

「では」私は思いついたままに「犯人は現場付近の住人かもしれません」

「その可能性も考慮しています。私がちゃーんと指示を出した。せやからこそ、深夜にもかかわらず付近の聞き込みをかけたんです。犯人は現場のごく近所に住んでいて、慌てて家に逃げ戻ったのかもしれんから注意して観察しろ、と。大雨の中、今さっき外出から戻ったばかり、というように玄関先が濡れてる家があったら報告しろ、とも言ってあります。……しかし、その結果も捗々《はかばか》しくないんです」

素人は黙るしかなかった。

と、火村がつかつかと壁際のホワイトボードに寄ってフェルトペンを取り、何事か板書を始めた。警部と私は、そちらに注目する。

・何故、YOはあそこにいたのか？
・YOは犯人の名前を知らなかった
・犯人は凶器とメッセージの紙片を常時携帯していたのか？　今夜それを使う計画だったのか？
・メッセージによるとこれが最後の犯行
・何故、今回の犯行は前の犯行との間隔が一週間しかないのか？
・何故、現場付近の様子や被害者のタイプがこれまでと異なっているのか？

YOとは、大和田雪枝のことだろう。疑問点やひっかかる事実を無作為に列挙しているだけらしい。しかし、じっとそれを見ているうちに、最後の二つの項目から、あるイメージが湧き起こってきた。

「火村。もしかしたら、今度の犯行はナイト・プローラーの模倣犯によるものやないかな」

「それはありません」答えたのは警部だ。「ゲームオーバーと書かれた紙切れと、これまでのメッセージが書かれた紙切れは、破れ具合が完全に一致することが確認できました。明らかに同一犯人の犯行です」

・メッセージはこれまでのものと連続している

火村が書き足した。彼はペンにキャップをつけて、

「あとは凶器が一致するかどうかですね。メッセージが合ったのなら、おそらくそちらも合うような気がしますが」

私は、さっき火村が小室礼美にしたある質問を思い出す。

「大和田雪枝を個人的に恨んでた人間がいるかどうか尋ねたのには、ちゃんと意味があったんやろう。この事件が通り魔殺人ではない、という可能性もあるのか？　口の中に遺されたメッセージと凶器が一致したら、一連の通り魔殺人と連続していることは確実のはずや」

「連続性の存在は疑えない。模倣犯の仕業だとも思えない。しかし、どうも本件はズレてるだろ？　何か不測の事態が出来《しゅったい》して、本来は予定になかった殺人を犯してしまったかのようだ。それでいて、犯人はゲームオーバーと記したメッセージや凶器をちゃんと持っていた。事件を解く鍵は、そのあたりにあるように思う」

　私は大胆な仮説を述べてみることにする。

「発想を逆転させると、こうも言える。犯人が殺したかったのは、大和田雪枝だけであった。しかし、彼女を殺害した場合には自分に嫌疑が懸かることを見越して、雪枝殺しを連続通り魔事件の中に埋没させようとした。つまり、前の三件の殺人事件は雪枝殺しをカムフラージュするためのものにすぎない。だから、これでゲームオーバーなんです」

「空想的すぎませんか？」警部は首を傾げた。「一人を殺すのをカムフラージュするために、何の罪もない人間を三人も殺すやなんてこと、常識的には考えにくい。まして、ゲームに擬《なぞら》えた殺人てなもの——」

「ゲームに擬えて何の罪もない人間ばかりを四人殺すのなら、警察もマスコミも納得するんですか？　それはありふれた連続通り魔殺人だ、と。それも理解しづらい話です」

「そういう事件には前例らしきものがあるから、まだ納得がいくんです。より理不尽だ、と私に文句を言われても返答のしようがありません。ゲームのヴァーチャルな世界に取り憑《つ》かれて、現実に女の背中にナイフを突き立てるやなんて狂っていますが、われわれの社会はそんな人間を生み出してしもうたんです」

ただでさえ気が立っていた警部を怒らせてしまった。気まずい沈黙が広がりかけるのを、火村が破る。

「警部の言うとおり常識的には考えにくいとしても、アリスの言う仮説もあり得ないことではないだろう。ただし、それだと筋が通らないこともあるんだ。有栖川説を採ったとしたら、犯人はまず大和田雪枝の殺害を目論《もくろ》み、彼女の死を一連の通り魔殺人に溶かし込もうと画策したわけだろ？　それならば、第一から第三までの犯行にあたって、大和田雪枝と似たタイプの女性を被害者に選び、似たような現場で殺害するのが自然だろう。ところが、現実はどうだ？　第一から第三の犯行には統一感があったのに、第四の犯行に至ってそれが崩れている。被害者の名前が水に関係している、という法則も含めて。もっとも、それはこれまでが偶然だったとも言えるけれどな。とにかく、これはお前の仮説の大きな矛盾だ」

私は目を閉じ、火村の言葉を反芻《はんすう》する。彼の言うとおりだ。真のターゲットが大和田雪枝であり、犯人はそれを通り魔殺人という保護色で隠そうとしたのなら、雪枝のタイプから逆算して、第一から第三の被害者を選び出したはずだから、そうなっていないことを矛盾と指摘されても仕方がない。

警部がちらりと手首に目をやったので、私も反射的に腕時計を見る。午前二時五十分だった。まもなく二階の会議室で記者会見が始まる時間だ。その模様はテレビでも放映される。ナイト・プローラーは、どこでそれを観るのだろう？　捜査員の一人が、部屋に持ち込まれたばかりのテレビを点けると、犯行現場の空撮のビデオが流れていた。

「警部！」

森下がばたばたと飛び込んできた。吉報か、凶報か、と緊張する。

「自分がやった、と若い男が出頭してきました。ブンヤに気づかれないよう取調室に通したんですが――」

警部が椅子を蹴って立ち上がり、次の瞬間にはドアへ向かっていた。私たちも走る。

取調室で小さくなっていたのは、まだあどけない顔をした華奢《きゃしゃ》な男だった。幼く見えるが、これで今時は二十歳を過ぎているのかもしれない。黒い無地のTシャツに包まれた肩は女の子のように細い。

「ぼ、僕が、殺しました。ずっと、人を殺すことばかり考えていたんですけど、とうとう本当に……」

警部はゆっくりと尋ねる。

「凶器はどこに捨てた？」

「川に。あの、どこの川かは、ちょっと忘れて……」

「ほお。どうしてあの女性を襲った？」

「だ、誰でもよかった。たまたま、すれ違っただけで……」

同じ頃、「これで刺した」とナイフを持参した中年男が出頭していた。馬鹿げたことだが、東京都内の小岩《こいわ》署に。

8

大和田雪枝の部屋は、見事なまでによく片づいていた。机の上に資料の山が築かれたりはしていたが、それも整然と積んであり、故人の几帳面な性格が偲《しの》ばれる。カーテンをさっと開くと、バルコニーの向こうの高架を阪神電車が走っていた。付近には、ここと似た高層のマンションが林立しており、いたって都会的な風景だ。昨日来の雨は午前中に上がり、空の一角に青空が覗いている。

「ワンルームでも、これだけの広さがあればいいですね。ベッドもあんな大きなのが置ける」

そう言う森下もワンルームマンション住まいだった。窮屈な部屋なのかもしれない。

「被害者の日記、パソコン、取材ノート類は午前中にあらかた調べました。全容が判ったらまとめてご報告しますが、さしたる発見はなさそうです。怪しげな人物が日記に登場するでもなく、ナイト・プローラーを追う危険な仕事をしていた記録もない。恋愛問題その他、身辺のトラブルもなかった。やっぱり彼女は行きずりの犠牲者なのかな、という気がしてきました」

「日記は十七日の日曜日で終わっているということでしたが」

火村は机の上を探している。

「現物は捜査本部に行っています。ご希望なら後で見ていただけますよ。——ええ、十七日の記述が最後です。それまでは仕事のことを中心に細々《こまごま》と書き込んであるんですけれどね。十六日から十八日にかけて東京に出張していたらしいんですが、何時にどこで誰と会ったかが克明に記されています。出張から帰った月曜の午後すぐに書いたんでしょう。夕方、弟が事故に遭ったという記述はなく、その後は木曜日まで終日病院に詰めていましたから、日記を書くどころやなかったんですね。病院の話によると、金曜日の夜にやっと帰宅して、二十三日の土曜日は正午過ぎから夕方四時まで弟の病室にいました。日記は白紙でも、病院関係者の証言で明らかです。土曜に病院を出た後の彼女の行動は、はっきりしません」

病院は天王寺《てんのうじ》区内にあり、現場まで行くにはせいぜい三十分しか要しない。その間、いったん自宅に戻ったらしいが、何時に再び外出したのか見た者はいなかった。隣人との交流もないマンションなのだから、それも無理はない。

しかし、事件当夜の大和田雪枝の行動が謎めいているのも事実だった。事件発生の翌朝になって、犯行の直前に現場付近で彼女を見た、という目撃者が現われたのだ。二人連れの電気工事作業員である。彼らの証言によると、雪枝は午後十一時四十分頃、現場からものの三十メートルほどしか離れていないあたりを異様にのろのろと歩いていたという。それを通りの反対側から見たのだ。異様にのろのろと、という表現が無気味だった。

それを聞いた私は、「ナイト・プローラーに遭遇することを期待していたかのようですね。まるで囮《おとり》捜査官や」と感想を洩《も》らしたのだが、「ナイト・プローラーがいつどのあたりに出現するかを、彼女が予測できたわけがない」と船曳に一蹴《いっしゅう》されてしまった。まったく、そのとおりである。

欠伸《あくび》が出るのを抑えられない。今朝は九時頃まで捜査本部にいた。それから私の部屋にいったん帰り、二時間ほど仮眠をとっただけでまた本部に出向いた。そして、ナイト・プローラーの行方が依然として不明であること、大和田雪枝の背中に刺さっていたスイス製ナイフがこれまでの通り魔殺人でも使われた可能性が相当に高い、という報告を聞いてから、森下の案内でこのマンションにやってきた。まだ眠気がまとわりついていて、頭にぼんやり霞《かすみ》がかかっている。ちなみに、私たちが仮眠をとっている間に、またまた「俺が犯人だ」と名乗り出てきた男がいたそうだ。自首ごっこがブームになりかけている。

ナイト・プローラーを取り逃がしたことで、予想どおり警察は猛烈なバッシングを食らっていた。また、犯人が現場に凶器を遺していったこと、ゲームオーバーの声明を出したことは発表されていたが、そんなもので市民の動揺が治まるはずもなく、警察や市民の警戒が厳しくなってきたので、油断を誘うための嘘《うそ》だろう、という見方が大勢を占めた。また、『絶叫城』は四人の女が殺されたところでクリアになるから、今度は別のゲームを開始するつもりなのだ、という者もいた。

朝刊各紙には〈ゲーム殺人　第四の犠牲者〉〈犯行の間隔、縮まる〉〈雨中の惨劇〉

〈またも犯人に追いつけない警察〉〈大阪府警、致命的な失態〉などという大見出しが躍った。記者が現場で見かけてインタビューしたのか、鯨岡羅夫のコメントを紹介している新聞もあった。ホラー作家は「こういう事件が起きる度に小説やゲームの影響云々《うんぬん》といった根拠のない言説が乱れ飛ぶのは不本意。暴力的な空気が社会に蔓延《まんえん》しているように感じられるのは、刑事警察の能力低下にも原因があるのではないか」とぶっていた。警察に対してかなり頭にきていたのだろう。

それと並んで、ある文化人――小説も書いているようだが、何をしている人物なのかよく知らない――がこう語っている。「ホラーゲームだけに責任をなすりつけるのは不当だ。あれらは病んだ社会の表層にすぎない。自由をはき違えた無秩序な社会が、人の心の闇をより深くしているように思えてならない」と。何が〈心の闇〉だ。そんな空疎《くうそ》な言葉で何かを捉えたつもりになっているのか？　戦争・貧困・病苦といった〈大きな物語〉が小説の主題にしにくくなった昨今、〈心の闇〉を愛好する作家が目白押しだ。いい気なものである。そんな言葉を玩《もてあそ》べば、ちっとは利口に見えるとでも思っているのだろうか？　心の闇、心の闇、心の闇。なんと判りやすい響きだろう。こう唱えれば、そこですべての思考を停止できる。〈いきいき人生〉などとほざく銀行や保険の広告に等しい低劣さだ。心の闇の大合唱。バックコーラスが歌うのは、トラウマ、トラウマ、トラウマ。

「そうそう。とんでもない説が囁《ささや》かれているんですよ」思い出したように森下が言う。「マスコミは、犯人を取り逃がした大阪府警の大失態と非難していますが、事件発生を知った後、警察が迅速に動いたことは認めているんです。それなのに犯人の尻尾《しっぽ》が摑めない。おかしいではないか、と思った人間の中に、こんなことを言い出す者が現われた。『犯人は警察官なのではないか。だから被害者は油断して襲われたのだろう。そして、現場付近に止《とど》まっていても怪しまれなかったのだ』という珍説です」

それは考えてもみなかった。推理作家として反省しなくては。

「盲点やないですか。一考に値する気もしますね」

私が言うと、森下はかぶりを振った。

「有栖川さんもよくご存じのとおり、警察官は単独で行動しません。ですから犯行時刻に現場付近にいた警察官全員に、同僚と一緒にいたというアリバイがあるわけです。まさか、通り魔が警察官コンビやなんて思わないでしょう？　それに、われわれの捜査は峻厳《しゅんげん》やったんですよ。もしも持ち場を離れて現場の近くでうろうろしている警察官がいたら、ひどく不自然で目立たずにはすまなかった。一発で『お前、怪しいな』ですよ」

どうも失礼しました、と詫びた。

「しかし、逃がすはずがなかったんやけどなぁ」刑事はぶつぶつと言う。「緊急配備は完璧やったし、聞き込みの結果、タクシーに乗った形跡もないのに」

「とすると電車しかありませんね」

「いいえ。ところが、その線もなさそうなんです。弁天町駅での聞き込みによると、問題の時刻に改札口——北側と南側に二つあるんですが——を通ったそれらしい人物はいないんですよ。弁天町から大阪や天王寺に向かう終電に乗っても、乗り換えるべき電車の最終が出てしまってますから、乗車する人間は思ったより少ないんですね。それに、当時はあんな天候でしたから、なおさら人気《ひとけ》が少なくて……」

車やバイクでもない、電車でもない。川や海に逃げたのでもないとしたら——

「残る逃走ルートは下水道ぐらいか」

「うわぁ、参ったな。そんなジャン・ヴァルジャンみたいな真似をされたんなら、さすがにお手上げです」

森下は本当に両手を挙げてみせた。

机の片隅に飾られた写真立てが目に留まった。一家四人で写した家族写真だった。ダッフルコートを着た雪枝は高校生ぐらいに見える。隣りには、つまらなそうな顔をした中学生らしい少年。弟の英児だ。別に機嫌が悪かったのではないのだろう。この年頃の男の子は、にこにこと爽《さわ》やかな顔で家族写真に収まりたがらないものだ。姉弟の後ろには、実直そうな両親が立っている。その背景はどこかの渓谷で、もしかするとこれが最後の家族旅行だったのかもしれない。

雪枝の両親は、彼女が大学を卒業してすぐに海の事故で亡くなっている。レジャーボートの操縦を誤り、突堤に激突したのだ。多額の保険金がおりたのと、姉と弟がそれぞれ大学と高校を卒業していたのが不幸中のわずかな幸いだった。雪枝は事務職のOLとして商社に勤める傍らライター養成講座に通い、二年前に文筆一本の生活に入った。希望どおりのコースを進んでいたのだ。英児の方はいくつか職を転々とし、現在は不景気のあおりもあって短期アルバイトを渡り歩くのを余儀なくされていたらしい。しかし、不慮の事故でそれもできなくなってしまった。バイト先に向かう途上の彼のバイクに接触した小型トラックは大手自動車メーカーの営業車で、過失はそちらにあった。賠償金や慰謝料が出はするであろう。しかし、彼は再び自分の足で立つことができない。姉弟には、悲運がつきまとっていた。

目を書棚に転じる。『ライターという仕事』『現代文章読本』『取材学ABC』『最強の情報整理術』といった本が目立った。『実践的ヨガ』『瞑想《めいそう》とリラクゼーション』

『正しい腹式呼吸』などは趣味か。実用書が多く、小説類はあまりない。下段には硬軟様々な雑誌が並んでいた。すべてに付箋《ふせん》がついていて、開いてみると雪枝が書いた署名記事が掲載されている。〈少年院は今〉〈改正少年法の問題点はどこにある？〉〈ネット上に暴走族サイト続々〉といったタイトルを眺めて、彼女のライターとしての関心が奈辺《なへん》にあったかを探る。小室礼美に聞いたとおり、少年犯罪に関するものが多かった。そのうちの一つ、〈沈黙と叫び〉なる記事を、ざっと読んでみた。

大和田雪枝が少年犯罪に強い関心を示す理由が判った。大学三年の時、近所に住んでいた中学生が無職の少年グループに夜道で因縁をつけられ、暴行を受けて死亡しているのだ。彼女は「その衝撃が忘れられず、何が彼らを暴力的にするのか、若さの不条理について考えずにはいられなくなった」と冒頭で書いている。記事のまとめ方はクールだ。路上でたむろする少年少女のグループに接触し、時間をかけて彼らの心情を聞き出していく。小賢《こざか》しい解釈めいた文章は、極力控えられていた。時折、「話が深いところまで進むと、彼らは一様にもどかしげになった。自分の表現力の未熟さと初めて相対したかのように。表現できなければ、人は泣き叫ぶという形で訴えるか、沈黙するしかない。このやるせない事態は少年たちだけに止まらず、私たちの社会全体に及んでいる」といった雑感めいたものが交じるぐらいだ。

雑誌を棚に戻し、スクラップ帳も見てみる。やはり切り抜きも少年犯罪に関係するものが中心で、ナイト・プローラーがらみの記事は見当らない。

「大和田雪枝は通り魔事件を調査していなかった」森下は結論づける。「しかし、あんな時間にあんな場所にいたことは、何かを調べていたことを匂わせている。うーん、それが謎なんやなぁ」

「匂わせている……」

その言葉で、私は不意に気がついた。この部屋には何かの匂いが漂っているようだ。どこか甘ったるくて、少し生臭いような臭気。どこかで嗅《か》いだことのある匂いだ。何だろう、と記憶を手繰っているうちに判った。自分の部屋でこれを嗅いだことがある。

「ねぇ、森下さん。つかぬことを訊きますが、彼女はペットを飼ってたんやないですか？」

「は？」と相手は訊き返す。火村も振り向いた。

「微かに匂うでしょう？　おそらく、これは鳥の糞《ふん》の匂いですよ。私は、隣人が留守にする時にカナリアを預かることがあるんです。その匂いに似てる」

窓辺に腰の高さほどのキャビネットがあった。それだ。

「ほら。きっと、そのトップに鳥籠がのっていたんですよ」

「有栖川さんって、鼻が利《き》くんですね。——小室さんに訊いて確かめてみましょう」

森下が携帯電話をかける。ものの一分とたたないうちに、半年ほど前から番《つがい》の文鳥を飼っていたようだ、との証言を得られた。私の鼻は正しかった。しかし、だとすると何故それがなくなっているのか？

「泥棒が入って鳥籠ごと盗んでいった、とも思えませんね。飼っていたのは、ごくありきたりの文鳥なんですから。これは、どういうことでしょう？」

私には見当もつかない。鳥籠消失が彼女の死に関係しているのかどうかも。火村は人差し指で唇をなぞりながら、窓辺のキャビネットを見つめている。

「ぼんやりと見えてきた」

小さな呟きだった。

「何か言うたか？」と私が問う。

「おそらく、鳥籠はこの近くに棄てられているだろう。きっと中は空っぽだ」

わけが判らず、森下と私は顔を見合わせる。火村はしばらく黙考していたが、やがて振り返ると、驚くべきことを言った。

「大和田雪枝は、ナイト・プローラーがいつどこに現われるかを知っていたんだ」

そんな馬鹿な。彼も睡眠不足のせいで、脳がうまく働いていないのだろうか？

「あの……どういうことでしょうか？」

森下がおずおずと尋ねる。犯罪学者は、さらに私たちを驚愕《きょうがく》させた。

「彼女がナイト・プローラーだったんですよ」

9

大陸から迫《せ》り出した高気圧が梅雨前線を南の太平洋上に押しやったため、火曜日の空は晴れ上がった。そして、夏の到来を思わせる日差しが照りつける。今年は暑くて長い夏になるとの予報が伝えられた。

その朝、私はようやく深い眠りに就いたところを、電話の音によって叩き起こされた。枕元の時計を見たら八時過ぎ。いったい何なんだ、と受話器を取ると、鯨岡羅夫だ。やくざな物書きは酔っているのか、呂律《ろれつ》の怪しい舌で、先日は大変に失礼をした、と詫びる。殺人現場でのふるまいを反省したらしい。こちらは、もうすっかり忘れていたのに。そんなことより腹立たしいのは、朝っぱらから酔って謝罪の電話をかけてくる非常識さである。あんたは無礼だ、とだけ言って切った。どうせ酔いが醒《さ》めたら、誰かに電話をかけたことさえ覚えていないのだろう。ベッドに戻って寝直そうとしたのだが、眠り方を忘れてしまったかのように、うまくいかない。輾転《てんてん》反側して、ようやく寝ついたところに今度は火村からの電話がかかってきたのだ。「やっぱり会いにいく」と。昨夜、遅くに京都に引き上げたのに、もう大阪にきているらしい。「俺も立ち合う」と応え、待ち合わせの場所を指定した。

それから三十分後。私たちは地下鉄の出口で落ち合い、なだらかな坂を上った。ほとんど無言のまま。テラコッタの重厚なファサードを持つ古い総合病院は、それを上りつめる手前に建っている。玄関の前で立ち止まって見上げると、すべての窓が陽光を反射して輝いていた。

私たちはエントランスの受付を通り過ぎ、つかつかと三階に上がっていく。見舞い客にサインを求めるでもなく、入館証をつけさせるでもない。無防備なまでにセキュリティが甘い病院だ。中庭をロの字形に囲んだ廊下を巡って、３１４号室にたどり着く。角部屋だ。今日は部屋の外に警察官が張りついているのでは、と思っていたのだけれど、誰の人影もなかった。火村は躊躇《ちゅうちょ》せず、ドアをノックする。

ベッドの上の大和田英児は、わずかに顎《あご》を引いてこちらを見た。おや、とその目が訝っている。肉厚の唇がゆっくりと動いた。

「学者さんと作家さん？」

濃い眉と不釣り合いに女性的な長い睫毛《まつげ》をした目が、二、三度ぱちぱちと瞬《しばた》く。多少は意外だったのだろうが、さほど驚いたふうでもない。

「覚えていてくれたみたいだね。——伝えたいことと訊きたいことがあってきたんだ。少しだけ、いいかな？」

「昨日きたばっかりなんだから、覚えてるよ。——何か話？　十分ぐらいなら、かまわないけど。今日は刑事さんと一緒じゃないんだね」

気怠げな声ではあるものの、迷惑そうな響きはなかった。私たちはベッドの脇のスツールに腰掛ける。今朝は顔色がいいね、と言おうとした時に、背後で、ごぼり、と妙な音がした。

「洗面台だよ」英児が言う。「水が逆流する音。どこかで水を流したら、あんな音がするんだ。夜中でも鳴るから、慣れるまでは気色が悪かった」

彼は天井を向いたまましゃべった。上半身はギプスで固定されており、頭部は両側から砂嚢《さのう》に挟まれているので、首をこちらに向けるのも不自由なのだろう。左腕には点滴の針が刺さっており、体全体が牢獄《ろうごく》につながれているかのようで痛々しい。

明るい窓辺には大きな花籠が二つ並んでいた。大きい方には加害者である自動車メーカーの名前、小さい方には彼のアルバイト先である引っ越し会社の名前がついた見舞いのカードが差してある。室内にほのかに甘い花の香りが漂っていた。

「警察は午後からやってくるかもしれない。私たちは抜け駆けできたんだ。彼らより も先に君と話がしたくてね」

そう聞いても、英児は何の関心もなさそうに無表情を保っている。姉の死の報《しら》せを 聞いた直後からこんな様子らしい。

「十分なんて、すぐたってしまうな。本題に入ろう」

火村はわずかに身を乗り出し、動けない男の顔を覗き込んだ。

「お姉さんは亡くなる直前に『通り魔に襲われた』という電話を警察に入れている。 だから、何者かに刺されたことを疑う者はいなかったんだけれど、司法解剖の結果、 他殺とも自殺ともとれるそうだ。もちろん、自分で自分の背中を突き刺すのは容易じ ゃない。しかし、やってやれないことはない。体操やヨガの心得がある柔軟な身体《からだ》と、 ひと思いに自らを刺す度胸がある人間ならばね。お姉さんは、その両方を具《そな》えていた。 壁を背にして立って後ろ手にナイフをかまえ、勢いをつけてその壁にもたれかかり、 自殺したんだよ」

英児の目が、火村を見た。

「……姉貴は自殺だったって？」

「警察はまだ断定していない。しかし、私はそう確信している」

「自殺かもしれない、というだけなんだろ？」

　火村は認めた。

「解剖の所見だけでは、どちらとも言えない。私が自殺だと考えるのは、彼女を取り巻く状況からだ。お姉さんが小鳥を飼っていたのを知っているかい？」

　英児は犯罪学者を見たまま頷く。

「文鳥だっけな」

「ああ。その文鳥がいなくなっているんだ。鳥籠はお姉さんのマンション近くに棄てられていた。そんなものをわざわざ盗む人間がいるとも思えないだろう。お姉さん自身が棄てたのさ」

「鳥が死んだからかも」

「鳥籠は所定の日に所定の方法で棄てなくてはならない粗大ゴミだ。彼女はそれを不法投棄している。お姉さんらしくないだろ？　可愛がっていた文鳥が死んでしまい、もう鳥なんか飼うのはよそうと決めたのだとしても、そんなに急いで棄てる必要はない。彼女には特別の事情があったんだ。だから、急いで鳥籠を処分した」

「……特別の事情」

「お姉さんは自殺を決意した。だから、主人を失った文鳥が飢えないよう、あらかじめ籠から逃がしてやったんだろう。鳥籠は空っぽになった。それをそのまま部屋に置いていたら、警察はどう思うだろうか？　故人は死の直前に飼っていた鳥を逃がしたらしい、だとすると自殺の線もあるのではないか、と気づくかもしれない。だから、そうならないように鳥籠を棄てたんだ」

英児は視線を天井に戻した。大きな感情の変化はなさそうだ。

「姉貴は自殺と判らないように自殺した、と先生は言うんだね。そう考える根拠は、文鳥を逃がしてやった形跡があることだけ。苦しいんじゃない？　姉貴が鳥を逃がしてやってるところを見た人間がいるわけでもなし。鳥籠が棄ててあったからって、そこまで言う？」

「空想的かな」

「うん。先生には悪いけど、そう思う。ついていけない」

火村はこくりと頷き、尖《とが》った鼻の頭を掻いた。

「そうだな。推測だけで証拠はない。しかし、棄てられていた鳥籠から、私はお姉さんの死は自殺だったのかもしれない、という新しい見方を得たんだ」

大和田雪枝の死は自殺だったかもしれない、という見方は捜査本部をどよめかせた。

誰一人として、そんな可能性を検証していなかったのだ。どよめいた後、彼らは考えた。もしそうであれば重大な失態ではあるけれど、犯行直後に現場に急行しながら犯人をみすみす取り逃がした、という屈辱から免れることができる。今、全力を傾注して自殺を立証しようとしているはずだ。

「警察は、現場から遠くへは逃げていないであろうナイト・プローラーを懸命に追った。海に逃げたことまで考えて水上警察まで出動させたんだ。なのに、事件発生から五十時間以上がたっても、いまだに足跡がまったくたどれていない。これは彼らが無能だからだろうか？　マスコミは『そうだ』と責めているが、どうも腑《ふ》に落ちない。犯人はまるで下水道でも通って逃げたかのようなんだ。しかし、そんなことをしたとも考えがたい。お姉さんからの助けを求める一一〇番通報が真実だとしたら、犯人は彼女の死を確認せずに立ち去っているわけだろ？　警察が出動したとは思っていなかったんだから、下水道に潜るなんてあり得ない。ナイト・プローラーの逃げっぷりは鮮やかすぎると思わないかい？」

洗面台で、ごぼりと音がした。

「寝たきりの僕に意見を求められてもね。先生が思っているほど警察が賢くなかったのかもしれないし、犯人がラッキーだっただけかもしれない」

「それもあり得ないことではない。──ただ、お姉さんが自殺したんだとしたら、夜も更けてからあんな淋しい場所にいたことにも説明がつくだろう。死ぬつもりであそこに行ったわけだ」

「説明なんてつかないよ。自殺するんだって、もっと心地いい場所を選ぶのが普通じゃないの。暗くて淋しい倉庫の谷間で自殺したいとは思わないでしょ。まして、大雨が降っている夜に」

「たしかに自殺者の心理から大きく逸脱している。だから警察も欺《あざむ》かれたんだ。どうして彼女があんな時と場所を選んだかというと、連続通り魔殺人犯に殺されるのにふさわしかったからだ、と言うしかない。雨の日を選んだのは、不自然な血痕を遺さないためだ。お姉さんは、ナイト・プローラーに殺されること──殺されたとみなされることを望んだのさ」

長い睫毛の目が、忙《せわ》しく瞬いた。火村は、相手が応えるのを待っている。

「ナイト・プローラーに殺されることを望んだ、というのがどういう意味か判らない。何かの妄想？　ナイト・プローラーの大ファンだったとか？　まさかね。通り魔にやられたふりをして自殺する人間がいるわけない。いや、それ以前に姉貴は自殺だった、という話が無茶苦茶だ。だって、こんな状態の弟を放り出して死ぬような姉貴じゃないもの。それに、背中に刺さってたんでしょ、ナイフが？」

彼はこちらを見る。私は黙って頷いた。

「それは通り魔殺人犯の使ってた凶器と同じだ、と鑑定されたんじゃないの？　それから、姉貴の口の中におかしな紙切れが入っていたとも聞いている。端っこが破って あって、そのギザギザが前の事件で犯人が遺した紙切れのギザギザとつながるって。警察は犯人の遺した紙切れを公開したりしてないから、偽物を作れるわけないよね。ということは、姉貴が含まされていたのは、本物のナイト・プローラーが遺した紙切れなんだ。本物にやられたんだよ。自殺なんかじゃない」

「そう。お姉さんは本物の凶器と本物のメッセージを持っていた、と考えるしかない。彼女がナイト・プローラーだったんだ」

部屋が静まり返った。やがて、ベッドの男は、ふんと鼻を鳴らす。

「姉貴が若い女性ばかりを狙う連続殺人鬼だった、なんてこと信じられるわけないでしょ。——で、何？　罪もない人を三人も殺してしまったことを後悔して、最後に自分を刺したってこと？　それなら罪を告白する遺書ぐらい書き置いたでしょう」

彼と火村の視線は、虚空でからみ合っていた。

「お姉さんは遺書を書かなかったどころか、自分がナイト・プローラーの凶手に懸かったように偽装工作を施していた。罪を償うために自決したわけじゃないよ。彼女が希ったのはただ一つ。事件をうやむやのうちに終結させることだけだ。ゲームオーバーのメッセージを遺して去ったっきり、ナイト・プローラーが二度と姿を現さなくなる。そして、事件は迷宮入り」

「どうして、そんなことを……」

英児の目に落ち着きがなくなっていた。長い睫毛が、ぴくぴくと顫《ふる》える。

「お姉さんがナイト・プローラーだった、と私は言ったね。正確に言い直そう。あの夜にかぎって、彼女はナイト・プローラーだったのさ。その前に吹田市内で起きた通り魔殺人が彼女の犯行ではないことは明白だ。犯行当時、彼女は東京に出張していたんだから。手帳に詳しい行動記録が遺っていたおかげで、複数の人間の証言も得られている。少なくとも、彼女に吹田の事件は起こせなかった。ナイト・プローラーは他にいるんだ。それは誰だろう、という問いの答えは簡単に見つかる。彼女は自殺する際に通り魔犯人が用いた凶器で背中を刺し、犯人しか所持し得ないメッセージの用紙を口に含んでいた。それらの品をいつどこで入手したかを考えればいい。月曜日に東京から帰ってすぐ、弟が交通事故に遭った、という報せを受けたお姉さんは、ただちに病院に向かって君に付き添った。火曜日も水曜日も木曜日も。そして金曜日も終日病室で過ごしたと聞いたよ。そんな彼女が、いつどこで、ナイト・プローラーに変身する道具を手に入れたのか？」

火村は相手に顔を近づけた。

「君の部屋だよ。長期の入院を余儀なくされた弟のために、彼女はどこかの時点で入院生活に必要なものを取りに、君の部屋を訪れた。そこで身の毛もよだつものを見てしまった。実の弟が、連続通り魔殺人鬼だという動かぬ証拠の品々さ。凶器とメッセージの用紙。それ以外にも何かあっただろうな。事件を報じた新聞や雑誌の切り抜き、犯行の模様を記したメモ類あたり。交通事故は君にとってまったく予期せぬ事態だったから、それらの危険なブツも、意外とすぐに目につくところにしまってあったんだろう。その時に彼女が受けた驚きがどれほどのものだったか、私には想像することが難しい。いきなり空が裂けたような衝撃だったかもね。信じられないものを見てしまった彼女がどれほど苦悩したかも想像を絶する。親しい友だちに言い遺したのは『がんばりようがない』という言葉だよ。――懊悩《おうのう》の果てに、お姉さんは決断した。弟のおぞましい犯罪を告発するわけにはいかない。あの連続通り魔事件を迷宮入りにしてしまおう、と」

約束の十分は、とっくに過ぎていた。

英児は、魅せられたように火村の目を見つめていた。

「そう決断したのは、やはり君をかばいたかったからだろう。いくら大罪を犯そうとも、君が可愛いただ一人の弟であることには変わりがない。だが、かばって赦されるものではないし、真実を知りながらあまりにも重い十字架を背負って生きていく力も彼女にはなかった。とてもではないが、堪えられない。死んでしまいたい、という願望がまず湧いてきたのかもしれない。死に焦《こ》がれる絶望の中でいくつかのアイディアが引き寄せられていった。おそらく、自分が死ぬことはただの現実からの逃避ではなく、弟がこうむるべき罰を代わって受けることであるから筋は通るのだ、といった考えもあっただろう。そして、どうせ死ぬのならば、自分を一連の事件の犠牲者に偽装したらどうか、という妙案が飛来した。そうすれば、重傷患者として入院中の弟には絶対に嫌疑が懸からない。今後、これまでの事件の目撃者が現われようとも弟は永久に捜査圏外に出られるはずだ。駄目押しに、最後に警察にかける電話の中で、『茶髪の通り魔にやられた』と伝える手もある。どうせ身代わりになって死ぬのなら、弟のためにそれぐらいのことが保証されなくてはつまらないじゃないか」

火村の口調は、静かなまま熱を帯びていった。

「凶器のナイフを使って他殺に見せかけて背中を刺し、口の中にメッセージを遺す。

そうすることによって得られるものは、苦痛からの解放と弟の安全。ゲームオーバーのメッセージを遺すことによって、市民の恐怖も時とともに沈静化していくだろう。失われるものは何か？　一つは警察の威信だが、そんなものはどうでもいい。もう一つは社会の安寧か。しかし、そのような抽象的なものもまた追い詰められた彼女にとってどうでもよかったに違いない。――君は、もう歩けないと診断されているらしいね」

英児の目に敵意が浮かぶ。

「先生。あんた、何が言いたい？　俺が通り魔だって勘違いした上、こんな目に遭ったのは神様の裁きだとでも――」

「それは不運なアクシデントだ。交通事故と罰は何の関係もない」

火村は、大きく目を見開いて英児を見据える。瞬《まばた》きをすることなど忘れて。

「しかし、お姉さんは君の不運に救いを見出《みいだ》していたかもしれないな。文鳥を空に放つまでの彼女の心の動きを追ってみよう。それは狂気に至るほど合理的な判断だったとも言える。――いいかい？　君が同じ罪を重ねる危険性はもうなくなった。だから、事件を迷宮入りにすればすべては丸く収まる。大きな肉体的ハンディキャップを負い、独りぼっちになった君に降り掛かるこれからの辛酸ぐらいは、甘受すべき当然の報いと考えたんだろう。どういうことか判るね？　お姉さんは十字架を背負って生きるという苦しみから自らを解放すると同時に、君をかばいながら断罪したんだ」

病床の男は、鬱陶しそうに目を細めた。あまり興奮している様子ではない。

「あんたの推理は隙だらけだと思わないの、先生？」

火村はその問いを無視した。

「奇妙な気分にならないか？」

「え？」

「君の『絶叫城』が完成したことを、だよ。お姉さんは禁断の謎を解いたために、ナイト・プローラーに変身して破滅した。あのゲームの結末と同じじゃないか。君は、ゲームをクリアし、悪夢を完成させたんだよ。今、どんな気分なのか聞かせてくれ」

今度の沈黙は永かった。通り雨が過ぎていくほどにも思える時間が流れてから、彼が口を開く。

「とても……変な感じだ」

それ以上、後に言葉は続かなかった。

「何故、君はナイト・プローラーを演じて殺した？　ゲームだったのか？」

たまりかねて私は尋ねる。納得がいく答えなど、返ってこないと知りつつ訊かずにはいられなかった。

またしても沈黙。やはり、そうだったのか。この男の心には闇など存在しない。闇すらないのだ。

と、肉厚の唇がゆっくりと動く。

「ヴァーチャルな世界と……リアルな世界。その境目が判らなくなるっていうのが……どんな感じかと……」

洗面台で、ごぼり、と大きな音がした。悪魔が喉を鳴らすかのように。

彼の答えは、私が生涯で聞いた最高のジョークだった。あまりにも滑稽《こっけい》で、笑いださなかったのが不思議なくらいだ。「この事件はヴァーチャルな世界と現実の境界が見えなくなってしまった若者の犯行だ」とぬかしたのは誰だっけ？　精神科医か、教育評論家か、社会学者か、小説家か？　とにかく、そこのお前だよ、お前。ここにきて大和田英児君のお話を謹聴しろ。お前の創った物語がこいつを生んだんだってよ。空っぽの心には、何でも入るらしいぞ。

火村は氷のような目をして、ベッドの男を見つめている。冷たく、そして虚ろな目だった。

私は狂おしいような心地がして、じっとしておれず、立ち上がって窓辺に寄った。

花籠から立ち上る香りに噎《む》せそうになる。

弟がナイト・プローラーだと知った時、雪枝は悲鳴を上げただろう。その叫び声が、幻聴となって私の耳の奥に響く。

振り返ると、英児は黙りこくって天井を見ていた。無感動な眼差しに嫌悪感を覚えたが、心の底を窺い知ることはかなわない。

空虚を抱えて閉ざした城のごとき彼の心。

その奥の奥で、暗鬱な絶叫が長く尾を引いて谺《こだま》しているのかもしれなかった。

あとがき

本書に収められた短編のうち五作は「小説新潮」に掲載されたもので、ご覧のとおり題名を「――殺人事件」で統一している。ミステリとしてはごくありふれたパターンだが、当たり前すぎる気がして、私はデビュー作以来こういう題名を避けてきた。その方針がひょんなことから崩れたのが、「黒鳥亭殺人事件」であった。

九五年の末だったろうか。「小説新潮」の青木《あおき》大輔《だいすけ》氏から原稿の依頼を受けた。九六年四月号でミステリの特集をする。「――殺人事件」という題名で短編を書いてもらえるか、と。新潮社から初めてきた仕事だったし、腕まくりをして臨みたかったのだけれど、少しひっかかることがあった。前述のとおり、そういう題名で小説を書かないようにしていたからだ。しかし、そんなことを言ったら仕事を受けられないし、「――殺人事件」が嫌いなわけでもない。嫌いどころか、実は好きだった。「僧正殺人事件」「本陣殺人事件」「刺青殺人事件」といった名作には「――殺人事件」が似合っていて、カッコいいな、と憧《あこが》れてもいたのだ。そこで、青木氏の依頼を機会に解禁した。

その時、どうせ禁を解くのなら、同じパターンの題名が並んだ短編集を作りたい、と思った。一冊にまとまるまで五年もかかってしまったが、出来不出来はともかく、自分の好みに合った作品ばかりを揃えることができて、作者はひとまず満足している。

以下に、各作品にまつわる余談を付してみる。

ただし、「雪華楼殺人事件」に関する文章の中に、トリックを連想させる箇所があるので、作品を先にお読みいただきたい。

「黒鳥亭殺人事件」の中でアリスを悩ませる〈二十の扉〉の難問は、妻が小学校低学年の女の子と遊んでいた時に投げ掛けられたもので、「こんなことがあった」と妻から聞くなり、私は感動した。ヒントを与えられれば与えられるほど混乱が深まり、翻《ほん》弄《ろう》されることで目眩《めまい》に似た快感が得られるという点が、優れた本格ミステリに通じているように思えたからだ。

私は夜の情景を描くのが大好きで、この作品はことのほか書いていて楽しかった。

ハラシェヴィチの演奏ではないが、ショパンを流しながら書いた。夜想曲のような小説になっていればいいのだが。

「小説新潮」から二回目の依頼に応《こた》えて「壺中庵殺人事件」を書いた際、短編集にまとめる場合のイメージが固まった。殺人事件の前にくる言葉が千差万別だと目次が美しくなくなるので、建物の名称で揃えること。そして、作中の殺人は必ず夜に起こること。ルーズな私には、それぐらいのルーズな縛りが似合っているのだ。

今時こんな……というほどストレートな密室トリックである。この作品は新潮社が編んだ『大密室』というアンソロジーに収録された。

「月宮殿殺人事件」は、月宮殿なるものを発見したことからできた作品だ。がらくたの城・月宮殿はもちろん架空の建造物だが、私は遠い昔にどこかでこれを見たような気がしてならない。

本作のみ、「小説NON」に掲載された。担当の坂口芳和《さかぐちよしかず》氏には、一ヵ所、非常にありがたいチェックをしていただいた。

「雪華楼殺人事件」のトリックについては書いておきたいことがある。九九年に公開されたアメリカ映画『マグノリア』の冒頭で、このトリックと似た事件が〈信じられないほどの偶然〉の一例として紹介されていた。密室殺人の形で起きたのではないが、こんなことが実際にあったのだ。映画の公開は「雪華楼」を発表した後だが、何しろ現実にあった事件らしいので、「有栖川有栖はこのエピソードをどこかで読んで参考にしたのか」と思う人がいるかもしれない。ちょっと悔しかった。だが、「あんなことがあり得るものか」と思った方に、「『マグノリア』を観てください」と言えるようになった。

寒々とした物語を書いてみた。

「紅雨荘殺人事件」は、作中に紅色をばら撒《ま》いたので、夜のイメージが後退しているかもしれない。しかし、犯人は夜の底で蠢《うごめ》いたのだ。

これは本格ミステリ作家クラブが編纂《へんさん》したアンソロジー『本格ミステリ01』に収録された。

何年か前、剣持鷹士《けんもちたかし》氏や九州探偵小説研究会の方たちとスペースワールドで遊び、園内のすべての絶叫マシンに乗ったことがある。その時に、「絶叫城殺人事件」という題名を思いつき、閉園後に絶叫マシンかお化け屋敷で起きる殺人事件を考えたのだが、できた作品はまるで違ったものになった。こんな題名で書いてみたい、というアイディアはいつもたくさん持っている。それらもいつか、思いがけない物語に引き寄せられるのだろう。

余談もこれまで。

それでは、いつかまた書くであろう〈夜の館の物語〉もお読みいただけますように。

最後に、いつも素晴らしい装丁をしてくれる大路《おおじ》浩実《ひろみ》氏と、私に「——殺人事件」を書かせてくれた上、縁あってこの単行本の担当としてもお世話になった青木大輔氏に感謝いたします。

01・8・25

文庫版あとがき

作品の外側で補足説明するほどのことではないが、毎度つけている〈文庫版あとがき〉向け雑談の材料が他に思いつかなかったので、音楽について少し。

表題作の中で、アリスが火村とともに『ゴールドベルク変奏曲』を聴く場面があり、「火村お気に入りのグレン・グールドのピアノではなく、スコット・ロスによるチェンバロなのは私の好みだ」とある。これはバッハの原曲をピアノで弾いているか、チェンバロで弾いているか、というだけの違いではなく、二人のキャラクターに対応している。

グールドもロスも北米の生まれで、若くして逝《い》った（グールド五十歳、ロス三十八歳）ことも共通しているが、彼らが遺した『ゴールドベルク』は対照的だった。使用楽器と演奏スタイル（曲の解釈）をまったく異にしているだけでない。三十二歳で「コンサートは死んだ」とステージ活動を拒絶した前者の名盤は当然ながらスタジオ録音だが、後者のものは畢生《ひっせい》のライブ盤なのだ。崇高さに満ちた孤高のグールドに対して、ロスの背後には聴衆の熱い気配が感じられて、いずれも感興は尽きない。同曲がお好きなら、聴き比べてみてはどうだろう。

アリスと火村の好みをひねって逆にする手もあったが、まあ、このままが順当か。

末尾ながら、文庫化にあたっても装丁でお世話になった大路浩実氏、建築家の目からの解説をお書きくださった竹島清氏、編集部の飯島薫氏、そして読者の皆様にお礼申し上げます。

03・12・15

有栖川有栖

解説

竹島清

あまり大きな声ではいえないのだが、建築コンサルタントという商売柄、他人様の秘密にタッチすることが多い。もとより建築とは人のプライヴァシーを隠すための容器である。

そこで、建築なしにプライヴァシーを考えることは難しい。建築設計の仕事に携わっていると、しばしば秘密の場所の設計を依頼されることがある。具体的にいえば「隠し部屋」あるいは「密室」のたぐいである。

これらを要望する施主《せしゅ》として大病院の院長が多いのは不思議ではない。総合病院ともなれば建築的にも迷宮に近いものがあるし、その中の人間関係も非常に複雑である。さらに、そこで働く人々は一日中、迷宮に閉じ込められており、息をつく暇もない。「秘密の休憩室」が望まれるのも無理はないだろう。

そのような休憩室は特別な仕様が求められる。たいてい、「院長室からしか出入りできないようにしてほしい」と懇願される。こちらは用途について熟知しているつもりだが、あえて問い質《ただ》す。

「何に使うんですか？」

「看護婦と休憩するのです」

そういって胸を張った院長先生もいた。

実際の仕様としては、本棚の裏から出入りするという恥ずかしいくらい古典的な手法を使うことがほとんどだ。したがって、私は常日頃から、職業意識をもって密室ものの推理小説やテレビドラマをチェックしているが、そのたびに実際につくることの困難さを痛感させられている。

そんな部屋をつくって、どうやって役所の許可を得るのだ？　と訝《いぶ》かる向きもあるかもしれない。しかし、そこが建築コンサルの腕の見せ所である。いくつもの裏ワザを繰り出すことで、「確認降ろし」（設計者が役所から着工の許可を得ること）をやってのけてしまうのだ。

おなじ隠し部屋でも、病院や企業のオーナーのものならなんとかなる。しかし、これが国家からの依頼だったりすると、冷や汗ものだ。じつをいうと、私は一度だけ、国家機密にかかわるビッグ・プロジェクトに参加させられたことがある。それは東京の地下に……危ない危ない、これ以上バラすと自分の身が危うくなるところだった。

事実、そのとき作成された図面は役人を交えた席上で断裁されたのである。とはいえ、内容は私の頭の中にあり、その夜、家に帰ってすぐに再現図面を描いたものだ。それを嗅《か》ぎつけたある団体がその図面を法外な値段で売ってくれといってきたのだが……いかんいかん、これまでにしよう。

このような話をすると、建築を小説に取り込むことはたやすいようにも思える。ところがこれが意外と難しい。結論からいえば、建築は直感芸術であり、小説の散文精神とは相反するものだからだ。たとえば、昨今の人気スポット、六本木ヒルズを訪れた人が、言語だけで複雑な空間を表現し得るとは思えない。建築は、むしろ詩と結びつきやすく、その証拠に、建築家兼詩人は多数存在するのに、建築家兼小説家はほとんどいない。その両方を世界水準でなしえた作家というと、マックス・フリッシュくらいではないか。作品としても、建築の迷宮性を言語化しえた長篇小説はモーリス・ブランショ『アミナダブ』くらいしか思い浮かばない。

もっとも、短篇小説となると、可能性が拓《ひら》けてくる。長篇小説で巨大な建築物を分析的に扱えば作者も読者も息切れしてしまうが、短篇ではユニークな建築群を連続的に登場させることによって、建築の詩的ヴィジョンを活用できるからだ。そのようにして建築的モチーフを本格推理に持ち込んだところが本書『絶叫城《ぜっきょうじょう》殺人事件』の最大の魅力といえよう。

ここに収められた六編の作品にはそれぞれ六つの建築が登場する。それらをめぐって、ご存じ火村・有栖川コンビが事件解決へとせまるわけだが、周知のとおり、有栖川作品は本格推理の王道を行くものであって、しかも短篇ともなれば話の発端すら語るわけにはいかない。ここでは、各作品にあらわれた建築的ヴィジョンについて触れてみたい。

まず「黒鳥亭《こくちょうてい》殺人事件」では、築後半世紀ほども経ていると思われる屋敷が登場する。

「それはアメリカ映画でよく登場するリトルタウンに多く建っているような下見板張りの二階家だった。壁だけ見ると、古い木造校舎の面影もある。お屋敷や館というのはやや大袈裟《おおげさ》だが、大阪や京都の町中にあれば豪邸としか呼びようがないかもしれない」

外壁がすべて黒一色に塗られているとあるが、これは昼夜、季節の寒暖の差を強調してしまうため都市住宅では御法度《ごはっと》である。したがって、黒鳥亭が国道からそれた海辺ちかくに建っているのは正解である。ただ、五十年ほども潮風に吹かれた木造住宅となると、メンテはどうなっていたのか建築的には気になるところである。

ともかく、この作品は古屋敷が舞台でなければ成立しないし、本書の中ではもっとも切れ味の鋭いミステリーに仕上がっている。

「壺中庵《こちゅうあん》殺人事件」はいわゆる密室ものだ。殺人現場は茶室よりわずかに広いくらいの正方形の地下室である。私もこれに似た密室を設計したことがあるのだが、「ここで殺人事件でも起きたらどうなるんだ？」と思ったものだ。どうなるもこうなるもない、へたをすると、警察のご厄介になり、建築士の資格も剝奪《はくだつ》される可能性すらある。

本作では巧妙なトリックを堪能《たんのう》することができた。

数年前、ホームレスが立派な二階建ての家を建てたというので見学に行ったことがある。ちょうど「月宮殿《げっきゅうでん》殺人事件」と似たようなケースだったが、わりと正統派のデザインだったのでがっかりした。フランス人の郵便局員が建てた「シュヴァルの理想宮」みたいな奇抜なものを想像していたからだ。

月宮殿のほうはこんな感じ。

「どこからどう運んできたのか知れぬがらくただけを建材にしていたため、外観はいたって醜い。その醜さがいきつくところまでいって反転してしまったのである。大袈裟にいえば、この世の常ならざるものが持つ聖性すら帯びていた」

こうした「グロテスクの美」を持つ建築が燃え上がるイメージがこの作品の最大の

見せ場だろう。

真っ赤な炎の次は、真っ白な雪である。「雪華楼《せっかろう》殺人事件」には、工事半ばにして打ち棄てられた六角形の奇妙な建築が出てくる。「雪華楼は中央の階段とエレベーター――もちろんまだ設置されていないが――を客室がぐるりと取り巻くような構造になっていた。二階の客室は六つ」「鞍馬《くらま》川の渓流を見下ろしながらたたずむ鉄筋コンクリート七階建ての」細長い建物である。

雪の中の廃墟《はいきょ》のイメージが、そこに住んでいた一組のカップルとホームレスの男の心象風景となって重なり、読者の胸の内に染《し》み込んでくるようだ。

ここで、恐縮ながら、個人的な話題を一つ。じつはいま、私は引っ越しの準備をしている最中なのだが、今度移り住む家が「紅雨荘《べにさめそう》殺人事件」の「本家・紅雨荘」に似ているので、おやと思った。

「外観や庭は純和風だったが、内部は和洋折衷というより洋風が勝っていた。フローリングの長い廊下にはトルコ風の絨毯《じゅうたん》を何枚もつないで敷きつめてある」「広さは二十畳ばかりか。ここのフローリングの床も四枚の絨毯で埋まっている。(中略)コーナーにテレビを収めたキャビネットが据えつけてあり、その前にテーブルとソファ。少し離れたところに椅子が一脚とオブジェらしいものがぽつんぽつんと二つあるだけなので、がらんとして淋《さび》しげだ」

むろん、拙宅はこれほど立派なものではなく、共通点は古い木造の和風建築、内部が洋風で、「がらんとして淋しげ」なところくらいだが。

ところで、さきに私は建築とは直感芸術だといった。直感はヴァーチャルなものに結びつきやすい。もとより建築は実際に竣工《しゅんこう》するまではヴァーチャルな作業そのものである。設計者が図面と格闘するのは、いまだ存在していない空間との無限とも思える闘いである。実施されなかった設計プロジェクトは、ヴァーチャルなまま作品として自立する。したがって、実施物件が激減したバブル経済崩壊以後、建築設計を学んだ学生がゲームの世界に参入したのは当然のなりゆきだったといえよう。

表題作「絶叫城殺人事件」では、文字通り「絶叫城」というホラー系のアドベンチャー・ゲームがストーリーの軸となっている。ゲームとおなじように、若い女性を犠牲者とする連続殺人事件が発生するのだ。ナイト・プローラー（夜うろつき歩く者）という英語で書かれたメモが被害者の口から発見される。これはゲームの副題であり、作中に登場する怪物の名前でもある。さっそく火村・有栖川コンビが事件解決に乗り出すことになるのだが……。

作品中、火村が当のゲームをプレイする場面を読んでいて思い出したことがある。

地方の中規模病院の設計を依頼されたとき、三十歳そこその若院長から、「特別室」の注文があった。それが前述した「壺中庵殺人事件」に登場するような地下の密室だったのだ。例によって私は質問した。

「何に使うんですか？」

「ゲームをやるんです」

昼間は手術というリアルすぎる現実の連続だから、夜は誰にも知られず徹底的にヴァーチャルな時間に浸りたいというのが理由だった。

彼もまた、ナイト・プローラーとしての資格を備えていたといっても、「絶叫城殺人事件」のネタをばらしたことにはならないのでご安心を。


（平成十五年十二月、建築コンサルタント）

この作品は平成十三年十月、新潮社より刊行された。
なお、各篇の初出は次の通りである。
黒鳥亭殺人事件　「小説新潮」　平成八年四月号
壺中庵殺人事件　「小説新潮」　平成九年四月号
月宮殿殺人事件　「小説ＮＯＮ」平成九年七月号
雪華楼殺人事件　「小説新潮」　平成十年六月号
紅雨荘殺人事件　「小説新潮」　平成十二年十月号
絶叫城殺人事件　「小説新潮」　平成十三年九月号

有栖川有栖著
乱鴉の島
無数の鴉が舞い飛ぶ絶海の孤島で、火村英生と有栖川有栖は「魔」に出遭う——。精緻な推理、瞠目の真実。著者会心の本格ミステリ。

有栖川有栖編
大阪ラビリンス
ミステリ、SF、時代小説、恋愛小説——。大阪出身の人気作家がセレクトした11の傑作短編が、迷宮都市のさまざまな扉を開く。

桐野夏生著
東京島
谷崎潤一郎賞受賞
ここに生きているのは、三十一人の男たち。そして女王の恍惚を味わう、ただひとりの女。孤島を舞台に描かれる、〝キリノ版創世記〟。

桐野夏生著
ジオラマ
あたりまえのように思えた日常は、一瞬で、あっけなく崩壊する。あなたの心も、変わってゆく。ゆれ動く世界に捧げられた短編集。

桐野夏生著
残虐記
柴田錬三郎賞受賞
自分は二十五年前の少女誘拐監禁事件の被害者だという手記を残し、作家が消えた。折り重なった虚実と強烈な欲望を描き切った傑作。

桐野夏生著
ナニカアル
島清恋愛文学賞・読売文学賞受賞
「どこにも楽園なんてないんだ」。戦争が愛人との関係を歪めてゆく。林芙美子が熱帯で覗き込んだ恋の闇。桐野夏生の新たな代表作。

伊坂幸太郎著　重力ピエロ

ルールは越えられるか、世界は変えられるか。未知の感動をたたえて、発表時より読書界を圧倒した記念碑的名作、待望の文庫化！

伊坂幸太郎著　ラッシュライフ

未来を決めるのは、神の恩寵か、偶然の連鎖か。リンクして並走する4つの人生にバラバラ死体が乱入。巧緻な騙し絵のごとき物語。

伊坂幸太郎著　オーデュボンの祈り

卓越したイメージ喚起力、洒脱な会話、気の利いた警句、抑えようのない才気がほとばしる！　伝説のデビュー作、待望の文庫化！

真保裕一著　ホワイトアウト
吉川英治文学新人賞受賞

吹雪が荒れ狂う厳寒期の巨大ダムを、武装グループが占拠した。敢然と立ち向かう孤独なヒーロー！　冒険サスペンス小説の最高峰。

荻原　浩著　コールドゲーム

あいつが帰ってきた。復讐のために――。4年前の中2時代、イジメの標的だったトロ吉。クラスメートが一人また一人と襲われていく。

東野圭吾著　鳥人計画

ジャンプ界のホープが殺された。ほどなく犯人は逮捕、一件落着かに思えたが、その事件の背後には驚くべき計画が隠されていた……。

北村　薫著

スキップ

目覚めた時、17歳の一ノ瀬真理子は、25年を飛んで、42歳の桜木真理子になっていた。人生の時間の謎に果敢に挑む、強く輝く心を描く。

北村　薫著

ターン

29歳の版画家真希は、夏の日の交通事故の瞬間を境に、同じ日をたった一人で、延々繰り返す。ターン。ターン。私はずっとこのまま?

北村　薫著

リセット

昭和二十年、神戸。ひかれあう16歳の真澄と修一は、再会翌日無情な運命に引き裂かれる。巡り合う二つの《時》。想いは時を超えるのか。

北村　薫著
おーなり由子絵

月の砂漠をさばさばと

9歳のさきちゃんと作家のお母さんのすごす、宝物のような日常の時々。やさしく美しい文章とイラストで贈る、12のいとしい物語。

角田光代著

キッドナップ・ツアー

産経児童出版文化賞・路傍の石文学賞受賞

私はおとうさんにユウカイ(=キッドナップ)された!　だらしなくて情けない父親とクールな女の子ハルの、ひと夏のユウカイ旅行。

角田光代著

さがしもの

「おばあちゃん、幽霊になってもこれが読みたかったの?」運命を変え、世界につながる小さな魔法「本」への愛にあふれた短編集。

宮部みゆき著

堪忍箱

蓋を開けると災いが降りかかるという箱に、心ざわめかせ、呑み込まれていく人々――。人生の苦さ、切なさが沁みる時代小説八篇。

宮部みゆき著

初ものがたり

鰹、白魚、柿、桜……。江戸の四季を彩る「初もの」がらみの謎また謎。さあ事件だ、われらが茂七親分――。連作時代ミステリー。

宮部みゆき著

幻色江戸ごよみ

江戸の市井を生きる人びとの哀歓と、巷の怪異を四季の移り変わりと共にたどる。〝時代小説作家〟宮部みゆきが新境地を開いた12編。

宮部みゆき著

火車

山本周五郎賞受賞

休職中の刑事、本間は遠縁の男性に頼まれ、失踪した婚約者の行方を捜すことに。だが女性の意外な正体が次第に明らかとなり……。

宮部みゆき著

淋しい狩人

東京下町にある古書店、田辺書店を舞台に繰り広げられる様々な事件。店主のイワさんと孫の稔が謎を解いていく。連作短編集。

宮部みゆき著

かまいたち

夜な夜な出没して江戸を恐怖に陥れる辻斬り〝かまいたち〟の正体に迫る町娘。サスペンス満点の表題作はじめ四編収録の時代短編集。

北森 鴻著

写楽・考
―蓮丈那智フィールドファイルIII―

謎のヴェールに覆われた天才絵師、東洲斎写楽。異端の女性学者が、その浮世絵に隠された秘密をついに解き明かす。本格ミステリ集。

北森 鴻著

触身仏
―蓮丈那智フィールドファイルII―

美貌の民俗学者が、即身仏の調査に赴いた村で、いにしえの悲劇の封印をほどき、現代の失踪事件を解決する。本格民俗学ミステリ。

北森 鴻著

凶笑面
―蓮丈那智フィールドファイルI―

封じられた怨念は、新たな血を求め甦る――。異端の民俗学者・蓮丈那智の赴く所、怪奇な事件が起こる。本邦初、民俗学ミステリ。

北森 鴻
浅野里沙子著

邪馬台
―蓮丈那智フィールドファイルIV―

明治時代に忽然と消失した村が残した文書に封印されていたのは邪馬台国の真相だった。異端の民俗学者蓮丈那智、最大のミステリ。

恩田 陸著

六番目の小夜子

ツムラサヨコ。奇妙なゲームが受け継がれる高校に、謎めいた生徒が転校してきた。青春のきらめきを放つ、伝説のモダン・ホラー。

恩田 陸著

私と踊って

孤独だけど、独りじゃないわ――稀代の舞踏家をモチーフにした表題作ほかミステリ、SF、ホラーなど味わい異なる珠玉の十九編。

G・グリーン
上岡伸雄訳
情事の終り
「私」は妬心を秘め、別れた人妻サラを探偵に監視させる。自らを翻弄した女の謎に近づくため――。究極の愛と神の存在を問う傑作。

J・アーチャー
永井　淳訳
ケインとアベル（上・下）
私生児のホテル王と名門出の大銀行家。典型的なふたりのアメリカ人の、皮肉な出会いと成功とを通して描く〈小説アメリカ現代史〉。

J・アーチャー
永井　淳訳
ゴッホは欺く（上・下）
9・11テロ前夜、英貴族の女主人が襲われ、命と左耳を奪われた。家宝のゴッホ自画像争奪戦が始まる。印象派蒐集家の著者の会心作。

J・アーチャー
永井　淳訳
誇りと復讐（上・下）
幸せも親友も一度に失った男の復讐計画。読者を翻弄するストーリーとサスペンス、胸のすく結末が見事な、巧者アーチャーの会心作。

J・アーチャー
戸田裕之訳
遥かなる未踏峰（上・下）
いまも多くの謎に包まれた悲劇の登山家マロリーの最期。エヴェレスト登頂は成功したのか？　稀代の英雄の生涯、冒険小説の傑作。

J・アーチャー
永井　淳訳
百万ドルをとり返せ！
株式詐欺にあって無一文になった四人の男たちが、オクスフォード大学の天才的数学教授を中心に、頭脳の限りを尽す絶妙の奪回作戦。

絶叫《ぜつきよう》城《じよう》殺人《さつじん》事件《じけん》

新潮文庫　あ－46－3

平成十六年二月一日発行
平成二十八年一月十五日十一刷

著者　有《あり》栖《す》川《がわ》有《あり》栖《す》

発行者　佐藤隆信

発行所　株式会社　新潮社
郵便番号　一六二―八七一一
東京都新宿区矢来町七一
電話　編集部(〇三)三二六六―五四四〇
読者係(〇三)三二六六―五一一一
http://www.shinchosha.co.jp

価格はカバーに表示してあります。

乱丁・落丁本は、ご面倒ですが小社読者係宛ご送付ください。送料小社負担にてお取替えいたします。

印刷・大日本印刷株式会社　製本・憲専堂製本株式会社

ISBN978-4-10-120433-8 C0193